ルミッキ

血のように赤く 1

サラ・シムッカ
訳 古市 真由美

西村書店

PUNAINEN KUIN VERI
Salla Simukka

目次

むかしむかし、それは冬のさなかのこと。

雲から雪がひとひらずつ、羽根のようにふわふわと舞い落ちてくる日に、お妃さまがお城の窓辺にすわって縫い物をしていました。その窓の窓枠は、黒々とした黒檀《こくたん》の木でつくられていました。

お妃さまは、窓から外を眺めながら針を動かしていましたが、ふと針で指を突いてしまい、血のしずくが三滴、雪の上にこぼれました。真っ白な雪の上の赤いしずくは、それはそれは美しく、そのさまを目にしたお妃さまは思いました。

——ああ、雪のように白く、血のように赤く、黒檀のように黒い、そんな子どもに恵まれたなら!

2月28日

日曜日

1

雪面が純白に輝いていた。十五分前に降った雪が、新しくて清らかな、ふんわりとした層になって、古い雪を覆っている。

十五分前には、まだあらゆることが可能だった。世界は美しく見え、未来はどこか先のほうで、いまより明るい、いまより穏やかな、もっと自由な姿をしてちらちらと揺れていた。その未来のためなら、途方もないリスクを冒す価値があった。一枚の手札にすべてを託し、一気に自分を自由にする賭けに出る価値があったのだ。

十五分前、冷え込みの厳しいときに特有の、軽やかなふわふわとした雪が降り、根雪の上に薄い羽根布団を広げたのだった。しかし雪は、降りはじめたときと同じように突然やんで、雲の切れ間から太陽の光が顔をのぞかせた。空がこんなに晴れたことは、冬中通して、ほとんどなかった。


いま、純白には赤い色がまじり、その量は刻一刻と増えつづけている。赤は周囲に広がり、あたりを埋め尽くし、雪の結晶の上を忍び足で進みながら、自分の色に染め上げていく。

赤の一部はしぶきとなって飛び散り、離れた雪面にもしみを落としていた。その色合いは実に鮮やかで、もしも色に口がきけるなら、自分は赤だと声高に叫んでいそうな感じだった。

ナタリア・スミルノヴァは、赤いしずくが点々と散っている雪を茶色の瞳で見つめていたが、その目にはなにも映っていなかった。彼女はなにも考えていなかった。なにも望んでいなかった。なにも恐れていなかった。

2月28日 日曜日

十分前、ナタリアは、生まれてこのかた経験したことがないほどの恐怖と希望を味わっていた。震える手で紙幣をつかんでは、本物のルイ・ヴィトンのハンドバッグに詰め込んだ。ほんのわずかな物音にさえ聞き耳を立てつづけた。

落ち着こうと努力し、なにも心配いらないと自分に言い聞かせようとした。なにからなにまで計画してあるのだから。しかし、完璧な計画などないことも、彼女にはわかっていた。数か月かけて慎重に考えぬいてきた段取りが、軽く突かれただけでひっくり返り、崩壊する可能性もある。

ハンドバッグの中にはパスポートとモスクワ行きの航空券も入っていた。ほかにはなにも持たずに行く。モスクワの空港で、弟がレンタカーに乗って待っていてくれるはずだった。弟の車で何百キロも離れた場所に立つ小さなコテージへ連れていってもらう。ごく限られた人しか存在を知らないコテージだ。そこで、母親と、三歳になる愛娘のオルガが待っている。

娘の顔は、もう一年以上も見ていなかった。まだママのことを覚えているだろうか。でも、コテージに潜んで、一、二か月ほど一緒に過ごすうちに、娘とはあらためて仲良くなれるだろう。安全だと確信が持てるまで、彼女はそこに身を隠しているつもりだった。自分の存在が忘れ去られてしまうまで。

　忘れ去られることなどありはしない。姿を消したままでいさせてもらえるわけがない。しつこくそうささやく声を、ナタリアは頭から締めだしていた。

　自分など、たいして重要な人間ではないし、代わりがすぐに見つかるはず、自分自身にそう言い聞かせた。隠れ場所にいれば、あいつらもわざわざ探しだすほどの手間はかけないはず。

　人間が姿を消すことなら、この手の商売では往々にしてある。人間と一緒に、金も消える。それはビジネスに伴うリスクの一部であり、スーパーの店先で傷んでしまい捨てるしかない果物にも似た、避けがたい損失のようなものだった。

　ナタリアは金がいくらあるのか数えてはいなかった。ただ、バッグに詰め込めるだけ詰め込んだのだ。紙幣の一部はしわくちゃだったが、かまわない。しわくちゃの五百ユーロ札だって、きれいなお札と同じようにちゃんと使えるのだから。この紙幣一枚で三か月分の食料が買えるし、きっちり計算してうまく倹約すれば四か月持つかもしれない。この紙幣一枚で、だれかの口を必要なだけ閉じさせておくこともできる。五百ユーロという金額は、多くの人間にとって秘密の値段だった。

　ナタリア・スミルノヴァ、二十歳の彼女は、頬《ほお》を冷たい雪に押し当てて、雪面にうつぶせに横たわっていた。さらさらの雪が肌を刺したが、彼女は感じていなかった。零下二十五度の凍てつく寒さを、むきだしの耳に感じることもなかった。

見知らぬ異国の春は冷たく
ナタリア、おまえは凍えている

この歌を、あの男はかすれた声で、音程を外しながら歌ってくれた。ナタリアはこの歌が好きではなかった。歌の中のナタリアはウクライナ出身だが、彼女自身はロシア生まれなのだ。

それでもナタリアは、男が歌ってくれ、髪をなでてくれる、そのことが好きだった。歌詞の意味は考えないようにした。幸い、それならかなり簡単だった。ナタリアはある程度フィンランド語がわかり、耳で聞いて理解できる内容は、口でいえることよりはるかに多かったが、ひとたび集中するのをやめて頭をリラックスさせてしまえば、外国語の単語は重なり合って意味を失い、ただの音の組み合わせとして男の口からあふれだして、ナタリアの首筋をくすぐるのだった。

五分前、ナタリアは男のことと、彼のやや不器用な手のことも考えていた。自分がいなくなったら、あの人はさびしがってくれるだろうか？　たぶん、少しは。たぶん、髪の毛一本ほどは。でも、心から恋しがってはくれないだろう、本気で愛してなどいなかったのだから。本気で愛していたのなら、何度も約束したとおり、ナタリアのために便宜を図ってくれたはずだ。いまナタリアは、自分のことを自分でなんとかするしかなかった。

二分前、ナタリアはハンドバッグの口金をパチンと閉めた。バッグは紙幣で膨らんでいた。自分がそこにいた形跡を手早く消してから、玄関の鏡に映っている姿に目をやった。明るい色に染めた髪、茶色の瞳、細い眉、赤く輝く唇。彼女は青ざめていた。目の下の黒いくまは、寝ていないせいだ。もう、行かなきゃ。口の中に自由と恐怖の味を覚えた。それは鉄の味がした。

二分前、彼女は鏡に映った自分の目を見つめ、あごをぐっとそらした。このチャンスを利用して、あいつらをだしぬいてやる。

そのときナタリアの耳に鍵《かぎ》が錠の中でまわる音が聞こえた。彼女はその場に凍りついた。ひとり分の足音が聞き分けられ、続いてふたりめ、さらに三人めの足音がした。三人組。三人がドアから中に入ってくる。逃げるよりほかに道はなかった。

一分前、ナタリアはキッチンを横切って、テラスへ出るドアに駆け寄った。ドアのロックと格闘する。手が震えて開けることができない。

しかしドアは奇跡のように開き、ナタリアは雪に覆われたテラスを駆けぬけて庭へ飛びだした。革のブーツが雪にめり込んでも、振り返らずにひたすら前進する。なにも聞こえない。彼女は一瞬、助かるのではないかと思った。うまくいく、逃げられる、自分の勝ちだ。

三十秒前、消音器が装着された銃の鈍い銃声が聞こえ、銃弾がナタリア・スミルノヴァのコートの背を、皮膚を貫通し、脊椎《せきつい》の脇《わき》をぎりぎりで通過し、内臓を引き裂いて、最後にはナタリアが腹のあたりに抱きかかえていたルイ・ヴィトンのハンドバッグの持ち手をも破壊した。清らかな手つかずの雪の上に、彼女は前のめりに倒れ込んだ。

赤い海が、ナタリアの体の下にみるみる広がっていく。まわりの雪を食《は》んでいく。赤はまだ貪欲で、温かいが、一秒ごとに冷たくなっていく。ひとりの人間のゆっくりと重たい足音が、雪に頬を当てて横たわるナタリア・スミルノヴァに近づいてきた。

ナタリアの耳に、その音は届かなかった。

2月29日

月曜日 未明

のだ。

2

三人はドアの前で押し合いへしあいになった。三人とも、自分が最初に中へ入りたかったのだ。

「おい、ちょっと場所を空けろよ、この鍵を鍵穴に突っ込むからさ」

「穴に命中させるのなんか、おまえにゃ無理だろ」

笑い声、しーっと制する声、さらに笑い声。

「まあ待てよ。こうやるんだ。鍵はここに差し込む。それからゆっくりまわす。うんとゆっくりだ。おおお。なんていうか、これって本気で理解を超えてるよな。いっぺん鍵をまわすだけでロックされてたのが開くんだぜ、考えられるか？　昔、こんなシステムを発明したやつがいたとはね。おれにいわせりゃ、これは世界の十三番目の不思議だよ」

「いいから、口じゃなくてドアを開けろよ」

三人はドアを押し開けて中になだれ込んだ。

ひとりが転びそうになる。

別のひとりが小さく鋭い悲鳴を上げ、自分の声が広くがらんとした空間に反響するのを聞いて笑い声を立てた。

2月29日 月曜日 未明

　三人めは必死で記憶をたどり、防犯警報装置の数字ボタンをひとつずつ押してコードを入力していった。

「一……七……三……二。どうだこの野郎、合ってたぞ！　これぞ世界の十四番目の不思議。数字を入力するだけで、警報を解除できる。やばすぎだろ、これ。おれ、将来なんになるか決めたよ。おれは錠前をつくる鍛冶屋《かじや》になる。それって職業だろ？　仕事として錠前をつくるのって、ありだよな？　じゃなきゃ、おれは警備員になる」

　ほかのふたりは聞いていなかった。無人の暗い廊下を走りまわり、叫び、くっくっと笑っている。

　三人めもそれに加わった。笑い声が壁にぶつかって跳ね返る。残響が階段に渦を巻いた。

「おれたち最高ーっ！」

　サイコーオ。イコーオ。コーオ。オーオ。

「死ぬほど超絶大金持ちだし！」

　三人はわざと体をぶつけ合い、床の上にひっくり返った。ごろごろ転げまわり、くすくす笑う。石の床なのに、雪上で〝雪の天使〟を描くみたいに手足をばたばたやる。やがてひとりが思いだすようにいった。

「大金は持ってるけど、汚れたお金じゃない」

「ああそうだな。ダー、ティー、マネー」

「暗室に行かなくちゃ。そのためにここへ来たんだったよね」

それまでになにがあったのか、それもきちんと思いだせればよかったのだが。しかし、一連の出来事は霧と化していて、その向こうから細切れの場面が飛び飛びに顔をのぞかせるだけだった。

だれかが嘔吐《おうと》している。残りの面々は裸になってプールで泳いでいる。開いていなければおかしいのに鍵のかけられたドア。割れたクリスタルガラスの花瓶、その破片をだれかが踏んづける。血。大きすぎるボリュームでがんがん鳴っている音楽。〈やだ、あたし、またやっちゃった〉《ウップス・アイ・ディド・イット・アゲイン》忘れられたヒットソングをだれかがエンドレスでかけ続けている。〈あんたの心をもてあそんで《アイ・プレイド・ウィズ・ユア・ハート》、ゲームに夢中になっちゃった《ゴット・ロスト・イン・ザ・ゲーム》〉

だれかが慰めようもないほど泣いている、しゃくり上げている、しかし助けはいらないという。床にラム酒がこぼれて滑りやすくなっている。刺すようなにおいと甘いにおいが同時に鼻に届く。

記憶の映像は意味をなす順番に並んでくれなかった。

ビニール袋を運んできたのはだれだったのだろう。いつの時点で？　袋を開けて手を突っ込み、引っ込めて、指をなめたのはだれだった？　三人はいつ事態を悟った？

あれがほしい。早く。いますぐ。

「おまえら、まだ持ってるか？　もう一回、いきたいな」

「これだけある」

錠剤が三粒。ひとりに一粒ずつ。三人はそろって錠剤を舌に載せ、口の中で溶けるに任せた。

「効くう。いやマジで。めちゃくちゃ効く」

暗室の中。暗闇。やがてひとりが照明のスイッチを押した。

「光あれ。すると光があった」

ビニール袋を机の上に載せ、袋を開ける。

「うえっ、畜生、くせえな」

「お金はくさくないよ。お金は、いい香り」

「これ、ほんとに、わけわかんないくらいの金額だよな」

「それを三人で山分けする」

「もう、すごすぎ！　こんなこと、いままで生きてて一度もなかったもん。ふたりとも、愛してる。全世界を愛してる」

「キスすんのやめろよ。集中力が落ちて、やりたくなってくるだろ」

「ここでやってもいいじゃない」

「おまえら、ここでやってる場合かよ。いまから洗浄作業を始めるんじゃねえか」

現像用のシンクに水を張る。紙幣を水の中に入れる。

紙幣がきれいになると、三人は乾かすために一枚ずつ吊《つ》り下げていった。

「おれはこれを資金洗浄《マネー・ロンダリング》と呼ぶ。これがほんとの、なあ、資金洗浄ってやつだよ」

2月29日

月曜日

3

「起床！　さあ起きて！　起きろ！　あたしがあんたなら、ごろごろ寝ていようなんて絶対思わないね！」

わめき声がルミッキ・アンデションの耳に響きわたった。わめいているのは、いやになるほどよく知っている声だった。彼女自身の声なのだ。自分のどなり声を携帯の目覚ましアラームにしたのは、ぬくぬくとした寝床からこれ以上効果的に自分を引きずりだしてくれる音声はないと思ったからだった。効果てきめん。ごろごろしていようなどという考えは、頭に浮かびもしなかった。

ぼうっとした頭でマットレスのへりにすわり、壁にかけたムーミンのカレンダーに目をやる。二月二十九日、月曜日。うるう年のうるう日だ。この世で最も無駄な一日。いっそ世界共通の休日にすればよかったのに。どうせ余分な日なんだから。こんな日に、意味のあることや生産的な行為をする必要のある人なんか、だれもいないと思うけど。

ルミッキは、針を逆立てたハリネズミみたいに毛がもしゃもしゃしている青いルームシューズに足を突っ込むと、のろのろとミニキッチンへ向かった。直火式のエスプレッソメーカーに、水とコーヒーの粉を量って入れる。濃いエスプレッソなしでは、今朝は生きた人間の

2月29日 月曜日

仲間入りを果たせそうもない。外はまだ暗い、目覚めているにはあまりに暗すぎる。積雪量は最大レベルだが、その光の反射もたいしてあたりを明るくしてはくれない。この暗さはまだ当分のあいだ勢力が衰えないだろう。三月もだいぶ過ぎるまで、この北の国をがっちりつかまえて放さないはずだ。

ルミッキは冬のいまごろの時期が嫌いだった。雪と、氷点下の冷え込み。どっちも多すぎる。曲がり角の向こうに春の姿がうっすらと見えることもない。冬は延々と続き、いつか終わるという希望すら与えてくれず、あらゆるものの動きを緩慢にし、鈍らせてしまう。家の中で凍え、屋外で凍え、学校にいても凍えた。時折、凍えずにすむのは湖の氷に開けられた寒中水泳用の穴の中にいるときだけだ、という、まるで逆説的な考えが頭に浮かんだが、来る日も来る日も寒中水泳用の穴に浮いているわけにもいかなかった。

ルミッキはゆったりしたグレーのセーターを着ると、コーヒーをカップについだ。コーヒーを飲むために、1Kの住まいの中で唯一の部屋へ移動する。十七平方メートルという、すばらしい狭さの住まいだ。くたびれたアームチェアの上に体を丸め、暖まろうと試みた。窓には秋のうちに目張りを追加しておいたのに、それでも冷気が入り込んできた。

コーヒーはコーヒーの味がした。コーヒーに望むものは、ほかになにもない。甘ったるくて奇妙なチョコやらナッツやらカルダモンやらバニラやら、そういった風味のコーヒーはすべて、彼女には我慢ならない代物だった。コーヒーはブラックで濃く、物事は物事そのままに、住居は住居であればいい。

前回ここへやってきたとき、ママはまたぎょっとした顔になった。「少しはインテリアに手をかけようって気はないの？　人の住む家らしくしたら？」しかしルミッキにそんな気はなかった。

彼女がこの部屋で暮らしはじめて一年半になる。部屋にあるのは、床に敷かれてベッドの役を務めている分厚いマットレス、机、ノートパソコン、アームチェア、それだけだった。ママは最初の数か月間、ルミッキにベッドと本棚を買ってあげなくちゃとうるさかったが、ルミッキは頑として拒みつづけた。本は床に積み上げてある。〝インテリア的要素〟はただひとつ、モノトーンのムーミンのカレンダーだけだ。巣づくりなんていうばかげた作業にわざわざ手を出す必要がどこにある？　テレビのお部屋改造番組『インノ』じゃあるまいし。

この部屋は、高校に通う何年かのあいだ生活する、単にそれだけの場所だった。そこに根を下ろしてもっと長い期間暮らすことを考えるような、そういう意味の〝家〟とはちがう。高校を卒業すれば、ルミッキは自由になって、だれかやなにかに心を残すことなく、どこへでも好きな場所へ行けるはずだった。

百キロほど離れたリーヒマキ市に住んでいる両親の住居も、〝家〟と呼べる場所ではなかった。ルミッキはこのごろ、両親のところにいると自分がよそ者だという気がしてくる。それに、実家に置いてある家具や品物は、できれば忘れてしまいたいさまざまな出来事を思いださせた。もっとも、どのみちそれらの出来事は、心の中や、夢の中、悪夢の中に、うんざりするほどしょっちゅう姿をあらわすのだが。

2月29日 月曜日

彼女が親元を離れることに対し、両親は奇妙に矛盾した反応を見せた。ときには、娘が出ていくことになってふたりがほっとしているように思えたりもした。たしかに家の中の空気はぴりぴりしていることが多かったが、この家は以前からそうだった。少なくともルミッキが思いだせるかぎり、ずっとそんなふうだったのだ。ただ、パパとママが目に見える形で争っていたことはなく、ルミッキ自身、両親に向かって声を張り上げたこともないので、ぴりぴりした空気の原因がなんなのか、彼女にはわからずじまいだった。

一方で、家を出る日が近づいてくると、ママとパパは折に触れて娘を抱擁し、長いこと抱きしめているようになったのだが、この家族にはいままでそんな習慣がなかったので、変な感じがしたし、気まずくもあった。

ママは、抱擁を解くと今度はルミッキの顔を両手にはさみ、不審なほど長い時間をかけてまじまじと見つめてくるのだった。

「わたしたちには、あなたしかいないの。あなたしかいないのよ」

そう繰り返すママは、いつ泣きだしてもおかしくない様子に見えた。ルミッキは次第にたまらない気分になってきた。両親の手を借りてついにタンペレ市へ荷物を運び終え、ふたりが帰った後で初めて玄関のドアを閉めたとき、ルミッキは知らないうちに背負っていた重荷が肩から下ろされたかのような感覚を覚えたものだ。

「ひとりでここにいて、本当に大丈夫？」

ママはいつも同じことを聞く。パパのほうが実際的で、スウェーデン語でこういった。

「この子もじきに大人になる。きっとやっていけるさ」

実際、ルミッキはちゃんとやっている。日ごとにやりかたがうまくなっている。

今朝、バスルームの鏡の中から見つめ返してきた少女は、ぐったりした顔をしていた。内臓に入ったカフェインがなかなか効いてこない。ルミッキは冷たい水で顔を洗い、茶色の髪をポニーテールにまとめた。

両親がつけてくれた名前は、現実とぜんぜん釣り合っていない。ルミッキ――フィンランド語で〝白雪姫〟。それなのに髪は黒くないし、肌は白く輝いていないし、唇も人目を引くほど赤くない。髪にカラーを入れて化粧もすれば、鏡の中の姿と名前とがぴったり一致するかもしれないが、ルミッキにはそんなことをする理由が見いだせなかった。鏡に映る姿で十分だったし、他人がどう思うかなどルミッキにはなんの意味もない。

学校になにを着ていくか、ルミッキは三秒間だけ考えた。グレーのセーターを着たままでいいと決めて、ジーンズをはく。アーミーブーツと黒いウールのコート、グリーンのマフラー、ミトン、さらにグレーのニット帽を身につける。背中には、スウェーデンのアウトドア・ブランド、フェールラーベンのバックパック。

空腹が胃をさいなんでいた。しかし冷蔵庫を開けても迎えてくれるものはなにもなく、明かりがともることすらなかった。二週間ほど前に電球が切れたきり、交換する気が起きずにいたのだ。学食のカフェコーナーで、パンをひとつかふたつ買うしかない。それから追加のコーヒー、これは絶対に外せなかった。

2月29日 月曜日

高校の校舎の入口に着くと、いつもと同じせわしない喧噪《けんそう》が襲いかかってきた。だれもが忙しく、だれもが忙しいと大声で主張する必要に駆られている。きらめく知性と輝くばかりの創造性を持った、表現力豊かな芸術系エリート校の生徒たち。こんなふうに考えるのは意地が悪すぎるとルミッキにもわかっているが、彼らのカラフルな服装やドラマチックな身ぶり、暗黙のお約束を外さない範囲で発揮される個性と独創性といったなにもかもが、ふだんよりさらに耐えがたく感じられる朝があるのだった。

それでも、ルミッキの苛立《いらだ》ちの奥底には、感謝の念もまた潜んでいた。ほかのどこでもなく、この高校に通うことができている。もうリーヒマキにいる必要はない。芸術表現を通じた教育に力を入れている特別な高校を志望したのは、あの町から出るためだった。両親も、ほかの理由ではフィンランド有数の大都市タンペレへの引っ越しを簡単に承諾してくれなかったかもしれないが、目指していた特別校に入学できるとなれば、理由として申し分なかった。

高校生になって最初の数か月、ルミッキは天国に来た気分を味わっていた。そんな気分も、高校生活がありふれた日常になり、楽しげな笑顔の陰に多くの嫉妬や虚飾や見栄、虚勢や不安が隠れていることに気づきはじめてからは、徐々に薄れていったが。

校舎の中には、ありがたいことに喧噪だけでなくぬくもりもあふれていて、ルミッキのこわばった手足を生き返らせてくれた。じきに血液が手足の先まで行き渡りはじめ、そのせいでじんじんとむずがゆい感覚が容赦なく襲ってくることはわかっている。ウールのソックスをちゃんと二枚重ねにして、ブーツの中に隙間《すきま》ができないようにしておけばよかった。ルミッキはコートをフックに引っかけると、階段を下りて食堂へと逃げ込み、さらにその一角にあるカフェコーナーへ向かった。

「今日は野菜のにするかい、それともプレーン？」

ルミッキに気づいて、食堂のおばさんが声をかけてきた。

「どっちも一個ずつ」ルミッキは答えた。「あと、コーヒーのL」

「ミルクを入れる分は考えなくていいんだったね」

おばさんは笑い、紙コップのふちぎりぎりまでコーヒーをついでくれた。

カフェコーナーのテーブルに着くと、ルミッキはぬくもりがゆっくりと体中に広がっていくのに任せた。うくくく。じんじんするむずがゆさは、どうしたって避けられない。彼女はしばらく両手で紙コップを包み込んでいたが、やがてパンをかじりはじめた。野菜をはさんだパンはボリュームがあっておいしかった。トマトは熟れているし、パプリカはしゃきしゃきだ。

ルミッキは、自分で支払いをする場合はベジタリアンだった。自分のお金で肉は買わない。ほかのだれかが払ってくれたり、料理してくれたりした場合は、肉もちゃんと食べる。偽善かもしれないが、現実的な対応だ。

女子生徒が三人、隣のテーブルに押し寄せてきた。ブロンドの髪がなびいている。ショートカットの黒髪はくしゃくしゃとかきまわされている。赤毛の毛先を指がいじっている。香水のにおいがあたりにむっと立ち込めた。イヴ・サンローランのベビードール、ブリトニー・スピアーズのファンタジー、ミスディオールのシェリー。

「彼が今日も、あたしのこと空気だと思ってるような態度を取ったら、あたし頭が破裂しちゃう。パーティーのときはあたしに好きなことをしてくるくせに、学校じゃろくに声もかけてくれないなんて。あの男、もう十八歳なのよね、信じらんない気がするけど」

「頭ならどうせ破裂しそうなんですけど。最後に何杯か飲んだカクテル、あれ、やめとけばよかった。なにが入ってたのかすら、わかんないし」

「ちょっと。でも、あたしたちが飲んだのはただのカクテル、でしょ?」

わざとらしくおびえた表情。見開かれた目。

「まさか、あんたがいってるのって……」

「あのねえ、エリサの瞳孔《どうこう》がどうなってるか気づいてない人がいたとしたら、そりゃ目の見えない人でしょ。彼女、いってることが本気でイッちゃってたし」

「あの子、ふだんからそうじゃない」

「いつもの百億倍くらい、イッちゃってたわよ」

あたりをきょろきょろ見まわすまなざし。寄り集まる三つの頭、ひそひそとささやき合う声。ルミッキはコーヒーを飲み干すと、時計に目をやった。始業まであと十分ある。なにもはさんでいないパンを持って、席を立った。隣のテーブルに陣取った香水軍団のおしゃべりを聞きつづける気になれなかったし、むっとするにおいに我慢ができなくなっていた。

外見を飾ることで頭がいっぱいの女子生徒たち、卒業後の進路の希望は法学部か商科大学。この高校に来たのは、成績優秀で、〝だってほら、すっごくクリエイティブなのよね〟というのがその理由。

生徒の中には、偉大なるアーティストや、さらに偉大なる知的エリートもいて、彼らにとって学校とは自己顕示の舞台だった。

数学の天才たちは、いつもなんとなく行き場を失ったように見える。

そして、ごく普通の可もなく不可もない生徒たち、彼らは廊下を埋め尽くし、階段にあふれ返り、学食で長い列をつくり、その姿も、声も、においも、全員がそっくり同じだった。数年後には、彼らの名前などだれも覚えていないだろう。いまでさえ、彼らの名前を覚えている人はいなかった。

もちろん、感じがよくて聡明な生徒たちもいる。それにルミッキも、ふだんはほかの子たちを見下したりしない。生徒の多くにとって、校内での役どころは身を守るための仮面に過ぎないということを、ルミッキは理解していた。何百人という群れの中で、より簡単に居場所を確保するため、始業前に仮面をかぶるのだ。そのことで彼らを責める気は、ルミッキにはない。

ただ彼女自身は、いかなるカテゴリーにも放り込まれずにいようと、入学初日に決意していた。どこかの集団、社会学の用語でいえば準拠集団というやつに突っ込まれ、それを基準にどういう人間か勝手に判断されるような事態には、甘んじないつもりだった。

みんなが分裂してグループや派閥ができあがっていくのを、ルミッキは軽い興味とかすかなおかしみを覚えながら見守った。彼女自身は傍観者、部外者のままで。しかし彼女は、黒ずくめの服装で壁際をこそこそ歩いている、独りぼっちの変わり者とはちがう。その名はだれもが覚えている。

2月29日 月曜日

ルミッキ・アンデション。リーヒマキから来た、スウェーデン系フィンランド人。

すべての物事について、吟味した意見を持っている少女。

物理だろうと哲学だろうと、十点満点の成績を収めつづける少女。

オフィーリアの役を演じれば、教師のうち何人かはその演技に怒りだし、残りは深く感動する、そんな少女。

学校のみんなが参加する悪ふざけやイベントに、一切加わらない少女。

いつもひとりで食事しているのに、けっして孤独には見えない少女。

彼女はジグソーパズルのセットに含まれていないピースだった。はまるべき場所がないピース、それでいて、意外にもほぼすべての場所にすんなりはまり込みそうなピース。

彼女はほかのみんなとちがっていた。彼女はほかのみんなにそっくりだった。

暗室の前まで来ると、ルミッキは周囲に視線を走らせた。だれもいない。そのまま、まずは暗室の手前にある小部屋へ滑り込み、後ろ手にドアを閉めた。

闇が訪れる。彼女は慣れた様子で、手探りすることなく暗室本体に至るふたつめのドアを開けた。手が距離を覚えているのだ。真の暗闇。静寂。平安。学校での一日を前にした、彼女だけのひとときゼロにもどる。チャージする。ほかのだれも知らない、毎日の儀式。

それは過去の名残であり、同時に現在の一部でもあった。そう、ルミッキは何年ものあいだ、隠れ場所を探さなくてはならない状況に置かれつづけていたのだ。恐怖に駆られて。

あのころは、秘密のすみっこや避難港を確保しておくことが命綱になっていた。いまでは恐怖でなく、公共の場でさえ自分だけの空間がほしいと願う自身の欲求によって、こうしている。ルミッキにとって暗室は、そこに入れば自由になれるポケットだった。ほかの人たちの言葉や声、意見や感情の真っ只中《ただなか》に身を投じる前に、いっときでも気持ちを落ち着かせることのできる場所だった。

ルミッキは壁にもたれかかり、両目を見開いて漆黒の闇を見つめた。頭の中から思考をひとつずつ追いだして、空っぽにしようとする。日常のこまごまとした思考――次の数学の授業とか、放課後は買い物に行っておこうかとか、夜はコンバットのエクササイズに行くかもといったことを軸としてぐるぐる回転している、大部分がたいして意味のない雑念を手放すのは、いちばん簡単なはずだった。しかし今日は、表面的な雑音すら頭から消えてくれない。なにかが引っかかっている。なにかが違和感をもたらしている。

においだ。

暗室の中のにおいが、いつもとちがっている。なんのにおいかは特定できなかった。足を一歩前に踏みだす。とたんになにかが軽く頬に触れて、ルミッキはびくりと後ろに跳びすさると、セーフライトの赤い光をつけた。

五百ユーロ紙幣。

何十枚もの五百ユーロ紙幣が、暗室の中に吊り下げられて、乾かされている。

本物だろうか？　ルミッキは手近にあった一枚に触れてみた。少なくとも質感は本物だ。シンクに現像中の写真が入っていないことを確認してから、通常の照明のスイッチを入れた。紙幣を光にかざしてみる。透かしが入っており、光にかざすと全体像があらわれる数字もきちんとしている。セキュリティ・スレッドと呼ばれる黒っぽい筋も、ホログラムも、所定の位置にある。仮に本物ではないとしたら、非常によくできた偽札だ。

現像用シンクの中の液体は茶色っぽかった。指を浸してみる。水だ。

ルミッキは暗室の床に点々と散っている赤茶色のしみを見やった。同じ赤茶色が、紙幣の隅にもついているのを見やった。その瞬間、暗室の中に漂って違和感をもたらしているのがなんなのか、わかった。

血のにおいだ。それも、時間が経《た》った後の血だ。

4

2月29日 月曜日

ルミッキは教室の窓から、霜に包まれてきらめいている木々と、点在する古びた小さな墓石を見つめていた。しかし、絵葉書めいた白い風景に心を奪われていたわけではない。思考が数学とは別のものに取り組みたがっているいま、積分を用いて解答すべく黒板に書かれた問題よりも、風景の上に視線を遊ばせておくほうが好都合だったのだ。

暗室の紙幣はそのままにしてきた。暗室を出てドアを閉め、この教室へやってきた。なにがあったかは、だれにも、一言もしゃべっていない。授業が終わるまでのあいだに、どうすべきか考える時間が持てる。

人生を最もうまく乗り切るには、できる限り余計な手出しをしないことだ。もう何年も、それがルミッキの信条だった。余計なことに手を出さない、ごたごたには関わらない、他人の事情に立ち入らない。ふだんは静かにしていて、熟慮の上で本当に話したいと思うことがあるときにだけ口を開けば、心安らかな日々を送れる。

いまも彼女は、できればなにもかも忘れてしまいたいと願っていた。血痕《けっこん》を洗い落とした紙幣のことなど忘れてしまいたい。残念ながら、それは選択肢としてありえないと、彼女自身にもわかっていた。あの紙幣は、しみついていたにおいとともに、すでに彼女の頭にしっかり取りついてしまっている。謎《なぞ》が解明されるよう、せめてなんらかの行動を起こさないかぎり、この件から解放されて心の平安を得ることはできないだろう。

校長に報告すべきなのはたしかだった。そうすれば話は先に進んでくれ、ルミッキはこの件を頭から追いだすことができるはずだ。

もしかすると、あの紙幣はなにかの芸術プロジェクトに関係があるのかもしれない。その場合、あれは本物のお金ではないということにもなる。だけど、おもちゃの紙幣をつくるのにあれほどの手間をかける人間がいるものだろうか。本物そっくりで、あれなら警察はまちがいなく偽札とみなすだろうし、偽札の製造は犯罪だ。

さもなければ、あの紙幣はやはり本物だったのだ。

だれだか知らないが、いったいどんな理由があってあれほど大量の紙幣を高校の暗室で洗浄する気になったのか、ルミッキには見当もつかなかった。おまけに、ドアの鍵をかけないまま室内に放置するとは。やってることがめちゃくちゃだ。

ルミッキの脳は論理的な答えを求めてフル稼働したが、徒労に終わった。彼女は目を閉じ、ロープに吊り下げられた紙幣を思い浮かべた。その映像には重大ななにかが欠けている気がする。答えを明かしてくれそうな、決定的な要素が。しかしルミッキはシャーロック・ホームズでもなんでもない。個々の出来事が、いかにして吊り下げられた紙幣につながる完全な鎖となったのか、現場を一瞥《いちべつ》しただけで言い当てることなどできなかった。

校長のところへ報告しにいくべきだろう。紙幣を回収し、それを持って校長室へ行くべきだ。いや、それとも手を触れてはまずいだろうか？

太陽が木々の枝に容赦なく照りつけ、枝のほうは、挑むような、目が痛くなるほどのきらめきを放って対抗していた。氷点下の冷え込みは声を限りに叫んでいるようで、それが冷気となって暖かい教室の中まで届いてくる。ルミッキは身震いした。教室のよどんだ空気は頭を麻痺させ、思考はもたもたとしか働いてくれない。

やがて彼女は心を決めた。

ルミッキは暗室に向かって歩いていた。自分の目がたしかだったか、確認しておきたかったのだ。あの光景はあまりにもばかげていたし、ことによると想像力の産物だったかもしれない。もしくは、勘ちがい。ひょっとして、紙幣のうち一枚だけが本物で、あとはただのおもちゃだったのかも。

けっして結論を急ぎすぎてはいけない。それはルミッキが掲げるもうひとつの信条だった。まあ、信条という言葉を持ちだすのは、ちょっと大げさすぎるかもしれない。それはむしろ基本方針とか見解といったものに近く、これまでの経験から、有効かつ有益であること、ときには自分を救ってくれることが証明されているのだった。

廊下の曲がり角で男子生徒と鉢合わせしそうになって、ルミッキはぎくりとした。相手はトゥーッカだった。年齢は十八歳、自分のことをおおむね神に準じる存在だと思っている俳優の卵、さらには校長の息子。トゥーッカが人を見下した態度を取ろうが、横柄な口をきこうが、遅刻の常習犯だろうが、教師たちは見ていて笑えるほど広い心をもって耐えている。

いまもトゥーッカはどこかへ急いでいる様子だ。ルミッキがさりげなく身をかわさなかったら、すれちがいざまに彼のひじか、あるいはバックパックがぶつかってきただろう。

ルミッキは相手に悟られないように人を避けるすべを身につけていた。タイミングを正確に計り、必要最小限の動作を心がけなくてはならない。相手を避けようとしていることを悟られないよう、自然な動作に見せなくてはならない。人を苛立たせないように、おどおどした態度にもならないように、そういうふるまいを身につける必要が、かつてのルミッキにはあったのだった。

トゥーッカはほとんど走っているくらいの急ぎ足で去っていった。ルミッキにはろくに気づきもしなかったようだ。それでも念のために彼が視界から消えるのを待って、ルミッキは暗室へ向かった。ひとつめのドアを開け、中に入って閉め、もうひとつのドアを開けて、セーフライトの赤い光をつけた。

ぱちぱちと二回まばたきしてみる。

しかし目の前の光景に変化はなかった。紙幣が消えてなくなっている。

ルミッキは静かに悪態をついた。すぐに行動を起こさなかったつけがこれだ。これからどうしようか？　暗室にお札がたくさんあるのを見たんですけど、それを証明する手段はないんです、と報告しにいく？　だれかからなにか聞かれるのを待って、もし聞かれたらそのときに話す？　この件はきれいさっぱり忘れて、起き抜けでぼんやりしていたせいで幻覚を見たということにしてしまう？

暗室の壁にもたれて、目を閉じた。再びなにかが違和感をもたらしている。なにかいつもとちがうもの、おかしいと感じるもの。なにかが脳に記録されていて、脳はいま、全体像の中に存在するほころびがなんなのか、答えを出そうと努めている。やがてひらめきが生まれて、ルミッキは目を開けた。

バックパックだ。

トゥーッカがバックパックを持っていたことなんて、これまでに一度もなかった。彼はいつも、マリメッコの黒いレザーのショルダーバッグを使っている。一日に必要な教科書がぎりぎり全部入るかどうかという代物だ。入りきらない分は家に置いてきてしまう。マリメッコのバッグでも、布製のカラフルなものなら女子の持ち物としては定番だったが、レザーのを持っている人は、ルミッキはトゥーッカ以外に見たことがない。守るべきファッションのコードを外さず、それでいてほかのみんなとはちがう、絶妙な加減のバッグ。群れの中に収まりつつも、ほどよいひねりを演出するよう、計算しつくされたアイテムだ。

しかし、さっきトゥーッカが持っていたのはくたびれたグレーのバックパックで、ショルダーベルトを片方の肩だけにかけて背負っていたそのバックパックときたら、端の縫い目がほつれ、角の部分にはしみがついて汚れていた。死者たちの只中に降臨した神のイメージにはまるでそぐわない。おまけにバックパックは丸く膨らんでいて、それなのに重そうには見えなかった。

この方程式なら、ルミッキは瞬時に解くことができた。


中央広場の一角にあるカフェ、コーヒーハウスの店内にいるのは、いつもの午前中と変わらない顔ぶれだった。赤ん坊を連れたベビーフード持参の母親たちは、睡眠リズムに関する話題でもちきりだ。女子大生たちは、今月の財政状況に大きな穴を空けてしまうカフェラテ

2月29日 月曜日

を飲みながら試験勉強しているが、それはポーズだけで、実際には頭の中を将来への夢想でいっぱいにしている。

ノートパソコンを携えたスーツ姿のビジネスマンも二、三人いるものの、画面上で開かれているのはプレゼン資料ではなく、フェイスブックやゲームのアングリーバードだ。コーヒーメーカーが、ブーン、コポコポ、と音を立てる。あたりにはカプチーノやヘーゼルナッツの香りが漂っている。ケーキ類は実際よりおいしそうに見える。冬物のコートを着ているとたちまち汗ばんできた。

ルミッキは隅の席に、ほかの客たちに背を向けてすわり、雑誌をめくりながらお茶を飲んでいた。近くの席に、トゥーッカとエリサ、そしてカスペルがいる。

紙幣はトゥーッカのバックパックの中だ、そう気づいたルミッキは、直ちに彼のあとを追うことにした。フックに引っかけてあったコートを取り、ミトンとマフラーとニット帽も身につけた。校舎を飛びだし、喫煙所と化している滑りやすい場所を踏み越えて、教会付属の公園に入ると、トゥーッカの姿を求めて視線をさまよわせた。グレーのバックパックが彼の背中で揺れているのが、公園の歩道の先、ハメ通りの起点のあたりに見えた。

ルミッキは凍てついた空気が肺を切り裂くのもかまわず走りつづけたが、少しずつ速度を落として軽いジョギング程度の足取りになり、やがてきびきびとした早足になった。適度な距離を保っておく必要がある。相手を見ろ、しかし相手からは見られるな。目の届く距離をキープしろ。

荒くなった息が気体からそのまま氷の結晶になって、彼女のまつげや、ニット帽からはみだしている髪にくっついた。氷点下のこんな冷え込みのときは、だれもが若くして白髪になったように見える。

コーヒーハウスに入っていくトゥーッカの姿が、ルミッキの目に映った。数分待ってから後に続く。そのころにはもう、トゥーッカはエリサとカスペルとの会話に没頭していた。

いまルミッキは、目に見えない存在でいるために全力を尽くしていた。気づかれてしまわないように。幸い、自分以外のだれかになりきるすべなら心得ている。

店に入るとすぐに、ルミッキはまずトイレに行ってコートとセーターを脱ぎ、ポニーテールをほどくと髪をゆるく編んでサイドに垂らしたが、そんな髪型はいままで一度もしたことがなかった。オーダーしたのはコーヒーでなくお茶。ふだんならスポーツ誌か、ポップカルチャーから政治まで最新の話題を扱う雑誌『イメージ』を手に取るところだが、いまめくっているのは女性誌だった。いつもとちがう姿勢を取り、手のポーズもふだんとは変えて、彼女はほかのだれかのように首をかしげてすわっていた。

人はだれも、離れたところにいる他人を服装や髪型で識別していると思っている。表面上はたしかにそうかもしれないが、実際に人間を識別する際は、はるかに複雑なプロセスが踏まれているものだ。そこには何百もの、もしかしたら何千もの要素が影響を及ぼしている。身長、背筋の伸び具合、歩き方、姿勢、胴体と顔のバランス、仕草。その仕草が、一瞬目の前をよぎるだけの、データとしては記録されないほど些細《ささい》なものであったとしても、やはり影響してくる。だからこそ、見た目のちがう他人に化けるのは難しいのだ。相手によっては、大がかりな整形手術や何年にもわたる訓練なくしては、とても化けきれないこともある。

しかし、やりかたさえわかっていれば、驚くほど小さな変化を生じさせるだけで、他人の目を引く自分の特徴を刈り込んでしまうことができる。もしもだれかが、カフェの中にルミッキがいることを知った上で、探しだしてやるつもりで店内を見まわしたとしたら、おそらく彼女は気づかれてしまっただろう。しかし、店内の客を、ふだん見知らぬ人々を見ているようにぼんやり眺めているだけなら、ルミッキはカモミールティーを前にすわっている、ちょっとヒッピー風で詩の好きそうなひとりの少女でしかない。特別に目を引くほど見覚えのある印象は与えないはずだ。

そういうわけで、すぐ近くの席にいるにもかかわらず、トゥーッカもエリサもカスペルもルミッキには気づいていなかった。そうでなくても、彼らにはもっと重大な関心事があったのだ。三人は問題に直面していた。

「あれ、どうしよう?」エリサが男子ふたりにたずねている。

カフェに入ってすぐに、ルミッキはエリサの顔が真っ青なことを心に留めていた。エリサはもともと色白だが、その肌がほとんど灰白色に見えている。目の下にはくまができ、化粧は洗い流したのかふき取ったのか、とにかくぞんざいな落とし方だ。ブロンドに染めた髪はシャンプーされないまま頭から垂れ下がっている。服装も、洗練されたトータルコーディネートとはほど遠く、手当たり次第に適当な衣類を身につけただけのようだ。学校でこんな姿のエリサを目撃することはありえない。彼女がこんな、なりふりかまわない格好でカフェに入る神経を持っていたとは、驚きだった。

エリサは学校でいちばんかわいい女子生徒のひとりだ。彼女自身、それらしくふるまっているし、そういうふるまいをすることで、自分が美少女だということをますます強くみんなの意識にすり込んでいる。

しかしいま、やつれておびえた顔の彼女を見ると、その美しさは注意深くつくり込まれた仮面なのだということが、はっきりわかった。仮面を形づくっているパーツのうち最大のものは、ぴったりくる色のリップグロスでも、フェイスラインや鼻筋にプロ並みのテクニックで入れたシャドウでもなく、たっぷりの自信と異性に振りまく媚《こび》なのだ、ということも。エリサが微笑みかければ、男子の心臓はばくばく高鳴り、手のひらには汗がにじむのだ。

エリサとトゥーッカが実はどういう関係にあるのか、ルミッキには今日まで謎のままだった。ふたりが以前付き合っていたのはたしかだが、いまでは友達同士らしい。同じベッドで一夜をともに過ごすこともある友達同士。

エリサは、校内の人口比率では少数派に当たる男子生徒たちを好きなように振りまわしているし、トゥーッカのほうも、天の高みから降臨した存在として当然ながら多くの女子の憧れの的だったが、なにかが接着剤となってこのふたりをくっつけ合っていた。

たぶんふたりとも、自分たちは校内で圧倒的に支持されている第一位のオスとメスだと思っており、おそらくはそのせいで、ほかのだれかと真剣に付き合ったりして自分の地位を下落させる気になれないのだろう。

「どうしようかって？　もちろん、もらっとくのさ。で、口は閉じておく」

そう答えたのはカスペルだった。

彼がいったいどうやってこの高校にもぐり込んだのか、ルミッキは不思議だった。授業に出るより、さぼるほうに専念しているとしか思えない。廊下でささやかれているところでは、素行が改まらない限り退学の危機にさらされるのではないか、という話だ。

カスペルは黒ずくめのいでたちで、ゴールドの目立つアクセサリーをつけている。髪はたっぷりのジェルでオールバックにしており、本人としてはゴージャスでイケてるラップ・ミュージシャンのつもりでいるのが明らかだ。もっとも、そのパフォーマンスが客席に巻き起こすものといえば、熱狂よりもむしろ見るに堪えなくて気まずい気分、というのが実態なのだが。カスペルはまわりから浮いている存在だった。道化なのか、それとも小物とはいえ犯罪者なのか、判然としない。ルミッキはもう長いこと、どうしてエリサとトゥーッカはこの少年とつるんでいるのだろうと、いぶかしく思っていた。

エリサはあたりを見まわすと、声を低くしていった。

「もらっとくわけにいかないでしょ」

その声にパニックが透けている。

「じゃあ、おまえとしてはどうするつもりなんだよ？」そういったのはトゥーッカだ。「警察に届け出るとか？」

2月29日 月曜日

カスペルがぷっと噴きだした。エリサの父親は警察官なのだ。そのことで、ときには親しみのこもった、ときにはもう少し意地の悪いからかいの言葉が、彼女に投げかけられている。

「だけど、あれはあたしたちのものじゃない。あたしたちが手に入れちゃったのは、なにかのまちがいだったのよ。絶対にだれかが探しまわっているはずだし、あたしたち、まずいことになっちゃうよ」

エリサはトゥーッカとカスペルを説得しようと必死になっている。

「ちょっと考えてみろよ。おれたちになにができる？　一連の出来事をどう説明すれば、つかまらずにいられるっていうんだ？　なにかやるんなら、あの晩すぐに実行すべきだったんだよ」トゥーッカが指摘した。

「なにかなら、やったけどな」カスペルが笑う。

「そうね。ほんとに死ぬほど賢いことをね」エリサはため息をついた。

「あのときは、めちゃくちゃ理にかなったことに思えたんだよな」再びトゥーッカが口を開いた。「とにかく、おれがなにをいいたいのか、おまえにもわかっただろ。もしもこのことをしゃべるなら、なにもかも全部しゃべるしかない。少なくともおれは、そういうわけにはいかないんだ」

「おれもだ」カスペルが同意する。

ルミッキの耳に、エリサの爪《つめ》がいらいらとテーブルを叩く音が聞こえてきた。

「あたしの記憶はあいまいすぎて、確信を持って話せることなんか、なにもないんじゃないかと思う。どの時点でなにが起きたか、整理できないもん。あたしにわかってることがあるとしたら、今朝はうちの中がもう恐ろしいほどぐちゃぐちゃになってたってことくらい。吐いたものがあっちにもこっちにも残ってたのよ、どの場所かはあんたたちも聞きたくないと思うけど」

「さぞかし苦労して大掃除したんだろ？　この週末、おとなしく物理の勉強に励んでたわけじゃないってことが、親父にばれないようにさ」

カスペルがおもしろがっているような笑みを浮かべながらいい、椅子の背もたれに寄りかかった。

「ばかいわないで。今日はちょうどハウスキーパーが来る日だったの、運がよかったわ。いまごろ必死でやってるはずよ。いつもの半分の時間で掃除を終わらせてくれたら、倍の金額を払うって約束したんだから。それでね、なにがあったか全部はっきり思いだせれば、あたしとしては……」

「おれたち全員を、マジでやばい状況に突き落とすのか？」

トゥーッカの声には、険しい、威嚇《いかく》するようなトーンがまじり込んでいる。

エリサはいっとき静かになった。隣のテーブルの客が、アングリーバードのゲームをクリアして次のレベルに進んだらしく、満足げな声を漏らした。

「わかった」やがてエリサが言葉を続けた。「じゃ、これについては三人とも黙ってるってことで。いまのところはね。どうなるか様子を見ましょう。ただ、これだけはいっておくけど、あたしはこの件でものすごく気分が悪いの」

「一万あれば、気分もアガるんじゃないのか」トゥーッカがいった。

「なにいってるの？　そんなもの、あたしはほんとにほしくないから」

「ほしいに決まってるだろ。三つの袋に分けて入れてある。ひとりに一万ずつだ。おれたち全員、同じ穴の中だからな」

ごそごそする気配、ファスナーが下ろされる音。トゥーッカがテーブルの下でバックパックの口を開けたのだ。ルミッキはわずかに頭を動かし、黒くて中の見えないビニール袋がふたつ、テーブルの下でトゥーッカのバックパックからエリサとカスペルのバッグへと移動していくのを、目の端で見届けた。

エリサは両手に顔を埋め、苦しげにため息をついた。

「最低。今朝目が覚めたとき、これがただの悪い夢だったらどんなにいいかって思ったのに」

「だれにも姿を見られてねえだろうな？」カスペルがトゥーッカに聞いている。

「見られてない」

「暗室に入ったやつも、ほかにだれもいねえよな？」カスペルがさらにたずねた。

「入っておいて、こいつをあそこに吊り下げたまま去っていったってわけか？　ありえないね」

そう返したトゥーッカだが、その笑い声は緊張の色合いを帯びている。彼は突然立ち上がって、いった。

「ミーティングは終了だ。解散」

「あたし、まだチャイが飲みかけなんだけど」エリサが声を上げた。

「おれがおまえなら、そんなダサい格好で町に出てきた日は、用事がすんだら大急ぎで家に逃げ帰るけどな」と、トゥーッカ。「ありったけの愛を込めて忠告してやってるんだぜ、ベイビー」

「あっそ。あんたにそんな口をきく資格があるわけ？」

　エリサは言い返したが、やはり席を立った。

　三人が店を出ていってしまうまで、ルミッキは待った。それからお茶を飲み干そうとした。うっ、最悪、なにこの液体。こんなものを好きこのんで飲む人がいるんだろうか？　不当に高い金額を払わされた皿洗いの残り湯もどきは、そのままカップに残しておくしかなかった。安全を確保できるほどの時間が経過したころ、ルミッキは身支度をして、再び厳しい寒気の中へ足を踏みだした。家に帰るまでのあいだに、考える時間が持てるだろう。

5

2月29日 月曜日

タンメルコスキ川を渡るハメーンシルタ橋に差しかかると、身を切る冷たい風が叩きつけるように吹きすさんでいて、ルミッキは足を速めた。頭の中ではさっき耳にした情報を分析している。あの紙幣は、トゥーッカ、エリサ、カスペルの三人が、昨夜なんらかの経緯で手に入れたものらしい。どういう経緯か、それはルミッキにはわからない。お金の持ち主はだれなのだろう？　三人は持ち主を知っているのだろうか？　知らないはずだ。知らないと考えられる。三人とも、昨夜の出来事についてはよく理解できていない様子で、その混乱ぶりはふだんよりさらにひどかった。

紙幣は最初から血まみれだった可能性が高い。そしてあの三人は、学校の暗室で紙幣を洗ってきれいにしようという、すばらしすぎるアイディアを思いついたのだ。なにより理解しがたいのはそこだった。真夜中に学校へ行ってお金を洗おうなんて、思いつく人がいるのだろうか。

「でも、あたしたちが飲んだのはただのカクテル、でしょ？」

突然、ルミッキの頭の中に香水軍団の会話が響き渡った。つまり、昨夜のパーティーで、おそらくはアルコール以外にも出されたものがあったのだ。少なくとも、そういうものを口にした人が何人かいる。それはたぶん、エリサとトゥーッカとカスペルの三人にほかならないのではないか。そうだとすれば、彼らがなぜそんなばかげた行動を取るに至ったのか、説明がつく。さらには、彼らがなぜ、なにがあったかだれにもいうわけにいかないのか、その説明もつけられる。

警察官の娘。校長の息子。あまりにも古典的な構図に、ルミッキは虫唾《むしず》が走った。恵まれた家庭のお嬢さまにお坊ちゃまが反乱を起こしたってわけ？　ほかのことでは刺激が足りなくなって、危険な遊びに手を出した？　それとも、単に頭の中を根本からめちゃくちゃにしたかっただけ？

駅前の交差点では、信号のところで人々が足を滑らせていた。滑り止めの砂利がどれほど大量にまかれても、毎日何千という足で踏みしめられてつるつるに凍りついている部分は、どうしても滑りやすい状態になってしまう。ルミッキはアーミーブーツの底をますますしっかりと地面に食い込ませた。

とんでもなくややこしい状況になってしまった。校長には報告したくない。警察にも通報したくない。この件にはいかなる形であれ関わりたくなかった。とはいえ、あの三人が友達だから黙っていてやろうというのではない。あの三人は彼女にとって、べつに意味のない存在だ。ただ、密告すれば否応なく嵐の真っ只中に放り込まれることになるはずで、ルミッキはそれを避けたいのだった。

警察に匿名で通報する？　もちろんそれもひとつの選択肢だ。真剣に取り合ってもらえるだろうか？　仮に、三万ユーロの現金が盗まれたといった届け出をしている人がいれば、警察もまともに対応してくれるだろう。もしも取り合ってもらえなくても、その時点ですでにこの件はルミッキの手を離れている。それでも義務は果たしたことになるだろう。

タンメラ地区が近づいてくるにつれ、ルミッキは心のうちに奇妙なざわめきがわき起こるのを感じた。いま住んでいる部屋は〝家〟ではない、それははっきりしているが、それにしても自分はこの地区になじみはじめているのではないだろうか。そう思うとおかしくなった。タンメラ広場でほおばる黒ソーセージ《ムスタマッカラ》（豚の血を入れた黒いソーセージ。タンペレ市の名物）とミルク。タンメラ・サッカースタジアムに響く、地元クラブTPVのサポーターの声援。生粋《きっすい》のタンペレっ子の日常。〝木のタンメラ〟と呼ばれるエリアにいまも残る古い木造建築を見てはなつかしさに浸り、赤煉瓦《れんが》造りの旧アールトネン製靴工場に称賛のまなざしを向ける。やたらと感傷的になることを避けているルミッキ・アンデションとしては、こういうのはまるで似つかわしくない。しかしどういうわけか、ここにいると彼女は、ほかの場所にいるときに比べてちょっぴりリラックスした、温かな気分になれるのだった。

　地元愛という言葉はルミッキの語彙《ごい》になかったが、それでも彼女は、自分が住んでいる一画を好ましいと思うのも悪くない、もっとくだらない事柄はこの世にいくらでもあるのではないか、そんな気がしていた。もしかすると、タンメラ地区はいずれ〝家〟になるのかもしれなかった。近所の区画をわが家のリビングみたいに感じはじめるのかもしれない。そういう現象は、むやみにどこかの土地に縛りつけられたくないと思うルミッキの意に反して、すでに起きているのかもしれなかった。

　タンメラ小学校の校庭から、子どもたちの叫ぶ声や笑い声や歓声が聞こえてきた。男の子も女の子も、白い息を吐き、寒さでほっぺたを真っ赤にしながら、走ったり跳びはねたり、ブランコをこいだりどこかによじ登ったりしているのを、ルミッキは見やった。分厚い冬物を着込んだ子どもたちは、丸々としたカラフルな雪だるまみたいだ。彼女の目は校庭の隅に向けられ、だれからも相手にされず独りぼっちの子はいないかと探っていた。叫び声の中に、楽しんでいるのでなく真の恐怖から上げている声がまじっていないか、聞き取ろうと耳を澄ます。一部の子にとって、校庭は冬の太陽にきらきらと照らされた遊び場ではなく、恐怖に支配された国であり、そこで過ごす日々は長く、夜のように真っ暗であることを、ルミッキは知っている。

小さな女の子がひとり、淡い黄色に塗られたアール・ヌーヴォー様式の校舎本館のまわりを、壁に沿って歩いていた。うつむいていて、足の運びは遅い。ルミッキはしばらくのあいだ、女の子の様子を観察しつづけた。校舎の角に来るたびに、ちらりと振り向いてはいないか？　しょっちゅう身をすくめているのではないか？　下を向いた目の中に、不安が住みついていないだろうか？

そんなことはなかった。やがて少女の顔をはっきり見ることができたルミッキは、少女がひとりで微笑んでいるのに気づいた。唇が動いている。きっと頭の中でお話をこしらえていて、唇の動きにつれて目にも笑みが浮かぶのだろう。

あの子はかつての自分とはちがうと、ルミッキは思った。ちがっていて、よかった。

その瞬間、ルミッキは違和感に襲われた。なにかが変だ。だれかがあまりにも近くにいる。気づくのが遅すぎた。

力の強い手がルミッキの体をとらえ、近くの建物の敷地に続く通用口の陰へ引きずっていって、石造りの壁に荒々しく押しつけた。氷のように冷え切った石材に頬がぎゅっと押し当てられる。不意打ちを食らったルミッキの手は力を奪われ、その手を襲撃者にねじ上げられて背中にまわされると痛みが走った。

襲撃者がまだ一言も発しないうちに、それがだれなのか、ルミッキにはにおいでわかった。トゥーッカだ。

「尾行がうまいのは、おまえだけじゃないんだよ」

トゥーッカの言葉が不快な温かさとなって頬をなでる。彼の吐く息は、さっき飲んでいたコーヒーと、少し前に吸ったらしいたばこのにおいがした。ルミッキは自分自身を張り倒したい気分だった。どうしてこんな初歩的なミスを犯してしまったのだろう？　どうしてカフェを出た後に気をぬいてしまったのだろう？

自分の賢さをけっして過信してはならない。百パーセント安全だと、けっして思い込んではならない。そんなことはとっくに学んでいたはずなのに。彼女が身につけたテクニックは、タンペレで暮らすうちに毎日使う必要がなくなって、さびついてしまったらしい。

「さっきのカフェでおまえに気づいたんだよ。いや、正確にはおまえじゃなくて、そのバックパックに気づいたんだけどな。で、そういえば暗室の近くでおまえとぶつかりそうになったと思いだした。ずいぶんな偶然じゃないか」

トゥーッカはそういいながら腕を締め上げてくる。

ルミッキはすばやく状況を分析した。

不意を突けばトゥーッカの手から逃れられるかもしれない。しかしうまくいく保証はない。

加えてトゥーッカは足が速く、逃げてもすぐにつかまるかもしれない。ここはじたばたせず、体力を無駄に消耗せずに、彼がなにをいおうとしているのか聞いてやったほうがいいだろう。

「おまえ、なにを見た？　なにを知っている？」

トゥーッカがたずねてきた。

「暗室で例のあれを見たの。それから、カフェであんたたちが話しているのも聞いたわけ。それだけ」

ルミッキは穏やかに答えた。いまは相手を刺激しないほうがいい。

「くそっ」トゥーッカは悪態をついた。「この話は、マジで広まってもらっちゃ困るんだよ」

ルミッキは一言も返さなかった。壁の石材の、冷たくてざらざらした表面が頬をこする。できるだけ体を動かさないよう努めた。

「このことは絶対に黙ってろ。だれにも、なにもしゃべるな。おまえはなにも知らない。おまえの話なんか、どうせだれも信用しない」

トゥーッカは自分の言葉に脅しの効果を込めようとしていたが、その声には自信が欠けていた。ルミッキは引き続きなにもいわずにいた。

「聞こえたのか？」

トゥーッカの声はうわずって、ますます自信がなさそうに響いた。彼はおびえていた。ルミッキよりも彼のほうがはるかにおびえているのだ。

「聞こえた」ルミッキは答えた。

トゥーッカはいっとき思案していたが、やがて聞いてきた。

「いいだろう。いくらほしい？」

その声は、いまやほとんど哀願する調子になっている。自分の評判がめちゃくちゃになることを恐れているのが、はっきりわかった。

「なにもいらない」というのがルミッキの返事だった。「さあ、あんたは手を放すの」

それは要請でも命令でもなく、単なるコメントだった。ただの事実。相手に選択肢を与えるな、明確な指示だけ出せばいい。頼み込んだり、要求したりせずに、物事がどうなっているのか教えてやればいい。ルミッキの動じない態度に、トゥーッカの手の力が緩んだ。ルミッキは体の向きを変えると、ゆっくりと手首をさすった。

「いい、こういうことにしましょう」ルミッキはトゥーッカの目をじっと見つめていった。「あたしはこの話に首を突っ込みたいなんてこれっぽっちも思っていない。あたしはなにも見ていないし、なにも聞いていない。ただし、ストレートに質問された場合は別。あたしは密告はしない、だけど、うそもつかない。あんたたちは、この先もいろいろとまずい事態に追い込まれると思うけど、あたしは助けてあげるつもりはない」

トゥーッカは迷っている顔でルミッキを見た。寒さのせいで耳が真っ赤になっている。頭にはなにもかぶっていなかった。外見を気にする虚栄心が、実用性を押しのけたらしい。ルミッキの言葉を吟味しながら自分自身のリスクとメリットを計算しているのが、はっきり見て取れる。

「わかった。取引成立だ」

しまいにそういって、彼は片方の手を差しだしてきた。しかしルミッキはその手を取らなかった。トゥーッカは宙に浮いた手を自分の髪に突っ込むと、笑い声を上げた。

「おまえ、意外とタフだな。おまえのこと、過小評価してたかも」

そういう人が多いの。ルミッキは心の中でつぶやいた。

トゥーッカは再び優位に立とうとして、横柄な態度で手を伸ばしてくるとルミッキの顔から髪を払った。

「なあ、知ってたか？　おまえ、このひどい髪型と髪の色と、環境保護団体のメンバーみたいな服装も別のに変えて、化粧も覚えれば、すごくイケてる女になるぜ」

彼は口の端を片方だけ上げながらいった。

ルミッキは微笑した。

「あんたこそ、知ってた？　あんた、そのひどい人格を根本からすっかり別のに変えれば、すごく気のきいた感じのいい人物になれるわよ」

トゥーッカがどういう言葉を返したのか、すでに立ち去ったルミッキは聞いておらず、彼女はただ歩きつづけた。振り返りもしなかった。追ってこないだろうということはわかっていた。

部屋にもどったルミッキは、バスルームの鏡に顔を映し、赤くなってひりひりする頬を眺めた。この跡は少なくとも明日まで消えないだろう。たいしたことはない。もっとひどい目に遭《あ》ったことだってある。蛇口から直接冷たい水を飲み、明日は学校を休もうと決めた。一日くらい休んでもいいだろう。その後はまた、すべてがいつもどおりに続いていくはずだ。学校に行って。紙幣のことは忘れて。

どういう形であれ、この件には関わらずにいたかった。

3月1日

火曜日

6

時計の針は午前三時四十五分を指していた。

ボリス・ソコロフは、手の中の携帯電話を、巨大化しすぎたゴキブリであるかのように凝視しながら、こいつを壁に叩きつけてやりたいと考えていた。こいつのせいで、ぐっすり眠っているところを叩き起こされたのだ。うそをつかれた。脅し文句を吐かれた。叩き起こされたことはまだ我慢できたが、うそをつかれて気分が悪くなった。しかし、ボリス・ソコロフを激怒させるに至ったのは、相手が彼を脅そうとしたということだった。脅そうとしてきたのが、そんなことをする資格などこれっぽっちもないはずの男だったから、なおさらだ。

ボリス・ソコロフは携帯のＳＩＭカードを入れ替えると、とある番号をプッシュした。

相手はエストニア人で、発信音が三回鳴ったところで出た。彼の声も、やはりぐっすり眠っていたのを電話の音で起こされたことを物語っている。エストニア人が住んでいる場所はほんの二キロほどしか離れていないが、その声はくぐもって、はるか彼方から届いてくるようだった。

「なんすか？」

ボリス・ソコロフはロシア語でしゃべりはじめた。

3月1日 火曜日

「やつから電話があった。金が届かないと騒いでいる」

「あいつ、なにを寝ぼけたことを」エストニア人は驚いた様子でいった。「こっちは宅配サービスまでしてやったのに」

ボリスは立ち上がると寝室の窓に歩み寄った。寄せ木張りの床はひんやりしている。やはり床全体に敷き詰めるカーペットを導入すればよかったか。汚れたとしても、かまいはしない。どうせ二、三年ごとに新品と交換できるのだから。

月の光のまぶしさが気に障った。野ウサギの足跡が二匹分、庭の雪の上で交差している。もうひと組、別な足跡があったのを、彼はふたりのエストニア人に手伝わせて消していた。足跡のついた雪面を掘り返して、裏庭の反対側の端へと続く、一見したところごく自然な通路をつくったのだ。もはや純白ではなくなった雪は、すべて注意深く取り除いておいた。

「あの男、一晩中起きて見張っていたとわめいていた。昨夜から、いままでな」

「ばかな、どういうことっすか？　日時はいつもどおり、場所はいつもとはちがう、こっちからはそう連絡してあったはずだが」

エストニア人はすっかり目が冴えてきたようだ。

「なにか誤解があったと言い張っていた。今年はうるう年で、昨日が二月の最終日だったと」

ボリスはうなるようにいった。指が窓の下のでっぱりをコンコンと叩いている。野ウサギども、リンゴの木の幹をかじりに来たのだろうか？　根元に金網のフェンスでも設置しなくてはなるまい。さもなければ夜中に待ち伏せして、野ウサギのローストを二匹分手に入れ、冷凍庫に保管しておくのもいい。今回の保管先は、自宅の冷凍庫だが。

「たしかにそうでしたがね。だが、うるう年だろうとなんだろうと、二十八日が二十九日に変わったりはしねえ。だいたい、なんだってゆうべからいままで見張ってたんですかね？金はもう、昨日の明け方までに届けてあったのに」

「そこだ。あいつは届いていないといっている。なにも見ていないと。なにも」

エストニア人はしばらく黙り込んだ。相手が自分と同じ結論に達するかどうか見極めようと、ボリスは待った。

「おれたちをだますつもりだな。あの男、金はすでに受けとっているんだ。で、あの紙幣を見て、なにがあったか感づいた。駆け引きする気でいやがるんだ」

よし、同じ結論だ。

「とんでもない脅しをかけてきた。なにもかも暴露すると」

その言葉を口にしただけで怒りがよみがえるのを、ボリスは感じた。携帯をぐっと握りしめる。握りこぶしの中でゴキブリの外骨格が粉砕されるのを想像していたのかもしれない。

「畜生、そんなことはさせねえ！」

エストニア人も怒りくるっている。いいことだ。この男はまちがいなくこっちの味方だ。この三十八時間で裏切り者がふたり、もう十分だ。十分どころではない。十二分だ。このシステムは全体がひとつとして稼働するよう組み立てられており、あまり多くの部品が一度に脱落すると、部品の交換なしでは持たなくなる。

「そんなことはさせん。そのために、こっちも手を打つ」

ボリスはその言葉の味わいを楽しみながらいった。彼を脅して罰を受けない者はいない。彼をだまそうとする者も、組織から簡単にぬけ出す者も、いてはならない。

ビニール袋に詰め込んだ血染めの紙幣は、警告として十分だと思っていた。

どうやらちがったようだ。

駆け引きなら、こっちもやれる。相手とのちがいは、ゲームに勝つのはこっちだということだった。

3月1日 火曜日

今夜はもう眠れないだろうと、テルホ・ヴァイサネンにはわかっていた。ベッドはダブルで、その気になれば幅いっぱいに体を伸ばすこともできるのだが、彼はひとり分のスペースに収まって横になっていた。体の下で何者かがベッドの底板をかじっている気がした。いつ底がぬけて床に叩きつけられてもおかしくない、さらにその床もぬけてしまうかもしれない。なにかが崩壊しようとしている。これまでずっと、不変だと信じてきたなにかが。

テルホ・ヴァイサネンは、自分に誇りを持っているとはいえない男だった。鏡に映る自分の目をまっすぐに見つめられない朝が幾度もあった。しかしそんな気持ちも、職場に到着して、この十年間にどれほど多くの実績を上げてきたか思いだすころには、薄れているのが常だった。彼ひとりの功績で解決した事件がどれほどあったことか。その代償は支払わねばならないが、それは仕方のないことだ。

テルホは上掛けをあごのあたりまでしっかり引き上げ、寝具カバーの清潔なにおいをかいだ。だれかを抱きしめたい、温かな人間の体をしっかりと胸に抱きたいと思った。

もう一度電話をかけてみた。発信音が延々と鳴りつづけても、だれも出てはくれなかった。漠然とした恐怖がみぞおちのあたりに巣食いはじめているのを感じる。この夜が明けてしまえば、なにもかもがいままでどおりではなくなることを、彼は予感していた。

7

むかしむかし、けっして明けない夜がありました。

夜はその暗さで太陽をむさぼり食い、すべての光を絞め殺し、その冷たく黒い腕を世界の上に広げました。夜は人間のまぶたを張り合わせて永遠に開かないようにし、人間の見る夢をますます深くあやしいものに変えたので、人々は自分を見失い、夢に出てくる想像上の生き物たちの仲間になってふわふわと動くばかりになり、自らの記憶をなくしてしまいました。夜は家々の壁に、世にも恐ろしい絵を描きましたが、その絵からは色という色が逃げだして消えていました。

夜は、眠っている人間の顔に、息が詰まるような冷たい空気を吹きかけ、するとその空気は人間の肺に押し入って、内側を真っ黒に染めるのでした。

3月1日 火曜日

ルミッキはあえぎながら目を開けた。全身が汗まみれで、厚手の上掛けの重みに首を絞められている気がする。上掛けをはねのけて起き上がらずにはいられなかった。ルームシューズに足を突っ込む。窓から外の公園を見やる。この風景を眺めていれば、悪夢のせいで生まれた石のように固い不安の芽も、単なるつかみどころのないうつろな気分に変わってくれるかもしれない。月の光が、降り積もった雪や、遊び場のぶらんこやジャングルジムや、立ち並ぶ建物の屋根を照らし、銀箔《ぎんぱく》の覆いをかぶせていた。影たちは、雪の上に絵の具で描かれた像であるかのように動かない。

窓辺に明かりの見える住まいがふたつあった。いま、午前三時四十五分というこの時刻に、目を覚ましている人がほかにもいるのだ。人間の生理に逆らって。

こんな時間にうごめいているのは、夢にあらわれる恐ろしいイメージくらいだが、目を覚ましている人間には影との見分けがつかない。窓ガラスの下の端に、霜の花がレース模様の飾りを施していた。

霜の結晶がついているのはガラスの向こう側だとわかっていたが、ルミッキは思わず冷たいガラスに手を伸ばした。手のぬくもりで霜を溶かすことはできないのに。窓枠の隙間から入り込んでくる氷点下の冷え込みに指がさらされる。ルミッキは手を引っ込めて、身震いした。

ルミッキにはかつて、夜中に目を覚ましては、夜が明けませんように、朝が来ませんようにと願いつづけた日々があった。あのころも、けっして明けない夜の夢を見たが、それは願望が夢になったものだった。しかし今夜のは悪夢だ。多くの物事が、あのころとはちがう。あのころのルミッキは、朝になって目が覚めると失望を感じたものだった。ベッドから出て、どう考えてもいいことなんかありそうもない一日に立ち向かわなければならないなんて。いやなことが、普通の人間に耐えられる範囲を大幅に超えて降りかかってくると、ルミッキにはわかっていた。それでもルミッキは耐えた、何年も耐え続けた。あいつらがいっていたとおり、ルミッキは普通じゃなかったのかもしれない。

ルミッキは寝床にもどると、まだ温かい上掛けの下にもう一度もぐり込んだ。疲労のせいでまぶたがくっつき、その後はもう朝まで怖い夢は見ずにすんだ。夢自体、少なくとも次の朝もまだ覚えているような種類の夢は、まったく見なかった。

ルミッキは日の光のまぶしさに目を覚ました。時刻は十時を過ぎている。たっぷり休息を取ったような、不思議なほど爽快な気分だった。

本来なら人間は、朝が来るたびにこういう状態で目を覚ますべきなのかもしれない。度重なる死からよみがえったゾンビみたいな気分でなく。学校をさぼるのはよくないことだと思っているが、今回ばかりはまちがいなくグッドアイディアだったようだ。今日はまだ、トゥーッカの満足げな顔を見る気になれなかった。

ルミッキはマットレスの上で伸びをした。今日はなにをしよう？　フィットネスジムへ行ってエクササイズをするのもいい。クリスマスにカイサおばさんが、一年間有効のジムの会員権をプレゼントしてくれたのだ。テンションの高いエアロビ中毒の女子たちに囲まれていると、ルミッキはすっかりくつろいだ気分というわけにいかないのだが、それでも汗をかくとすっきりするし、加えて彼女にはもっと力が必要だった。

　トゥーッカは不意打ちをかけてきて、しばらくのあいだ優位に立つことに成功した。しかし、ルミッキが自分の筋力を信頼できていれば、トゥーッカの手を振りほどき、彼の頬のほうを冷たい石の壁にこすりつけてやることも容易にできたはずだ。

　復讐のための力を求めてはいけない。力は、復讐したくなるような状況に追い込まれるのを避けるためにこそ、求めるべきだ。言葉にすると立派に聞こえる。この言葉が実際に意味するところはただ、ルミッキは生きているかぎり二度と劣勢に甘んじるつもりはない、ということだった。

　昨日のことは考えたくなかった。今日のことだけを考えていたい。自分だけの一日。

　ママとおばさんは、女性には自分へのご褒美《ほうび》を楽しむ日がないとね、とよく言い合っている。ご褒美というのは、ショッピング、チョコレート、ジャグジーバス、女性向けの雑誌、ネイルの手入れなどと同義語だ。ルミッキはぞっとしてしまう。彼女にとってそんな日は、ご褒美どころか居心地の悪い猿芝居だ。

　彼女にとってご褒美とは、コミック本、塩化アンモニウムとリコリスの成分を含む独特な風味がいいサルミアッキのお菓子、汗をたっぷりかけるハードな運動、ベジタブルカレー、そしてなによりも、孤独だった。

ママはいつも、どうしてひとりでそんなに楽しく過ごせるのかしらと不思議がる。つまらないと思うことはないの？ ルミッキとしては、他人と一緒にいて、どうでもいい話を聞かされているほうがよっぽどつまらないのだが、それを説明する気にもなれなかった。ろくでもない相手と一緒にいるより、ひとりでいたい。ひとりのときは、完全に自分自身でいられる。自由だ。だれも、なにも要求してこない。静寂を望んでいるときにしゃべる人はだれもいない。触れてほしくないときに触れてくる人はだれもいない。

美術展に出かけるのも、ルミッキには楽しみのひとつだった。そのための時間を何時間も確保し、携帯にたっぷり音楽をダウンロードしておく。できればイギリスのバンド、マッシヴ・アタックがいい。そして、なんの先入観も持たず、アーティストや展覧会のテーマについて必要以上の予習もせずに、出かけていくのだ。

入場料を払うと、最初の展示室へ、床に視線を落としたままで足を踏み入れ、イヤフォンで音楽を聞きはじめて、目を閉じる。頭の中から雑念を追いだして、代わりに音楽で満たす。ゆったりと規則的に呼吸することに集中し、脈拍が下がって安静時とほとんど同じレベルになるのを待つ。自分を取り巻く日常がすっかり消えたとき、目を開けて、一枚めの絵画の中に溶け込んでいくのだ。

美術展の会場にいると、ルミッキは時間の感覚を失うことがあった。形、色、雰囲気、キャンバスや紙や写真の中に感じられる動きと奥行き、表面の凹凸や質感が彼女をさらい、どこか別の世界へ連れていってしまう。その世界のことを、ルミッキは隅々まで知っているわけではなく、理解もしていなかったが、それは彼女の世界だった。それはルミッキにとっての湖や森、彼女の魂の風景だった。

絵画や写真は、音楽と結びついた言葉でルミッキに語りかけてきて、闇へ、あるいは光へと続く小道を創りだす。作品のモチーフが重要に思えることはほとんどなかった。作品に描かれているのがなんなのか、そもそもなにかが描かれているのか、そんなことはどうでもいい。意味があるのはイメージだ。

得るものがなかったと思いながら美術展の会場を後にすることは、ルミッキにはめったになかった。たまにはそんなこともあるのはたしかだが、そういう場合は往々にして、お腹がすいていたとか疲れていたとかストレスがたまっていたといった、外的な要因のせいだった。会場でざわついていたほかの客たちの声を、音楽の力で完全に追い払うことができなかったときも、やはりそうだ。

ある種の美術展は竜巻のようで、ルミッキはあえぎながら、足をふらふらにしてそこから出てくる。長いことぬくもりを残す展覧会もある。頭の中で鳴り響きつづける展覧会もある。色彩が網膜に焼きついて、夢に新たな色合いを塗り足す。ルミッキはもう、展覧会に出かける前と同じ人間ではなくなっている。

とはいえ、今日は美術展という気分でもない。なにしろ、タンペレ市立美術館も、サラ・

ヒルデン美術館も、ＴＲ１アートホールも、いまやっている企画展はすでに観てしまったのだ。美術展に行くとき、ルミッキはできるだけ会期の初めのうちに、しかしオープン直後の数週間が過ぎたころに出かけることにしている。そのころだと、とりわけ意気込みにあふれた客はもう会場を訪れた後だし、終了間際に滑り込もうという人々はまだ腰を上げていないからだ。

太陽が照りつけて窓ガラスの霜の花をきらめかせている。やっぱり朝食の前に軽くジョギングしようか。窓の外の温度計に目をやると、零下二十五度を指している。やめとこう。激しく呼吸したら肺に負担がかかりすぎる。

そのとき携帯の着信音が鳴りはじめた。ルミッキは携帯を手に取った。知らない番号だ。知らない番号からの着信に出てはいけない。絶対に。かつてはそれがルミッキのポリシーだったが、いまではちがう。ひとり暮らしをして、自分のことは自分で処理している以上、知らない番号といえども出ないわけにいかない。

「ルミッキ・アンデションです」

あらたまった声で応じる。

「もしもし、あたし、エリサだけど」

エリサ？　なんでエリサから電話が？

「トゥーッカから聞いたの、エリサから電話が、あんたが知ってるって」

相手はあわてて言葉を続けた。

ルミッキはため息をついた。あのことはたずねられない限りだれにもしゃべらない、それをエリサに対してまで請け合ってやる必要はないと思うけど。

「あたし、ほかのだれに電話したらいいかわかんなくて。あのふたりはこの件について話したくないっていうし。あたしもう、どうにかなっちゃいそう。頼むからうちに来て。ひとりじゃ耐えられない。怖いの。助けて」

エリサの声は甲高く、度を失っていた。明らかにパニックに陥っている。

「でも、あたしは……」

ルミッキはいいかけたが、エリサが泣きだしたのでそれ以上なにもいえなくなった。

ルミッキは霜の花をじっと見つめた。赤い受話器のマークを、押してしまったらどうだろう。それから携帯の電源を切ってしまったら。他人の事情に立ち入るな。余計な手出しをするな。自分のことにだけ気を配っていればいい。一度決めたことを貫くのが、いまはどうしてこんなに難しく感じられるのだろう？　それはたぶん、エリサが泣いているせいかもしれなかった。これほどまっすぐに助けを求めてきた人は、彼女が初めてだったからかもしれなかった。

「わかった、行くから」

自分の声が携帯に向かって告げるのをルミッキは聞いた。

自分だけの一日はそこで終わりを告げた。

エリサの家はピューニッキ地区のパロマキ通りにあった。タンペレ市随一の高級住宅街だ。着古したコート姿で門の前に立ったルミッキは、完全に場ちがいだと感じていた。敷地は広々として、前庭と家の前の通りを石造りの塀が隔てている。敷地の裏手は上り斜面になっており、森の中に遊歩道が走るピューニッキの丘へと続いている。家そのものも、はっとするほどの大きさで、明るい色の堂々たる建物だった。

ルミッキは以前から、この手の建物には最低でも二世帯以上が入居しているのだろうと思っていたが、見たところ、少なくともこの家はそうではないらしい。住んでいる人の名前を示すものも、どこにも見当たらなかった。こういう家の住人は、郵便受けや表札が家族の名前を大声でばらしてしまうのを好まないのだろう。

携帯にもらっておいたショートメッセージを見て、もう一度確認する。大丈夫、この住所でまちがいない。石造りの門柱の上に、青銅のライオンが二頭いた。どちらも前足を青銅の玉に載せて、この家を守ろうとしているようだ。猛犬ならぬ、猛獣に注意、といったところか。

ルミッキは門のチャイムを押した。ほどなく玄関のドアが開き、赤ん坊のロンパースみたいな、上下が一体化したピンク色の服を着たエリサがあらわれて、門までの階段を急ぎ足で下ってきた。対するルミッキが着ているのは、リサイクルショップで手に入れた、年季が入って古ぼけてくたびれた服だったが、とりあえず病院から脱走してきた頭のいかれた患者には見えないだろう。エリサは門を開けるなり、ルミッキが身構える前にがばと抱きついてきた。

「来てくれてうれしい！　いままでそんなにしゃべったことなかったし、電話なんかしたらどんな反応をされるかって心配だったのよ」

エリサはまくしたてた。バラの花を思わせる、高価な香りをまとっている。

ルミッキは、自分では香水のたぐいを使わないが、さまざまな香水をかぎわけられるよう嗅覚を鍛えていた。この分野での腕前は相当なものになっている。香水の香りだけでまだ遠くにいる相手を識別できれば、貴重な数秒間を稼いで逃げることができる、かつてルミッキにはそういう時代があった。

「ジャン・パトゥのジョイ」ルミッキはそういうと、エリサのハグからすばやく身を引いた。

他人同士が抱き合うこの風習を、ルミッキはしつこい風邪のようなものだと思っている。速やかに対抗策を講じなくてはならない。

エリサはびっくりした顔でルミッキを見た。

「香水に詳しいなんて、知らなかった。これ、パパからのクリスマスプレゼントなの。世界でいちばん高価な香水なんだって」

「そう」

香水だのクリスマスプレゼントだのにまつわる無意味な会話を始める気は、ルミッキには露ほどもなかった。くだらないおしゃべりは脇に置いてもらいたい。ここに来たのは、エリサがパニックに陥って泣いていたからだ。エリサが求めているのが、単に一緒にいてくれるペットの犬の代役なら、直ちに家に帰ってかまわないのではないか。いまからならコンバットのエクササイズにも十分間に合いそうだし。

エリサは興奮しすぎたピンクのウサギみたいにぴょんぴょん跳びはねている。自分たちをげんこつで殴りつけている寒さがどれほどのものか、いまごろ気づいたらしい。

「中に入りましょ」彼女はいった。

ルミッキはうなずいた。

家の中は外見以上に豪勢だった。天井の高い部屋、張りだし窓、白を基調とした調度品、ルミッキが払う家賃一年分を軽く超えていそうな高級家具、よく晴れた寒い日の陽光がさんさんと差し込んで床や壁面を明るく照らしだしているが、ちりひとつ見当たらない。昨日カフェでエリサが話していたハウスキーパーは、倍の賃金をもらってすばらしい仕事を成し遂げたようだ。

「下の階にはサウナとプールがあるのよ」

エリサがいった。ルミッキがアーミーブーツとコートを脱ぎ、ミトンとマフラーとニット帽をコート用フックの上の棚に載せているあいだに、情報を伝えておこうと思ったらしい。

「泳ぎに来たわけじゃないから」ルミッキは短く答えた。

エリサはまごついた顔になった。

「そうだよね。ごめん。なんか飲む？　カプチーノかモカチーノ、それともカフェラテとか？」

「普通のコーヒーがいい。ブラックで」

「わかった。用意してくるね。二階に上がって、あたしの部屋で待ってて」

エリサに促されて、ルミッキは階段をのぼっていった。踊り場に置かれた鏡の中から、いるべきでない場所にいる少女がこちらを見ている。こんなところで、いったいなにをしているんだろう。ここへ来たのはまちがいだった。望みもしないのにスープ鍋の底へ底へと引きずり込まれ、しかもスープはどんどんひどい味になっていく。

エリサの部屋の中は、なにかピンクのものと黒いものが爆発を起こした直後のような眺めだった。このふたつの色が、カーペットから壁に至るまで、カーテンからノートパソコンに至るまで、あらゆる場所を占領している。長く続きすぎているお姫さまごっこの世界に、いまどきの若者らしいロックのテイストが加わったといったところだろうか。部屋はルミッキが住む１Ｋの倍の広さがあった。部屋から直接出られる小さなバルコニーもある。

エリサが持っているアクセサリーと化粧品の数は把握しきれそうになかった。映画のソフトが並べられた棚はホラーとロマンチック・コメディでいっぱいだ。ルミッキは部屋の中にあるはずのほころびを目で探した。どんな人の部屋にも、全体のイメージにひびを入れるようなほころび、予想を裏切る要素が存在しているものだ。エリサの部屋の場合、それはふたつあった。

本棚の一番下に、天文学に関する本がずらりと並んでいる。目に触れるのを避けるかのようにそんなところへ突っ込まれているものの、壮観といえるほどのその数を見れば、プレゼントされたきりほったらかしにしてあるとか、たまたまそこに置いてあるだけといったものではないことがわかる。ルミッキは突然、エリサが数学と物理の上級を取っていることを思いだした。

もうひとつのほころびは、ぷっくりと丸い毛糸玉と編み棒だった。編み棒にはなにかニットが編みかけになっている。つまりエリサは、お金で買える既製品でなにもかもすませようとは思っていない、ということだ。

興味深かった。というか、もしもルミッキが、ぜひエリサと仲良くなりたいと思っていたなら、興味深く感じたことだろう。いまのルミッキは、ただ気づいたほころびを記憶に留め、心にしまい込んだだけだった。

「ブラックコーヒー、お待ちどおさま!」ドア口にあらわれたエリサが告げ、コーヒーの入ったカップをルミッキに差しだしてきた。

それは黒いカップだった。エリサのカップはピンクだ。この発見に、ルミッキは一瞬おもしろみを覚えた。しかし社会学のフィールドワークはここまでにしなくては。

「どうしてあたしをここへ呼んだの?」ルミッキはたずねた。

エリサはベッドのへりに腰かけると、ため息をついた。

「あたし、もうめちゃくちゃ怖くて、どうしたらいいかわかんなくて」

「パーティーの夜の出来事で覚えていることは?」

「ほんのちょっとだけ。ていうか、いろいろ覚えてはいるんだけど、ひとつひとつの出来事をつなぎ合わせることができないの」

「初めから、できるだけ細かく話してくれる？　パーティーでなにがあったか、例のお金をどうやって手に入れたか、覚えていることを全部」ルミッキはいった。「それから、どうするのがいちばんいいか一緒に考えよう」

教え諭すような口調が自分でもいやだったが、いまのエリサには、子どもを相手にしているように話しかける必要があった。エリサの手はカップをしっかり持っていようと努めているが、それでも震えている。

エリサはのろのろと話しはじめた。とりとめなく、脇道にそれながら、日曜日に両親が不在になると知って、家でパーティーを開く計画を立てたことを語った。母親は土曜日のうちに出張に出かけて、一週間帰ってこない予定だったし、父親も夜勤で朝までもどらないことになっていたという。パーティーにだれを呼ぼうか、どんな飲み物や食べ物を出そうかとあれこれ悩んだという話を、エリサは延々と続けた。

本題に入ってほしいんだけど、とルミッキは心の中で思った。細かく話してと頼んだのは、そういう意味じゃないんだけど。だらだら続くおしゃべりの相手なら、ほかの人を探してもらいたい。

「あたしはパーティーに、ちょっと盛り上がりをプラスしたいと思ったわけ。で、カスペルに頼んで、あたしとトゥーッカにクスリを持ってきてもらったの。前にも三人で飲んだことがあったのよ。お酒よりずっといい気持ちになれちゃうの。お酒って、あたしは飲みすぎるといつも吐き気がしてくるし」

エリサが顔をしかめたので、ルミッキはおかしくなった。お酒を飲みすぎて吐き気を催さない人がいるだろうか。それはむしろ、アルコールの基本的な特徴のひとつじゃないの？

「カスペルはどこでクスリを仕入れてきたの？」

「それは知らない。知りたくもないし。彼、できれば関わるべきでない、ちょっとあやしい連中と付き合いがあるのよ」

エリサの口調がふいに優等生風になった。自分はやはり警察官の娘なのだと思いだしたらしい。

「ほかの人たちはクスリをやった？」

「ううん、あたしの知る限りはね。カスペルは、クスリをだれにまわすか、すごく慎重なの。つかまりたくないんでしょ」

それは当然だろう。なんなら、パーティーのとき参加者の一部が盛り上がっていたのはアルコールの力だけではないことを、香水軍団にばっちり把握されているようだ、という情報を提供してやろうか。

「夜中の十二時をまわったあたりで、ほとんどの子が家に帰りはじめたの。だってほら、よい子の高校生なら、次の日にあんまりひどい二日酔いで学校に行くわけにいかないじゃない？」エリサは笑った。

ルミッキは笑わなかった。エリサも真剣な顔にもどった。

「まあ、いま考えれば、あたしだってそうだったわけだけど。残った子はみんな酔っ払いすぎて、すごい状態になってきた。あたし自身は、頭の中がもうごちゃごちゃになってて。思いだそうとしても、霧がかかってるみたいなの。たぶん、限界を超えた人が何人かいて、あちこちに吐いてまわったんだと思う。だれかがクリスタルガラスの花瓶を割っちゃって、破片でけがをしてた。うちの中はもうぐちゃぐちゃだった。もしかしたらあたし、トゥーッカに頼んで、あんまりひどく酔って騒いでる子を二、三人、庭へ放りだしてもらったかも」

エリサはカップを机の上に置いた。それから爪の付け根の甘皮をむしりはじめた。鮮やかなピンクのマニキュアは、先端の部分がはげ落ちている。両手がわずかに震えている。ルミッキはなにもいわずにいた。誘導したり質問で助け船を出したりせず、エリサが語るのに任せたほうがいい。他人が勝手な予測に基づいて方向性を与えたりしないほうが、人の記憶は信頼できるものだ。

「夜中の二時くらいには、まだ帰らずに残っているのはトゥーッカとカスペルだけになった。あたしたち三人、ほとんどこの部屋にいて、踊ったり騒いだりしてたの。もう、ただのカクテルしか飲んでないふりをする必要がなくなってたから。そのあとのことよ。あれはたぶん三時ごろだった」

エリサは突然黙り込んだ。何度もつばを飲み込んでいる。眉間《みけん》にしわを寄せている。

「あたし、そこのバルコニーに出て、たばこを吸ってたんだと思う」やがて彼女は言葉を続けた。「そう、たしかにそうだった。そのとき、庭に変なビニール袋があるのに気づいたの。袋がその場所にあったのはせいぜい三十分だったはずよ、だってあたし、三十分おきにバルコニーでたばこを吸ってたから。たばこなんか、ふだんのあたしは吸わないのよ、ただパーティーだときまって吸いたくなっちゃって」

またしてもさっきと同じ、優等生風の声の調子、演技中の女優の表情。いまがこんな状況でなく、これほどいらいらさせられなかったら、ルミッキはエリサのパフォーマンスに感心したかもしれない。

「それで、どうしたの？」ルミッキは待ちきれずに聞いた。

エリサはピンクの服のファスナーをいじりはじめた。持ち手の先端に金色のハートが揺れている。彼女はファスナーを二センチほど下ろし、またもどした。下ろしてはもどす。下ろしてはもどす。ルミッキはコーヒーをひと口飲んだ。苦痛を覚えるほど薄かった。

「あたし、なぜかそのビニール袋が、信じられないくらいおもしろいものに見えてきたの。雪の上に落ちてる姿が、なんかもう、すごく笑える感じだったのよ。うまく説明できないんだけど。あたし、本当にイッちゃってたんだと思う。それで、ふたりをここに残して、袋を拾いにいったわけ。家の中にもどってから、玄関ホールで袋を開けたの」

エリサはまたつばを飲み込んで、続けた。

「中身がなんなのか、最初はわからなかった。ただのごみだと思ったのよ。袋の中から紙切れを一枚引っ張りだしたとき、それがお札だって気づいたの。お札は血まみれだった。そのビニール袋には、血まみれの五百ユーロ札がぎっしり入ってたのよ。袋の中をかきまわしたら、手が血だらけになった。いまは考えるだけでも吐き気がする。だけどそのときのあたしは、けらけら笑っているだけだった。なんだか、ありえないほどおかしいことに思えたのよ」

エリサは黒い床に敷かれたピンク色のカーペットを見つめている。その顔に浮かぶ表情は、不快感から嫌悪へ、羞恥《しゅうち》から恐怖へとめまぐるしく変化した。

「どうしてお札が血まみれなのかなんて、あたしは考えもしなかった。ただトゥーッカとカスペルを呼んで、お金を見せたの。そしたらあのふたりも笑いだした。これで三人とも死ぬほど大金持ちだって騒ぎはじめた。その時点ではだれもお金を数えていなかったんだけど、結局袋の中には全部で三万ユーロあったのね。あたしたち、本当になんにも考えてなかった。お札をきれいに洗わなくちゃってこと以外はね」

洗った紙幣は人目につかない場所で乾かさなくてはならないので、だれかの家で作業するわけにはいかない、そう考えつくだけの理性は彼らにもあった。やがて、写真の実習授業を取ったことのあるトゥーッカが、学校の暗室はどうかと思いついた。トゥーッカは、校長である父親が保管している校舎の鍵の合い鍵を、だいぶ前にこっそりつくって持っていたのだ。おまけに彼は、防犯警報装置の解除コードまで知っていた。

「あたしたち、この世で最高に冴えたアイディアだと思ったのよ」エリサはそういって、すがるようにルミッキを見た。「理解できる？」

できない。ルミッキは思ったが、口には出さなかった。代わりにこういった。

「それで次の朝、トゥーッカが急いで暗室から紙幣を回収する必要があったわけね」

「あたしとしては、そのままにしておいてもよかったんだけど。あのお金にはもう手を触れるのもいやだった。あれはなんの血だったんだろうって、考えずにいられないの。人間の血？　あの袋はどうしてうちの庭にあったの？　だれが持ってきたの？　ああもう最低、あたし二度とクスリなんかやらない。頭がはっきりしてれば、袋を持ってきた人の姿を見られたかもしれないのに」

エリサは立ち上がると、ぴりぴりした様子で部屋の中を行きつもどりつしはじめた。

ルミッキも立ち上がり、バルコニーに歩み寄ってドアを開けた。冷たい空気が襲いかかってきたが、かまわない。そのままバルコニーに出て、前庭を見下ろす。

「パーティーの夜、あの門の扉はずっと鍵がかかっていた？」

「かかってたわ」エリサが答える。「夜中の二時ごろにも確認したし」

ルミッキは家の前の道路から敷地の中までの距離を目測してみた。力が強ければ、石造りの塀越しにビニール袋を投げて、前庭に落とすこともできそうだ。

「塀の外側に防犯カメラはある？」

エリサは首を振った。

「門のところと、玄関にもあるけど、道路にはないわ」

ルミッキは考え込んだ。冷たい空気が指を刺したが、そのままにしておいた。思考が明晰に保たれるからだ。

深夜、血まみれの紙幣の入ったビニール袋を、だれかが庭に投げ込んだ。お金は報酬と考えられる。血は警告と考えられる。つまり、あのお金には、脅しか、または謝礼の意味があったということか。受けとるはずだったのはだれなのか？　ビニール袋は、本当にこの家の庭に投げ込まれるべきものだったのか？

道路からこの家を見た場合、向かって右隣に当たる家はかなり独特の外見で、敷地がぐっと前に張りだしている。そのせいで道路がゆるくカーブしており、エリサの家の敷地は隣家より少し引っ込んだ形になっている。

「あの家に住んでるのはどんな人たち？」

ルミッキは隣家を指さしながら聞いた。

「二家族が一緒に住んでるの。どっちの家族も子どもがいて、ママが弁護士かなにかだったと思う。片方のパパは、なんだったかのアーティストで、もう片方は公務員。子どもたちはまだ学校に上がってないわ」

ルミッキは隣家の建物と庭の様子をよく観察してみた。あの家をエリサの家とまちがう人がいるとは考えにくい。それに対して反対側の隣家は、築年数こそエリサの家より明らかに浅いものの、その大きさといい、形状といい、塗装の明るい色合いといい、よく似た様式の家屋だった。庭と通りを隔てる石造りの塀も、エリサの家とそっくりなのがそのまま隣家でも続いていて、前庭もこの二軒はぴったり平行に並んでいる。あの家なら、取りちがえる可能性は十分にありそうだ。

「あっちの家に住んでるのは？」

　エリサはバルコニーに出てきていて、ルミッキの隣で震えていた。

「すごく不気味な男の人。四十歳を過ぎてると思うんだけど、若く見せようとしてて。『トワイライト』って美形のヴァンパイアが出てくる映画があるじゃない、本人はああいう世界に生きてるつもりでいるみたい。レザーのロングコートなんか着ちゃって、あれってたぶん、ヴァンパイアの王国から来たように見えると思ってるのよ。だけど正直、しょぼすぎて目も当てられないんだけど。なにをしている人なのかは、あたしにはぜんぜんわかんない。どこかに勤めているんだとは思う、毎朝出かけていって、夜には帰ってくるから。あんな大きな家なのに、ひとりで住んでて、だれかが訪ねてきたのを見たこともないし。道ですれちがっても、あいさつもしないんだから」

　エリサの目が大きく見開かれていくのを、ルミッキは見ていた。

「あのお金、きっとあの人が受けとるはずだったのよ！　まちがってうちに届いちゃったんだわ。あの人、いかにもそういう、あやしげな取引とかいけにえの儀式とかに関わっていそうな感じだもん！」

　そう叫んだエリサはほとんど喜んでいるかのようだった。

「それはひとつの可能性だけど」ルミッキは応じた。「でも、唯一の可能性じゃない」

　もしも現金が、意図されたとおりの家に届けられたのだとすれば、受取人はエリサか、彼女の父親、または母親ということになる。

ルミッキは寒さで歯をかちかち鳴らしはじめたエリサを横目で見た。中身の詰め物があらかたはみだしてしまったぬいぐるみが、厳しい寒さにさらされて震えているみたいだ。この少女が、報酬として三万ユーロの現金を受けとるような行為に手を染めるとは、それがどんなものであれ想像しがたい。もちろん実際のところはわからないが。しかしルミッキは、相手がうそをついているかどうか見極める能力が人より高いと自負している。エリサはうそをついているようには見えなかった。少なくとも、ルミッキの目をごまかせるほど巧みなうそをついているとは思えない。これまでの人生であまりに多くのうそをつかれてきたルミッキは、相手が中級レベルのうそつきである場合、声にまじる色合いや仕草の無意識の変化から、それを見ぬくことができるのだった。

「なんにしても、あたし怖いの。だれかがあのお金を取り返しにくるんじゃないかと思って。いますぐにでも」

エリサがささやき声でいった。

心配いらない、といった言葉を、ルミッキは口にすることができなかった。

彼女もまた、エリサとまったく同じことを考えていた。

8

ヴィーヴォ・タムは寒さに震えていた。前回ここまで寒い思いをしたのはいつのことだったか、思いだせないほどだ。彼は体温を保つためにぴょんぴょん跳ねようとしたが、凍えてこわばった脚の筋肉はいうことを聞いてくれなかった。

彼がピューニッキ地区の遊歩道のそばに立って見張りを始めてから、まだ一時間しか経っていなかったが、忍耐力は早くも限界に達しつつあった。

分厚いキルティングコートと、その下には目の詰んだウールのセーターを着込み、断熱保温素材のニット帽を目深にかぶっているものの、厳しい寒気は衣類の層を突破する侵入経路を探り当ててしまう。寒気はほんのわずかな隙間やニットの編み目のひとつずつから押し入ってきて、生存に必要な体温を維持しようと必死になっている体に、容赦なく牙を突き立てた。ヴィーヴォ・タムは携帯で電話をかけることにした。

かちかちにこわばった指で、同じくらい固くこわばっているボタンをぎこちなく押す。裏地つきの革手袋を外すなど論外だった。電話帳に登録してある中から目指す番号を探しだし、緑色の受話器のマークを押すまでに、五分かかった。

「どうした？」相手の声は期待に満ちている。

「なんの動きもありゃしません。もう、あんまり長いこと耐えられそうにないんですが。凍死しちまいますよ」

「耐えるしかない」

ボリス・ソコロフは声を荒らげ、電話を切った。

ヴィーヴォ・タムはしばらくのあいだ携帯を見つめていたが、やがてぎりぎりと歯を食いしばった。ボリス・ソコロフは、もうひとりのエストニア人、リナルト・カスクを伴って、パロマキ通りのほうに停めたバンの中にいる。そっちはいいよな、車の中にいて、命令だけしやがって。

今日はあの娘が家から一歩も出てこなかったら、どうする？　少なくとも、すぐには出てこなかったら？　何時間も見張りつづけることになるかもしれない、それは三人とも承知していた。もしそうなったら、周囲から不審の目を向けられるかもしれず、車のナンバーを記憶されてしまうかもしれない。いまこの地区で配管や空調の修理を必要としている家など存在しないことに、気づくやつが出てくるかもしれない。ナンバープレートや車体のロゴを交換するには金がかかるし、それよりなにより時間がかかるから、むやみに何度も取り換えたいと思う者は、三人の中にはいなかった。

まったく、はらわたが煮えくり返る。血を見せてやれば十分だろうと、三人とも確信していたのだ。しかしあのフィンランド人は思ったより図太かった。いまや、許された範囲を超えて、大胆な行動に出ようとしている。あの男の分際で許されることなど、実際にはなにもないというのに。

それはヴィーヴォたちも同じだった。ボリス・ソコロフでさえ、いくら大ボスを気取ってみせても、状況は同じだ。ソコロフもヴィーヴォたちと同様、がっちり手綱を握られている。首を締めつける首輪は、ダイヤモンドで飾られていようとも、やはり首輪にちがいなかった。

おそらくあのフィンランド人は、こっちが想定していたほどの気持ちを持っていなかったのかもしれない。演技していただけだったのかもしれない。しかし、娘を誘拐してやれば、優位に立ったつもりでいるのは勘ちがいだとあの男も思い知るだろう。


ルミッキは目の前に運ばれてきたヌードルを凝視していた。その色合いはグレーとベージュの中間に位置している。

料理はできないといったエリサの言葉は、うそではなかったらしい。冷凍庫にはママがつくり置きした食事がいろいろと入っているそうなのだが、それを温め直すのは「めんどくさすぎ」なので、エリサはインスタントのヌードルを好んで食べているという。ルミッキは、しょっぱいスープの中に漂っているふにゃふにゃしたひも状の物体を味見した結果、我慢して受け入れることに決めた。本当のところ、そう決めたのは彼女自身ではなく、低く一定の音を立てて鳴りつづけているお腹のほうだったが。

ルミッキは気が変になりそうなほど空腹だった。日が傾いて午後になり、頭に浮かぶ考えといえばたったひとつ、いつ家に帰れるかということだけになっていた。帰ろうとするたびに、エリサがなにかしら理由を見つけては引き止めてくる。独りきりになるのが、本当に怖いのだろう。

ふたりの会話は行き詰まっていた。紙幣に関わる出来事についてはすっかり話が出尽くした。あのお金が、本来なら隣に住むレザーコートの男の手に渡るべきものだったのか、それもふたりで話し合った。エリサは絶対にそうだといっている。

「うちのママもパパも、変なことに関わるなんてありえないもん。ふたりとも正直で真っ当な市民よ」

ルミッキとしては、現金がエリサの父親か母親に届けられるはずだった可能性を否定できないと思っていた。そこで、母親はどんな仕事をしているのかたずねてみた。とある化粧品メーカーに勤務していて、国際的な業務をおこなうチームに所属しているという。頂点に立つボスというわけではないけれど、エリサにいわせれば、けっこう稼いでる、ということだった。

「ママは、一年の半分近くは出張で留守なの」

エリサは視線を窓の外へやった。その顔に苛立ちとさびしさが交錯するのを、ルミッキは見て取った。

「だけど、エリサのパパはね、ほとんどいつもうちにいてくれるのよ」エリサは微笑みながら子どものような口調で続けた。「もちろん、このあいだの週末はちがったけど」

その〝エリサのパパ〟は、警察官なのだ。

「警察官っていっても、専門はなに？」

ルミッキが聞くと、エリサはきまり悪げに目を伏せた。

「薬物捜査なの」

靴屋の子どもがはだしで歩く、そんなことわざがあるけれど。エリサの愚かさにここまで苛立ちを覚えていなければ、ルミッキはこの構図をおもしろいとさえ思っただろう。薬物捜査を専門とする警察官の娘が、禁じられた物質で遊んでるってわけ。そんな危ないものに手を出す必要なんて、エリサにはないと思うけど。ルミッキはなにもいわなかったが、エリサはその沈黙の意味を正確に理解していた。

「ねえ、あたしはただ、おもしろ半分でたまにやってるだけ、それだけなのよ」エリサは言い訳を始めた。「あたしは絶対に中毒なんかじゃない。自分の限界はちゃんとわかってるもん。それに、もう二度とクスリなんかやらないって、さっきもいったじゃない。あたしはもう、そういうものとはきっぱり縁を切るんだから」

「そのうちパパに聞いてみたら。〝おもしろ半分でたまにやってるだけ〟の人が人生を破滅させた例が、この町の中でさえどれほどたくさんあるか。けど、あたしがここに来たのは、薬物について説教するためじゃなくて、例のお金の件をはっきりさせるためだから」

「もしもパパがなにかあやしげな話に関わってるなら、お金のことなんか話せないわよ」

エリサは十回めのため息をついて続けた。

「そんなこと、もちろんあたしは信じてないけど。でも、万が一そうだったら。そうだったら、あたしはもうパパを信用できない。パパがあたしにどんなうそをついてるか、わかんないわけだし。だけどあたし、ほかの警察官に話すわけにもいかないわ、だってやっぱり自分の父親なんだから。仮にパパがまずいことに手を染めていても、パパを裏切るなんてできない。それに、もしかしてパパが覆面捜査かなにかに参加してるって可能性も、あるかもしれないでしょ。ああ、あたし頭が破裂しそう！」

「あんたのパパは、今日は何時ごろ帰ってくるの？」

「あと二、三時間したら」

「昨日は特に変わった様子はなかった？」

「なかったと思うけど。ただ、昨日のあたしは、パーティーを開いたことと、クローゼットの奥にゾウくらい巨大な秘密を隠してることがばれませんようにって、それで頭がいっぱいだったから、仮にパパがミッキーマウスの耳を頭につけてダンスのイェンカのステップを踏んでたとしても、気がつかなかったかもしれない」

「パパの様子を探るのよ、ふたりで話をしてみるの。ストレートに聞くんじゃなくて、表情や仕草からなにが読み取れるかやってみるのよ。人間って、ものすごく多くのことを、言葉は使わずに表現しているものだから」

ルミッキはアドバイスした。

「それと、隣に住んでる男の人のことも見張っておいて。もしもお金がその人の手に渡るはずだったのなら、まちがいなくふだんとはちがう行動を取りはじめるはずよ、届くはずのものが届かないんだから」

　エリサはルミッキの顔を見ていたが、やがて机の前の椅子から立ち上がると、そばにやってきた。

「ありがとう」

　そういって、エリサはルミッキをさっとハグした。

　ルミッキは、自分でも驚いたことに、今回の抱擁にはさほど抵抗を感じなかった。エリサはもとの椅子にもどると、またヌードルを食べはじめた。頬をへこませてヌードルをすすり上げ、音を立てながらスープを飲んでいる。その姿が、急に幼い少女のように見えてきた。

「あたし、パパと話してみる。それから、隣の人のことも監視するね。たぶん、すべてのことにちゃんとした説明がつけられるかもしれない。そうしたら、あのお金をどうすべきか、それも考えられるし。そりゃ、トゥーッカとカスペルは自分の取り分を手放したがらないだろうけど、あたしがその気になれば、ちゃんとあのふたりにいうことを聞かせられるんだから」

　エリサはにっこりと微笑んだ。自信のあるところを見せようとするその様子は、どこか見る者の胸を突いた。

「まだ、怖い？」ルミッキはたずねた。

「ううん、もうそれほどでもない」

「オーケー。じゃあ、あたしは帰るから」

エリサは失望した子犬の表情をつくろうとしたが、ルミッキはほだされなかった。女の子同士の友情ごっこはそろそろ終わりにしていいだろう。こっちは自分の役割を果たしたのだから。

ルミッキはコートを着込み、アーミーブーツのひもをぎゅっと締めて、マフラーを首にしっかり巻きつけた。棚の上を手探りしてミトンを取り、さらに手を伸ばして、奥のほうに行ってしまったニット帽をつかもうとする。背伸びしないと帽子の端に手が届かない。さっとつかんで勢いよく引っ張った瞬間、不吉な音が耳に入った。

「やだ、うそ！」ルミッキのニット帽の毛糸がほどけ、大きさが半分になっているのを見て、エリサが悲鳴を上げた。「そこの奥、固定してないフックが飛び出てるのよ、まだ直ってなかったんだ。あたしも帽子をいくつか引っかけて、だめにしちゃったのよ」

「でも、マフラーでうまく耳を覆えばいいから」

「だめだめ、あたしの帽子を貸すから、かぶっていって。あたしはほかにもまだ、いっぱい持ってるから」そういって、エリサは赤いニット帽をルミッキの頭にかぶせた。「あんたの帽子は直しといてあげる、それか、新しいのを編んであげるね」

「わかった。ありがとう」

ルミッキはそのまましばらく玄関に突っ立っていた。もっとなにか、エリサを励ます言葉をいわなくては、という気がしていた。

「がんばって」ほかになにも思いつけず、しまいに彼女はそう口にした。

こういう、思いやりに満ちた友達の役は、得意ではない。

「うん」エリサが答える。「ところで、裏手からも外に出られるのよ。よかったらそっちを使う？　前庭の階段は、氷みたいに滑るから」

それからエリサは唇を噛《か》み、まだなにかいいたいことがあるようなそぶりを見せたが、結局なにもいわなかった。ルミッキも、これからどうするのかと聞かなかった。エリサの家を訪れるのはこれが最後にはなりそうもないという、愉快とはいえない予感がする。

ここへ来たのはまちがいだった。

9

ボリス・ソコロフは、携帯が『007は二度死ぬ』のテーマの出だしを奏ではじめたところで電話に出た。

「どうした？」

「娘がいま、家の裏手から出てきました。丘のほうへのぼってきます」ヴィーヴォ・タムが伝えてきた。

ボリス・ソコロフがうなずいてみせると、隣にすわっているエストニア人は車のエンジンを始動させた。

3月1日 火曜日

「その娘でまちがいないだろうな?」ボリスは念を押した。

「まちがいないっす。前にも見たことのある、赤いニット帽をかぶってます」というのが、ヴィーヴォ・タムの返答だった。

「こっちの車が十分に近くまで来たのが目に入ったら、走りだして娘をつかまえろ。しくじるなよ。一発で仕留めなくてはならん」

そう命じると、ボリスは電話を切った。

ボリスは冷たくなった手を温めようとこすり合わせた。娘を拉致《らち》し、バンの荷室にしばらく乗せておかなくてはならない。こっちの姿はだれにも見られてはならない。娘の目に触れるものも、少なければ少ないほど好ましい。あまり乱暴なことはしないように。娘の体は無傷のままにしておかなくては。青あざがふたつかそこらできる程度なら、まあいいだろう。ただ、こっちが本気だと、娘に思わせる必要がある。

実際、彼らは本気だった。おそらくは娘が考えるのと少々ちがう形で。

娘を拘束したら、動画を撮ってパパの携帯に送りつけてやる。それでショックを受けないとしたら、おかしな話だ。きっとあの男は、自分より大きい子たちを相手に遊んでやろうと考えたことを、たちまち後悔するだろう。今後はふるまいに気をつけますと約束するだろう。次回の報酬のことは忘れますと、神妙な顔で承諾するはずだ。要求されればなんでもします、そう誓うはずだ。

それで十分だ。

そのときは、娘を車から解放してやり、車体のロゴとナンバープレートは交換する。一度の脅迫行為のために大きな投資をすることになるが、今回はその価値がある。ボリス・ソコロフは上層部から一連の手順について指示を受けており、必要経費全額のほかに、それなりの追加報酬も約束してもらっていた。こっちとしては、内部情報に通じた男を失う余裕はない。しかしそれ以上に、あの男にはこっちとのつながりを失う余裕がないはずなのだ。

解放された娘は、当然家に走って帰り、悪いおじさんたちに誘拐されたとパパに訴えるだろう。父親は、驚いてショックを受けたふりをして、細かい経緯や犯人の特徴をあれこれ聞き、被害届を出しておくし、悪人はきっとつかまえるから、と約束するだろう。

しかし娘が警察署で証言までする必要はない。父親にしゃべってくれれば十分だ。こういう経験がどれほどのトラウマになるか、父親にはよくわかっているだろうから、ほかの警察官がさらに事情聴取をして娘を苦しませることは望まないはずだ。

男が怒りを持て余す様子を想像して、ボリスは笑いだしそうになった。なにがあったか、あの男はだれにもしゃべることができないのだ。

自分で用意した寝床には、自分で寝てもらわねばなるまい。

ルミッキはピューニッキの丘をまわってから家に帰ることにした。急な斜面と細く長い峰を持つこの丘陵は、大昔の氷河によって造られた地形だ。

エリサの香水のにおいと、あまりにも多くの疑問に引き起こされた頭痛を、振り払わないといられない。しかし、赤いニット帽は同じ香水にどっぷり浸してあったような状態で、事態はさっぱり改善しなかった。とはいえ、帽子をかぶらずに歩いたら、あっという間に耳が凍傷になるのは確実だ。

一年半前、タンペレに引っ越してきたばかりのころ、初めてここへジョギングに来たときのことが思いだされる。自由に酔いしれていたルミッキは、展望台までの長くハードな上り坂を、かつて出したことがなかったほどのスピードで端から端まで走り通した。てっぺんに着くころには足がぷるぷる震えていて、展望台名物のドーナツの揚げたてらしい香りが、大声で呼びかけてくるのを感じた――ジョギングはここで終わりにしたらどうだい、ちょっとすわって、砂糖をまぶしたお菓子とブラックコーヒーで一服したらいいじゃないか。

しかしルミッキは足を止めず、展望台の脇の下り斜面へと走りつづけて、ジョギング・シューズがゆったりと遊歩道の地面を叩くに任せた。やがて、疲労からくる筋肉の震えも治まってきて、走る喜びが両足によみがえりはじめた。

ジョギングコースはルミッキを再び上り斜面へといざない、突然、左手にピュハヤルヴィ湖を望む目をみはるような絶景が開けた。八月の太陽が、はるか眼下に見える赤煉瓦造りの古い建物、ピューニッキ・トリコー織物工場の後ろにあって、湖面にやさしく触れている。

景色を眺めようと遊歩道を外れ、道端の岩の上に立つと、夏の終わりの緑とその香りに全身を包み込まれた。湖と、ヤルカサーリ島と、対岸のハルマラ地区を眺めながら、彼女は束の間、久しぶりに完璧な幸福を感じていた。これから自分の人生が始まる。ここから自由が始まると思った。

いまは幸福も自由も遠いものに思える。ルミッキは考えまいとした。思考はただ輪を描いてぐるぐるまわるだけ。解決策はなく、逃れる道もない。

もちろん、解決策ならひとつある。最も明快でシンプルな解決策。警察に洗いざらい話せばいい。エリサが窮地に陥るかどうか、そんなことにはかまわずに。エリサの家族が困るかどうかにも。そんなのはルミッキの問題ではないのだから。しかし、エリサは彼女を信頼してくれている。その信頼を裏切るわけにいかないことは、ルミッキにもわかっている。堂々巡りだ。

ルミッキは展望台へ至る上り坂を道なりに歩きはじめた。空が曇ってきた。あたりが薄暗くなる。白く霜の降りた木々の枝があちらこちらへ伸びている。木々に覆われた斜面はおとぎ話の本からぬけ出してきたような眺めだが、影はその中に、物語に出てくる世にも恐ろしい生き物たちを隠していそうな気がする。恐怖から生まれた怪物、人間の背後に忍び寄り、雪の中へ、冷たい死へ引きずり込もうとする。あるいはもっと恐ろしいことをするかもしれない、人間を動くことも話すこともできない生ける氷の像に変えてしまうかもしれない。永遠に生きたままの姿に。永遠に死んだままの姿に。

ルミッキの吐く息は白かった。息と一緒に思考を吐きだし、頭の中に新たなアイディアが生まれるための空っぽのスペースをつくろうと試みる。それがうまくいきかけたとき、後をつけられていることに気づいた。またか。後ろをちらりと見ることすらしなくても、つけられているのがはっきりわかる。

それでもルミッキは背後に目をやった。歩いてくる男がひとり、ニット帽を目深にかぶり、マフラーで口と鼻を覆っている。そのすぐ後ろに、坂道をのぼってくるバンが見えた。

ルミッキは考えたりしなかった。いきなり走りだす。歩いていた男も走りだしたのが足音でわかる。バンのスピードが上がった。

寒気が肺に痛い。凍った路面でアーミーブーツが滑る。ルミッキはわずかに振り返り、バンには男がふたり乗っているのを目に留めた。やはり顔を隠していて、目元しか見えない。同じ一味だ。

前方にはだれもいない。両脇にもだれもいない。大声を出したとしても、だれにも聞こえないだろう。

ルミッキはこれまでの人生で経験がないほどの猛スピードで走った。男は引き離したものの、バンがあっという間に追いついてきた。ドアが開き、男のひとりが手を伸ばしてくる。どこかをつかまれた。なにかが引きちぎられる音がした。コートに留めていた交通安全用のリフレクターの安全ピンが、布地の一部を道連れにしたらしい。ルミッキは脇に飛びのき、すばやく方向を変えると道を外れて森の中へ走り込んだ。

大きな岩や、地面が小高く盛り上がった場所を跳び越え、木々の間を縫って、枝が顔を叩くのもかまわずに走りつづける。せまり来る男たちの足音が聞こえる。どなっている声はロシア語らしいと見当をつける。急な方向転換で男たちの目をくらませたが、その効果はいくらももたないことが、ルミッキにはわかっていた。男たちに包囲されたが最後、もういかなるチャンスも残っていない、ということも。アドバンテージはほんの数秒。

うまく利用しなくてはならない。

おそらく二度めのチャンスはない。


ヴィーヴォ・タムは悪態をついていた。足がいちいち深い雪に埋まってしまう。なのにあの娘は、積雪が特に深くて足を取られやすい場所をうまく避けて動けるようだ。幸い、足跡は残っているから、ちょっとくらい視界から消えても、どっちへ行ったかはわかる。

「つかまえろ！」ボリス・ソコロフがはるか後方でどなっている。

てめえがつかまえろ、このデブ。ヴィーヴォ・タムはそう言い返してやりたくてたまらなかった。それでも足を速める。筋肉が少しずつ温まってきて、脳からの指令どおりに動く能力が、一歩踏みだすごとに復活していく。小娘め、つかまえてやる。逃げることはできても、隠れることはできないからな。積もった雪の上を走りつづけていれば、おまえだっていずれ体力を消耗するはずだ。ヴィーヴォ・タムは、だれよりも俊足というわけではなかったかもしれないが、彼には持久力があった。

いまは娘の姿は見えない。足跡は茂みをぬけて街灯の設置された遊歩道へ向かっている。偶然ジョギングランナーが通りかかって助けてくれるのを期待しているのだろう。無駄な望みだ。まともな人間が、こんな冷え込む日にジョギングなんぞするわけがない。ヴィーヴォ・タムは左右をきょろきょろと見まわした。

娘は消えてしまった。はらわたが煮えくり返る。

そのとき、遊歩道の先になにか赤いものが落ちているのが、彼の目に入った。娘のニット帽だ。

娘が落としていったのが、道しるべになっている。おやおや、哀れな赤ずきんちゃん。こんなに目立つ目印を、悪いオオカミさんたちの目につくところに残していっちゃ、いけないな。ちょうどボリス・ソコロフとリナルト・カスクが大きな音を立てながら森から出てきた。ヴィーヴォ・タムはもう、落ちていたニット帽が示す方向へ走りだしていて、こっちだと叫んでいる。まだ、さほど遠くへは行っていないはずだ。


ルミッキは木の上にいて、幹に体をぴったりと押しつけたまま、三人の男たちが逆方向へ走り去っていくのを見ていた。森から遊歩道へ走り出たルミッキは、極力足跡を残さないよう気をつけながら大きくジャンプして道端の木に飛びつき、十分な高さまでよじ登った。それからニット帽を脱ぎ、遊歩道めがけてできるだけ遠くへ投げ落としたのだ。

効果はあった。しかし、男たちの目をくらませておけるのはほんの一瞬だろう。

ルミッキは木から飛び降りた。着地のときに足を襲う衝撃や痛みになどかまっていられない。すぐに走りだす。厳しい寒気はいまや肺だけでなく耳たぶにも噛みついてくる。しびれてほとんど感覚がない。

ここから離れろ。逃げろ。展望台に続く坂道のナコトルニ通りまでもどってくると、道の脇にバンが停められていた。車体に〈マキネン配管・空調設備工事〉というロゴが入っている。あの三人の中にマキネンという名字の男なんかいないはずだとルミッキは思った。全財産を賭けてもいい。おそらく無意味だと思いつつ、車のナンバーも記憶した。

心臓が耳の中で脈打っている気がする。

ナコトルニ通りからピューニッキ通りへ出た。車や人の姿が目に入りはじめる。バスのヘッドライトはこの世で最も美しいものに思えた。遠くに見えるバスに向かって手を振ると、運転手はこの寒さの中を走ってくる少女がかわいそうだと思ったのだろう、停留所の手前で停まってくれた。ルミッキはぜいぜいと息を切らせながらバスに乗り込み、運賃を払って、手近の空席にへたり込んだ。

足が震えている。息をすると痛みが走る。寒気に痛めつけられた肺に温かい空気が流れ込んでくると、咳《せき》が止まらなくなって体がよじれた。

向かいの席の老婆が、同情と軽蔑のいりまじったまなざしでこっちを見ている。

「こんな天気のときは、なにか頭にかぶったほうがいいんだけどねえ」老婆は諭すように話しかけてきた。「さもないと、病気になって死んでしまうよ」

ルミッキは返事の代わりに咳をした。耳たぶの感覚が、刺すようなむずがゆさとともにもどりはじめている。耳に両手を押し当て、手のひらのぬくもりで温めようと試みた。

いったいさっきの一幕はなんだったのか？　なぜあの男たちは、ルミッキをとらえてバンに連れ込もうとしたのだろうか？　仮にわいせつ目的だとしたら、異様なほど執拗《しつよう》に追ってきたのが腑《ふ》に落ちない。あの三人は、なんらかの形で例の紙幣と関連があるにちがいない。しかし、なぜルミッキを狙《ねら》ったのか。あのお金とは不幸な偶然のせいで多少関わりを持っただけの、いわば第三者にすぎないのに。

「毛糸の帽子が、いちばんだよ」老婆は説教を続けている。

毛糸の帽子。赤いニット帽。その瞬間、ルミッキは理解した。

男たちが追っていたのは彼女ではなかったのだ。彼らが追っていたのは、赤いニット帽をかぶった娘だ。あの赤いニット帽の、本来の持ち主といえば？　そう、そのとおり。彼らが狙っていたのは、エリサなのだ。

もちろんそうだ、そう考えれば理屈が合う。こうなれば、あのお金がエリサの家の庭に投げ込まれたのがなにかのまちがいだったかどうか、残念ながらもう疑う余地はない。エリサと目された少女が狙われたという事実が、その裏付けになる。

もしも、家から出てきたのが赤い帽子をかぶったエリサだったら、どうなっていただろう。それに思い当たって、ルミッキは慄然《りつぜん》とした。エリサでは逃げ切れなかっただろう。いまごろはバンに押し込まれ、なすすべもなくとらわれて、あいつらの思うままにされていたはずだ。ルミッキは急いで携帯を取りだした。そしてエリサ宛てにショートメッセージを送った。

〈なにがあっても、家から出てはだめ。ドアにはすべて鍵をかけて。知らない人は絶対に家の中へ入れてはいけない〉

3月2日

水曜日

むかしむかし、恐れることを知らない少女がいました。

少女の走る足取りは、転ぶことを恐れていない人のようでした。小さくて、すばしこくて、力の強いその足は、岩や切り株を軽々と跳び越えました。少女は足の裏に、ふかふかのコケや、太陽に温められた砂や、ちくちくする針のようなトウヒの葉や、朝露に濡《ぬ》れた野原を感じました。

行きたいところがあればどこへでも、自分の足がきっと連れていってくれる、少女はそう信じていました。

少女の笑い方は、まだ辱めを受けたことのない人のようでした。その笑い声は、お腹の底から発せられました。笑い声は胸を満たし、喉《のど》で泡立ち、舌の上でぷくぷくとあぶくになりました。最後には口からくるくると飛びだし、空中に飛び散り、リンゴの木に勢いよくぶつかって、ぱちぱちはじけて花になりました。

笑っていると、あたりがますます明るく、暖かくなっていきました。そのうちにしゃっくりが出てしまうことも多かったのですが、しゃっくりのおかげでもっと笑いたくなるので、ちっともかまいませんでした。

少女は、地面がけっして崩れないと信じている人々のように、だれからも一度も裏切られたことのない人々のように、物事を信じていました。頭を下にしてどこかにぶら下がっても、落ちないと信じていました。たとえ落ちても、だれかが受け止めてくれる、少女はそう信じていました。

むかしむかし、恐れることを覚えた少女がいました。

おとぎ話はこんなふうには始まらない。こんなふうに始まるのは、もっと別の、もっと陰《いん》鬱《うつ》な物語だ。

10

3月2日 水曜日

ルミッキは小さかったころにもどっている。いま、九歳。十歳かも。それか、十二歳。あの地獄のような歳月は、混沌として互いにまじり合い、ひとつの黒いかたまりとなり、重なり合って滑り落ちていくようだ。いつ、なにが起きたのか、判断するのも思いだすのも不可能だった。なにが事実で、なにが悪い夢だったのかも。

それでも、ひとつだけはっきりしていることがある。理由なく恐れたことなど、ルミッキには一度としてなかった。

ルミッキはできるだけ小さく体を縮こまらせて、聞き耳を立てた。信じられないほど小さな空間にさえ、ルミッキは入り込むことができた。戸棚の中や、がらくただらけの納戸の暗いすみっこにも滑り込んだし、だれも中をのぞいてみようと思わないような場所にだって、体をぺしゃんこにしてもぐり込んだ。普通の人の息づかいがハンマードリルの音に聞こえるほど、静かに呼吸することができた。

鼻水が垂れてきた。そのままにしておく。鼻水をすすり上げたい、服の袖で鼻の下をぬぐいたいという強い衝動をこらえながら。ほとんど水のような薄い鼻水が、唇まで垂れてくる。それをなめてしまうこともしない。やがて鼻水はあごまで届き、小さなしずくとなって膝《ひざ》にぽたぽた落ちた。

べつにかまわない。ジーンズはどうせ汚れている。家に帰ったらママにあやしまれるだろう。ママにあやしまれても、ルミッキは口をつぐんでおくだろう。

口に出さずに、黙っていたほうがいい物事がある。

言葉にしてしまったら、かえって悪化する物事がある。

ルミッキは耳を澄ました。

近づいてくる足音が聞こえる。気持ちを集中させて、落ち着きを保とうとする。いまここで恐怖に負けてしまったら、うんと静かにしているのが難しくなる。

ルミッキは目を閉じて、真っ白な、手つかずの雪面のことを考えた。青い夕闇を思い描く。

3月2日 水曜日

空想の中で、野ウサギが雪面を横切っていき、足跡が残る。等間隔に並んだ、きれいな足跡。小さな丸い形がふたつ前後に並び、その後ろに細長い形がふたつ、横に並んでいる。足跡のことを考えていると、気持ちが落ち着いた。

野ウサギが降り積もった雪の上をのんびりと走っているかぎり、悪いことはなにも起きない。

夕闇が深くなって夜になり、空に最初の星たちが光りはじめるかぎり、悪いことはなにも起きない。あれはペガスス座の四角形。

すぐそこにあるコテージの階段に明かりがともっているかぎり、悪いことはなにも起きない。

足音が遠ざかっていくのが、ルミッキの耳に聞こえる。少しゆったりと息をつく勇気が出る。

うまく隠れていることができた。見つからずにすんだ。

毎日おびえながら過ごす必要がなかったら、どんな気持ちがするだろう。

ルミッキはいきなり目覚めるということがない。自分の手足が伸びて、体が幼い少女から若い女性のものに変わっていくのを感じ、丸まっていた糸玉をするすると解きほぐすように、少しずつ夢から覚醒していく。夢の中のルミッキと現在の自分を隔てている歳月を受け止める。もう小さな女の子ではない。十七歳だ。それに、あのころのように毎日おびえて過ごす必要はなくなっている。

ただし、いまだけは別だった。それというのも、他人の事情に立ち入ってしまったから。

昨夜、エリサはひっきりなしに電話をかけてきて、ヒステリックにしゃべりまくり、なにかがきしむ音がしたり、冷え込みのために家がぴしっと音を立てたりするのにいちいち飛び上がっては、ルミッキが大丈夫といってくれるのを聞きたがった。

父親が予定の時刻になっても帰宅しないと、エリサは完全なパニックに陥った。一度など、しゃべっている途中で突然金切り声を上げた。続いて電話の向こうから聞こえてきた音は、エリサがどこかへ走っていき、ドアをばたんと閉めて、鍵をかけたらしいことを物語っていた。

「だれかが玄関のドアから入ってきたのよ」

エリサは電話の向こうでささやいた。

「わかった。あんたはいまどこにいるの？」

「トイレに隠れて、鍵をかけてる」

電話の声はたしかにそういった。ルミッキの聞きちがいでなければ。エリサには静かに動くという能力がないらしい。そんな能力を身につける必要が、これまでなかったのだろう。侵入してきたのがプロの殺し屋だとしたら、狙う少女がどこにいるか、声や物音ですぐに気づいてしまうはずだ。それに、鍵をかけたトイレは隠れ場所としておそらく最悪の選択だろう。殺し屋にしてみれば、真空パックの調理ずみ食品が目の前に差しだされたようなものだ。

力ずくでパッケージを開けて、あとは中身をむさぼるだけ。レンジでチンする手間など省略してもかまわない。

「玄関のドアを壊して入ってきたの？」ルミッキはたずねた。

「ううん、鍵で開けて入ってきた」

この時点でルミッキは電話を切りたくなった。エリサが次になにをいうか、聞く前から正確に予想できたからだ。

「ふーっ。入ってきたの、パパだと思う。きっとそうよ、下で呼んでる声がするもん」

やがてエリサはそうささやいた。

よくできました、ホームズくん。

「よかった。じゃ、もう切るから」

ルミッキは重々しく宣言した。

「だめよ！　ていうか、明日もう一度うちに来てくれるって、約束するまでは切っちゃだめ。だってあたし、もうひとりではここにいられないし、外にも出られないんだから」

エリサの声には驚くほどの力があった。

ルミッキは断りたかった。この件からは、いますぐに、まだ手を引くことが可能なうちに、離れてしまいたかった。追ってきた男たちには、はっきり顔を見られていない。いまならまだ、手をきれいに洗って、なにもなかったことにできるかもしれない。そもそもルミッキではな手は汚れてなんかいない。血まみれの紙幣の山を両手でかきまわしたのは、ルミッキではないのだから。

やがてエリサとの通話を終えたとき、ルミッキは壁に頭を打ちつけたい衝動に駆られていた。行くと約束してしまったのだ。またしても。


ボリス・ソコロフは、ビールジョッキの側面を絶え間なく指で叩いていた。ビールは気がぬけていてまずかった。彼のいまの気分に、すばらしくよく合っている。朝からビールを飲まずにいられないうじ虫どもの第一陣が、生息場所から這いだしてきて、薄暗いバーのいつもの席に早くも腰を落ち着けていた。ボリスは自分とふたりのエストニア人のためにボックス席を予約していたが、その席のテーブルは、夜の営業が終わった後も汚れをふきとる手間をかけてもらえなかったのが、見てわかった。それもまた、いまの雰囲気に文句なくぴったりだ。

三人はしくじってしまった。ロシア野郎と書いてへっぽこと読むくらいだからなと、いつもの席に陣取っているフィンランド人たちはいうだろうし、今回に関してはボリスも反論できなかった。娘を誘拐する計画はあきらめるしかない。彼らの手には、ひとつの可能性、ひとつのチャンスがあったのに、失敗してしまった。ボリスの携帯には短いメッセージが届いていた。そこにはただ、彼が自分の力で事態を収拾すべきであるとだけ書かれていた。彼個人の責任だと。

あの男を脅し、仲間に引きもどすために、なにかほかの手段を考えなくてはならない。

「もしかしてあの男、ナタリアが死んだことに気づいてないんじゃないっすか?」

ヴィーヴォ・タムが、口を開くそばからジョッキを長々とあおった。

「気づいてないはずはないだろう。ナタリアでなければ、だれの血だと思うっていうんだ、あの血染めの金を見て」ボリスは切り返した。

ヴィーヴォ・タムは肩をすくめた。リナルト・カスクは一言も発しない。ボリスは時折、リナルトという男は見た目よりさらに頭が単純なのではないかと思うことがある。

ボリスはヴィーヴォの言葉を吟味した。こいつの言葉にも一理あるのだろうか? あの警察官が、愛しいナタリアはもうこの世にいないことを、本当に理解していないとしたら? もしかするとナタリアは、金を持って逃げるつもりだとあの男に話していなかったのかもしれない。男のほうは、いまこの瞬間も、血だらけで使い物にならない紙幣をつかまされたことに腹を立てている、ただそれだけかもしれない。そのせいで、金を受けとっていないと騒いでいるのか。

あの警察官とナタリアは互いに心から思い合っているのだと、ボリスは考えていた。逃亡計画もふたりで一緒に企てたにちがいないと確信していた。ナタリアに備わっていた、自らの意志で判断し決断する能力を、見くびっていたのかもしれない。おそらくナタリアは、だれであろうと信用しすぎてはいけないことを、自分を救いだしてくれる人などだれもいないことを、ついに悟ったのかもしれない。ナタリアのしたことは、ある程度は理解できると、ボリスは思っていた。

ナタリアの前で口に出したことこそなかったが、ボリスは彼女を、ときには実の娘のようにさえ思ってきたのだ。実際の人生では得ることのなかった娘。ボリスの中のごく小さな部分は、ナタリアを逃がしてやりたいと願っていた。

しかし彼の心の大部分は、そんなことをすれば自分がどれほど大きな災難に見舞われるか理解していた。だからこそ、彼は感情にふたをして、雪面を走っていくナタリアの姿を迷惑な害獣の野ウサギに見立てなければならなかったのだ。そうしなければ、引き金を引くことができなかった。

あの警察官は、どうもナタリアの逃亡計画を知らなかったようだが、それでも事態は変わらない。あの男がこちらを脅そうとした事実は消えない。そういうふるまいは、できるかぎり速やかにやめさせる必要があった。

携帯の画面のカレンダーをめくるのは、昂《たかぶ》った神経を鎮めようとするときの、ボリスのいつものやりかただった。たいていはそれでうまくいく。

いま、この方法は新たなアイディアをもたらしてくれた。

「もうじき、ナタリアがあの警察官に、パーティーの招待状を送ると思うぞ」ボリスはにやりと笑っていった。

ふたりのエストニア人はぽかんとしてボリスを見つめてきた。まぬけどもめが。三人のうち脳みそを持っているのは自分ひとりだ、という気がする。幸い、このたったひとつの脳は切れ味がいい。ジョッキに残っているひどい液体はそのままにして、ボリスはカウンターへ行くとダブルのウィスキーを注文した。彼としては、当然受けとるべき報酬だった。

エリサの家の玄関に見覚えのある靴が二足脱いであるのを見て、ルミッキはまわれ右をしそうになった。一足はサイズ四十一、もう一足は四十三、どちらも男ものだ。ドナルドダックの甥《おい》っ子の三人組、ヒューイ・デューイ・ルーイが一堂に会する席にお邪魔すると約束した覚えはない。

「あたしがここですべきことはなんなのか、もう一度きちんと確認したいんだけど。トゥーッカとカスペルが来ているみたいだから」

ルミッキは、ばつの悪そうな顔で足元に視線を落としているエリサにいった。エリサの足元は、ピンク地に黒のボーダー柄のソックス。まったく、期待を裏切らない。

「だって……この件を解決できる人は、あんたしかいないんだもん。あんたって、めちゃくちゃ頭が切れるし」

エリサが出した媚いっぱいの猫なで声は、気分が悪くなるほど甘ったるい微笑みで味つけされていて、相手が男子なら効果絶大だっただろう。ルミッキはいったん脱いだアーミーブーツを再び履きはじめた。

「あたしの理解では、あんたが怖くてひとりじゃいられないっていうから、あたしはここへ来たんだけど。いや、ちがう、ここへ来いとあんたに要求されたからよ。ひとりでいたくないからって。で、いまの状況はどうか。あんたはどう見てもひとりじゃない。一件落着。あたしは帰ってかまわないはず」

　エリサはすかさず玄関のドアとルミッキのあいだに割り込んできた。

「だめよ、帰らないで。トゥーッカとカスペルは勝手に押しかけてきたのよ、あたしが学校を休んだから。片頭痛だっていったんだけど、信じてくれなくて。あんたがいてくれなかったら、あたし、どうやって切りぬけたらいいかわかんない」そういって、必死に頼み込んでくる。

　ルミッキの指はしばらくのあいだ、アーミーブーツの靴ひもをもてあそんでいた。

　恐怖に震える状況には二度と追い込まれないと、ルミッキは自分に誓っていた。ただ、そう誓ったとき、彼女が考えていたのは自分のことだけだった。ほかのだれかの身を案じて恐怖に震えることがあるとは、考えが及んでいなかったのだ。

　もしもいま、玄関のドアを閉めて立ち去ってしまえば、彼女自身はこの件からきれいさっぱり手を引けるだろう。しかし恐怖からは自由になれないのだ。今後エリサから電話がかかってこようと、携帯にショートメッセージが届こうと、そんなのは無視すればすむかもしれない。携帯のＳＩＭカードをもう一枚用意して、秘密の番号を持つこともできる。エリサなんか、空気みたいに扱えばいい。

　それでもルミッキは考えずにいられないだろう。エリサの身になにか起きるのではないか、自分を狙った男たちがエリサを拉致するのではないか、と。ルミッキはエリサの身を案じて恐怖を味わうことになる。それは望むところではなかった。

自分はスープの中に浸《つ》かっていて、すでにアーミーブーツが隠れるほど水位が上昇しているのだと、ルミッキは悟った。こうなれば、膝まで浸かろうと、腰まで浸かろうと、いっそ首まで水没しようと、同じことだ。

スープの中。どっぷりと。自由もなく。ルミッキは腹が立った。この状況に対して、自分はなにもできない。

彼女は重いため息をつきながらブーツを脱いだ。

「帰るのは、やめにする。ただし、一応いっておくけど、もしもトゥーッカがまた暴力に訴えようとしたら、あたしはその瞬間に警察へ通報して、あんたたちのことは見捨てるから」

エリサは目を輝かせて両手を打ち鳴らした。その音はルミッキの耳に、死を告げる鐘よりも不吉に響いた。

11

3月2日 水曜日

「昨日、親父からなにか聞きだすことはできたのか?」

エリサがコーラをついだ大きなグラスをリビングに運んでくると、トゥーッカがたずねた。

カスペルは最初、ただのコーラでなくちょっと強くしたやつを頼むといったのだが、エリサの表情を見てにやにや笑いを引っ込めたのだった。

ルミッキはトゥーッカの様子を横目でうかがった。では、エリサはこのふたりになにもかも話したのだ。口が軽いにもほどがあるが、いっそよかったのかもしれない。全員が同じ地図を見ているとなれば、話は早い。

「あたし、ルミッキを誘拐しようとした男たちの話を聞いて、もう完全にパニクっちゃって、頭が真っ白になっちゃったの。ていうか、そいつらは、ルミッキのことをあたしだと思って誘拐しようとしたわけだけど。あの状態じゃ、パパを相手にうまいこと秘密の情報収集をするなんて、とてもじゃないけど不可能だった。口を閉じていられただけ、まだよかったわよ」

エリサはコーラのグラスを載せたトレイをリビングのテーブルに置いた。グラスの氷がぶつかり合って音を立てる。エリサは昨日よりさらにぐったりした様子だった。目の下のくまは濃くなって、髪も洗っていないようだし、化粧もしていない。その姿は、白を基調とした、いかにもスタイリッシュなリビングにぽつんと存在する、恥ずべきしみのようだった。

リビングの家具やその他の調度品を見れば、ボークネースやアルテックといった北欧ブランドの製品であることが、いわれなくてもわかる。天井から下がっている大きな木製のペンダントライトは、フィンランドのデザイナーが手がけた、〝オクト〟の名で知られる高価なものだ。優美かつ機能的な、北欧スタイルで統一された部屋。

ルミッキは、警察の薬物捜査官と化粧品会社の社員の給料でどうやってこれだけのものを購入できたのだろう、と再び考えている自分に気づいた。少なくとも警察の薬物捜査官は、

3月2日 水曜日

何百万ユーロも稼いではいないはずだ。エリサの母親の給料だって、天文学的数字というわけではないだろう。遺産があるとか？　そうかもしれない。

あるいは、ビニール袋に詰め込まれた血染めの現金と関係があるのかもしれない。

「そうか。じゃ次は、おまえの親父とおふくろのパソコンをチェックしようぜ」そういったカスペルは、小物とはいえ犯罪者予備軍らしい自信をにじませている。

「ママは出張にノートパソコンを持っていっちゃったけど、パパが使ってるパソコンはパパの書斎にあるわ。でも……」

エリサがいい終えないうちに、カスペルはもう書斎に向かって歩きだしていた。

「おれがパソコンをチェックするから、おまえらはファイルやなんかを調べろよ」

カスペルの声を聞きながら、ルミッキ、トゥーッカ、エリサの三人も書斎に足を踏み入れた。

「これってある意味、違法行為なんじゃないの？」

父親の机の引きだしをごそごそやりながらエリサが聞いた。

「違法って理由でおまえが踏みとどまったことなんか、これまでにもなかったと思うけどな」トゥーッカが笑った。

「踏みとどまるべきだったのかも」エリサはため息をついた。

これにはルミッキも同感だった。しかしそれを口には出さなかった。代わりに疑問を口にした。

「あんたのパパの仕事に関するものは、ここじゃなにも見つからないと思うけど。すごく厳しい規則があって、家に持ち帰ってもいい書類が制限されてるに決まってる。たぶん、持ち帰れる書類なんかないと思う。それにパソコンだって自宅用でしょう。仕事に関するデータは全部、職場のマシンに入ってるはず」

「たしかに。どうしてそれに気づかなかったのかしら」

「それでも、探してみようぜ」トゥーッカがねばった。「自分が犯罪に関わったって証拠を、職場のパソコンにはまず保存しないだろ。なんせ職場には、おまわりがそこら中、いやになるほどうじゃうじゃ這いまわってるんだし」

　エリサににらみつけられて、トゥーッカの笑いは唇の片方の端が上がったところで止まった。それから四人は黙々と作業を続けた。しかし成果はなかった。書斎が明かしてくれたものといえば、納税申告書や保険の書類や請求書をきちんと管理し、自宅のパソコンのフォルダもきれいに整理している、几帳面な父親の姿だけだった。

「おまえの親父、アダルトサイトすら見てねえのかよ」カスペルがいらついた声でつまらなそうにいった。

「やあね、もう！　そんなの見るわけないでしょ」エリサはぞっとした様子で叫んだ。

「だけど、おまえは見たことあるだろ」トゥーッカがくすりと笑った。「それを知ってる程度には、おまえのパソコンの中身を密かにチェックしてるんだよ」

「一度だけ、友達のメールにリンクがついてて、よく考えないでクリックしちゃって、行き着いたことがあったかも」エリサが言い訳している。

ルミッキは三人組のくだらない会話を聞きつづける気になれなかった。特にうんざりさせられたのは、男子が一緒にいることでトーンが高くなったエリサの声と、頭の悪そうな感じに変わったその言葉づかいだった。

この現象なら、ルミッキは覚えがある。中学で女の子たちがやはりこんなふうに変わっていくさまを、困惑しながら眺めていたのだ。六年生が終わり、夏休みをはさんで中学校に進級して七年生になったとき、登校してきた女子の一部は、休みのあいだに脳みそを半分湖に落としてしまったかのようなありさまだった。以前は聡明で優秀だった女の子たちが、突然ごく単純な計算さえできなくなったり、百メートル走るだけでも必ず「死んじゃう」ようになったりした。

「やだあ、助けてえ、あたし死んじゃう！」

甲高い金切り声で、女の子たちは一日に何度もそう叫んだ。あるときはうっとりしながら、あるときは途方に暮れているふりをしながら。目をまんまるく見開いて、ガムをくちゃくちゃと噛んで。

女子が頭の悪そうな演技をするのは、男子を意識してやっているのだ、とルミッキが気づくまでに、少々時間がかかった。男子に向けて売りだし中であることを伝えるため、小さくて、かわいくて、危険なんかない存在だとアピールする。そういうのは、ある種の男子が求めているとおりの女らしさでもあった。

女の子たちは小さく縮こまり、自分のことをばかだといったが、その目的は、クラスで特にかっこいい男子たちに、賢さでも強さでも能力の面でも女子より優れていると自負してもらうためだった。

男子は演技の裏側を見ぬけないのだろうかと、ルミッキは不思議でならなかった。男子のほうが優れているという演技を、女子がわざわざしてくれているなんて、みじめな気分にならないのだろうか。一部の男子は、演じられている役柄の裏になにがあるか気づいていたが、演技は彼らに向けられたものではなかった。彼らは知性がありすぎて、そういう男子は女子から見れば異性のうちに入らなかったのだ。

どういうわけか中学校では、知的だと異性として魅力的ではないのだった。異性として見てもらいたければ、賢さを疫病のように避けなければならない。賢いというのは、つまらない、うざい、むかつく、などと同義であり、ストレートに醜いといわれなくても、少なくとも目を向ける価値がないという意味だった。

中学を卒業すれば状況は変わるのではないかと、ルミッキは思っていた。部分的には変わったが、変わらない部分もあった。男性が同席しているとき、大人の女性が——教養ある女性でさえも、自分を卑下するようなふるまいをするのを、ルミッキはいまでも目にすることがある。ああいうのは見るに堪えない。エリサがこんなふうなのは、まだ中学校に片足を突っ込んでいるせいだと思いたかった。もっと根深い人格の基本的な部分や、すっかり身についてしまった行動様式のなせるわざではないことを願った。

「そのパソコン、あたしにもう一度チェックさせて」ルミッキはカスペルに声をかけた。

カスペルは疑わしそうな、見下すような目でルミッキを見た。

「どうせなにも出てこねえよ」そういって譲ろうとしない。

「それでも、あたしにやらせて」ルミッキは穏やかに頼んだ。「パソコンって、ぱっと見よりもずっと多くの情報を呑《の》み込んでいたりするものだから」

「うひょお、われらがスーパー名探偵は、ＩＴ分野の超天才でもあるってわけか」

トゥーッカが薄ら笑いを浮かべた。

「そう。あたしは、エルキュール・ポワロとリスベット・サランデルのあいだに生まれた隠し子なの。イギリスのアガサ・クリスティが生んだ名探偵と、スウェーデンのスティーグ・ラーソンが創りだした天才ハッカーのね」

ルミッキは眉ひとつ動かさずに応じると、カスペルが大げさな仕草で譲ってくれたパソコン用の椅子に腰を下ろした。

三人がルミッキの背中をじっと見つめてくる。やりにくくてかなわない。

「じゃ、おまえの名はルミッキ・ポワンデルか？」カスペルがジョークの続きをいいかけた。

だれも笑わない。

「ルミッキ、ルミッキ……」今度はそうつぶやきだしたカスペルは、一音節ずつ区切ってゆっくり発音しながら、その名の響きを心ゆくまで味わっているようだった。「おまえ、なんかニックネームがあるんだろ？」しまいに彼はいった。

「ないけど」ルミッキは振り向きもせずに答えた。

「ルミとか?」

「ちがう」

「ルミア?」

「そう思う?」

「てことは、ちがうんだな。ミッキか?」

ルミッキがいきなり椅子を後ろにずらしたので、背もたれがカスペルを突き飛ばしたが、ルミッキはそのまま椅子を回転させて三人のほうを向いた。

「いてえな。少しは気をつけろよ」

カスペルは腹立たしげに膝をさすっている。

「休んでたら。ちょっと時間がかかるから」

ルミッキはそういって、エリサに目配せした。幸い、エリサの脳みそも、このときはシャープに機能してくれた。

「ふたりとも、リビングにもどってコーラを飲んじゃいましょうよ」エリサがふたりを促した。「ルミッキ、なにか見つかったら呼んでね」

ルミッキはパソコンの画面に顔を向けながらうなずいた。ほどなく書斎のドアが閉まる音が背後で響いた。貴重な平安が訪れる。

すばやく作業しなくては。この平安は、長くは続かないだろう。

12

3月2日 水曜日

テルホ・ヴァイサネンはコートの襟《えり》を立て、娘が編んでくれたグリーンのマフラーを口元に押し当てた。屋外へ出たとたん、氷点下の厳しい冷え込みが、露出している肌に鋭い爪を突き立ててきたのだ。

警察署からピューニッキ地区の自宅まで、さっと車で移動してしまおうかとも考えたが、結局歩くことにした。寒さのおかげで、この数日受け入れがたいほど鈍ってしまっている頭が、しゃきっとするかもしれない。

テルホ・ヴァイサネンはふたつの疑念にさいなまれていた。

金はどこへ行ったのか？

ナタリアはどこにいるのか？

はたして疑念の優先順位はこのとおりなのだろうか。いや、もちろんそうではないが、ナタリアならこれまでにも、何日も音信不通になることがあったし、ときにはそれが何週間も続いた。テルホが電話をかけたり、ショートメッセージやメールを送ったりしても、常に応答できるとは限らないのだ。テルホはそのことに慣れていた。いまはまだ、この状態に特別な意味があるわけではない。

しかし、金はどうしたとたずねたとき、ボリス・ソコロフが怒りくるい、携帯の電波に乗ってどなり込んできそうな勢いだったことは事実だ。金はすでに届けてある、などといって。届いてはいないのだ。

ボリス・ソコロフがうそをついているか、手下のエストニア人たちがソコロフにうそをついているか、どちらかに決まっている。後者の可能性が高いだろう。

テルホは常々、これほど長い期間にわたり、手っ取り早くもうけようと抜け駆けする者がひとりも出ないことを、不思議に思ってきた。そして、ここまで統制が行き届いているのは、エストニア人たちがボリス・ソコロフの支配下にあるという、まさにそれが理由だろうと考えてきた。ソコロフから罰を受けたいと思う者はいないのだ。ソコロフはソコロフで、さらに上位の人間から命令を受けている。恐怖と力によるヒエラルキーが、全員をおとなしくさせてきた。

しかし、いまはちがう。だれか、自分の取り分を増やそうと企んでいる者がいる。

これまでうまく機能してきたシステムが崩壊するのではないかと考えると、テルホは恐ろしくなった。彼自身は常に、疑問を口にすることなく、与えられた役割をきちんと果たしてきたというのに。そもそも彼がこんなことに手をだしたのは金のためだったが、金は依然として必要なのだ。

金が入ってこなくなれば、残された可能性はもうあまりない。将来に備えて安全策を講じておくべきとわかっていたのに、それをしてこなかった。蓄えはごくわずかしかない。

もちろん、報復としてソコロフとその一味をいぶりだしてやることはできるが、同時に自分自身の体にも火をつけることになるのは避けられない。後に残るのは、煙のたなびく焼け野原だけ。

そんな事態に陥るわけにはいかないのだ。

ソコロフ相手の交渉が進まない以上、直接〈白熊《ヤーカルフ》〉と話をつけるよう、試みるしかなかった。簡単ではないだろう。〈白熊〉は自身で決めたルールに則《のっと》ってゲームを進めており、ゲームの展開が気に入らなければ、ほかのプレイヤーたちを簡単に退場させてしまう。

タンペレ街道沿いを歩きながら、テルホはこんなことに手をだした自分を呪《のろ》った。

自分のしていることは犯罪行為であり、道徳的に考えてもまちがっている。その事実は揺るがない。テルホ自身は、家族がまだ眠っている孤独な朝、窓の外を眺めながら、この行為にはプラス面もあると幾度も自分に言い訳してきたのだが。

警察と国民の立場で考えれば、プラス面もあるはずだった。テルホはソコロフから、薬物の売人や密輸業者の逮捕に役立つ情報を得ている。おかげでタンペレ市の裏社会を徹底的に浄化することができ、テルホの部署には最上層部からさえも称賛の言葉が雨のごとく降り注いでいる。眠りから覚めつつある近所の家々を眺めながら、テルホはそのことを思いだせと自分に言い聞かせた。

しかし、のろのろと昇ってくる太陽が、彼の自己欺瞞《ぎまん》を照らしだした。テルホは太陽から目をそむけてコーヒーカップにミルクをつぎ足し、そうやって自分にうそをつき続けてきたのだった。

かつて、もう何年も前のあのときは、差しだされた提案に手を伸ばすことが唯一の選択肢に思えたのだ。

テルホは当時、ギャンブルの借金に加え、返済期限を過ぎた少額の短期ローンまで抱えていた。そうと意識しないままギャンブルの虜《とりこ》になっていたのだ。最初のうちはまだ、一日の激務を終えた後に頭をリセットしリラックスする、手軽な手段に過ぎなかったのが、いつしかギャンブルなしではいられない状態に陥っていた。ネット上で遊べる賭博《とばく》は、恐ろしく簡単に手が出せるようにつくられていて、そのことも災いした。

ギャンブルをするなら、金を賭けなくては意味がなかった。金を賭けるからこそ、重大な意味を持つ行為をしていると実感でき、アドレナリンが体内を駆け巡って、めくるめく興奮を味わえるのだ。

加えてテルホには高級志向の妻がいて、あのころはまだ、妻のために最高の品を用意してやりたいという気持ちを持っていた。それに、娘もいる。彼は娘に、こんなに人を愛することがあるとは想像もしていなかったほどの深い愛情を抱いていた。

これはエリサのためでもある。なにもかも、エリサのためを思ってしてきたことでもあるのだ。家や服装のことで恥ずかしい思いをさせないように。家族に金銭的余裕があるかどうか、けっして心配させないように。

テルホ自身は、幼いころも大きくなってからも、古着屋で買ったジーンズなのにちゃんとした新品だといったり、いとこのお下がりのコートを外国で買った品だと偽ったり、しょっちゅうそんなうそをつかなくてはならなかった。中流家庭の収入は、父親の飲み代であらかた消えてしまったのだ。それがテルホはなによりも恥ずかしかった。

この経験が元になって彼は禁酒主義者になり、やがて、アルコールという名の、命を奪う力を持ちながら合法とされる薬物に対して、できることはなにもないと悟ったとき、警察の薬物捜査官になったのだった。

しかし、なにかに依存しやすい傾向は、父親から息子に遺伝してしまったらしい。手っ取り早く、なにも考えずに、快楽を得たいと欲する性質。それでもテルホは、自分の遊びがいかなる形でも家族に悪影響を及ぼすことがないように、細心の注意を払ってきた。これはあくまで彼ひとりの、個人的な悪癖なのだ。

最近など、ギャンブル中毒が最もひどかった数年間に比べれば、この遊びに費やす時間を目に見えて減らすことに成功さえしている。とはいえ、やはり一定の間隔でギャンブルによる興奮を必要としてしまうのは変わらない。

この一年に関していえば、テルホがソコロフと組んでいたのはナタリアのためでもあった。この若い女性をテルホはどうしようもなく愛してしまい、十代の少年のように熱を上げていた。自分でも最初から、ばかげているし絶望的だし危険でもあるとわかっていたが、ナタリアの微笑みや、けがれを知らぬ大きな瞳に抵抗することができなかった。彼女がこれまでになにを見てきたのか、その瞳はけっして明かしてくれないが。

いつかはナタリアをあきらめなくてはならない、絹のようになめらかなその肌も、頬のえくぼも、手放さなくてはならないと思うと、テルホはいまから悲しくなった。結局はそうなるとわかっているからだ。結婚生活も家庭も、おそらくは仕事のキャリアさえも投げだす覚悟がないのなら、彼女との関係を続けることはできない。

テルホにそこまでの覚悟はなかった。彼女と甘い時間を過ごしているとき、妻とは別れてきみと一緒に暮らしたいと口にすることはあったにしても。愚にもつかない話だ。恋に溺《おぼ》れた男の約束、守ることなどできはしない。ナタリアとて、それはわかっているはずだ。彼女は聡明だった、外見の印象よりずっと聡明な若い女性だった。

それでもテルホはナタリアのために便宜を図ってやりたかった。その程度には彼女に対して責任があると思った。もっといい暮らしができるように、ソコロフの仕事から足を洗えるように、手を貸してやりたかった。いまはまだ具体的な手段は考えていなかったが、きっとなにか思いつくだろう。

そのためにも、あのエストニア人たちがついつい人の金に手をつけてしまったというだけの理由で、これまで機能してきたシステムが崩壊しては困るのだ。

ピュハヤルヴィ湖畔の南公園に差しかかると、痛いほどの冷たい風が襲いかかってきた。テルホ・ヴァイサネンは、やはり車にしなかったことを後悔しはじめた。スウェーデンのアウトドア・ブランド、ホグロフスのコートは最高水準のハイテク機能を備えているが、それでもこんな、異常なまでに寒い冬には太刀打《たちう》ちできない。

テルホは今日、会議がひとつキャンセルになったのだった。突然、たっぷり一時間ほどの空き時間ができた。そこで、いったん帰宅して、片頭痛だかなんだか女性特有の症状に悩まされているエリサと自分のために昼食をつくろう、と思いついたのだ。娘のほうは、単にさぼっているだけかもしれないが。それはテルホも認めざるを得なかった。娘は愛らしく、みんなに好かれているし、テルホにとってはかけがえのない存在だったが、クリスマスの電飾の中でひときわ明るく輝いている電球というわけではなかった。もしかすると、いまの高校は彼女に合っていないのかもしれない。

テルホ・ヴァイサネンは自分の計画に思いを巡らせた。〈白熊《ヤーカルフ》〉に連絡を取らねばならない。メール以外にその手段はない。そしてメールは自宅のパソコンから送るしかないのだ。職場のパソコンや携帯のブラウザを使ってリスクを冒す勇気は、彼にはなかった。

同時に、もう一度ナタリアにメールを送って、どうして連絡をくれないのか聞くこともできるだろう。さびしさが骨身にしみた。厳寒の中を吹きすさぶ風よりも、そちらのほうが心を凍らせた。

茶色の瞳。明るい色に染めた髪、根元に本来の黒っぽい色が見えはじめている。髪にはさらに、まわりより明るいトーンのメッシュが幾筋か入っている。ヘアエクステンションもつけていた。毛抜きで細く整えた眉。唇にはなにか注入しているのかもしれないが、ふっくらした形は生まれつきかもしれなかった。

年齢は――十七歳から二十五歳のあいだくらいだろうか。

ほとんどの写真で、その女性はまじめな表情を浮かべ、唇をわずかに開いてポーズを取っていた。しかし、微笑んでいる写真も一枚あって、頬にくっきりとえくぼができていた。微笑んでいる彼女は、ほかの写真より若々しくてあけっぴろげに見える。同じ写真に写っている中年の男性は、鼻の形がエリサにそっくりだった。女性が身につけているのは、だれの目にも高価だとわかる、そういうたぐいの服装だ。

同じ男女がアップで写っている写真がもう一枚あった。携帯のカメラを使ってセルフで撮ったものらしく、ふたりそろって笑いながらキスを交わしている。ふたりはあまりに幸せそうで、厚かましいと思えるほどだった。

パソコンの中にかなり原始的な方法で隠されていた写真を見ていると、ルミッキはのぞき屋になった気分に襲われた。写真を見つけるより前に、匿名でつくれるフリーメールのアカウントのユーザーネームとパスワードも発見している。しかしそのメールボックスは空だった。エリサの父親はこのアカウントを使っていないか、さもなければ――おそらくこちらの可能性が高い――受信したメールは読むそばから削除しているのだろう。

「エリサ」ルミッキは声を上げて呼んだ。

エリサがドア口にあらわれた。幸い、トゥーッカとカスペルはＷｉｉのゲームで遊びはじめたらしく、リビングに残っている。

「ドアを閉めてくれる？」ルミッキがいうと、エリサは素直に従った。ルミッキは言葉を続けた。「この写真に写っているのは、あんたのママじゃないと思うんだけど」

13

3月2日 水曜日

エリサは両腕で自分の体を抱きしめていた。急に寒さを覚えたのだ。できれば目を閉じて、写真を見ないようにしたかったが、そんなことをしてもどうせ意味はなかった。写真はすでに、エリサの心の奥底に焼きついてしまっていたし、やがて夜になり眠ろうと目を閉じても、頭の中のスクリーンに繰り返し再生されつづけるにちがいない。

どうしてパパはあたしにこんな仕打ちを？　ママにもよ。

エリサはばかではなかった。もうだいぶ以前から、両親の結婚生活がロマンチックな意味で幸福なものではないと気づいていたし、ふたりが一緒にいる理由は、互いに慣れていて楽だから、というのがほぼすべてだということもわかっていた。それでも、パパがママを裏切るなんて、どうしても信じられなかった。

エリサのパパはそんな人じゃない。パパは正直で、きちんとしていて、信用できる人よ。新たな生活を考えはじめるなら、その前にまず離婚する、パパはまさにそういうタイプの男性だもの。

実をいうとエリサは、母親のほうはどうだかわからないと思っていた。仮に母親が、出張先のホテルのベッドで眠るときにひとりではないことがあると知らされたとしても、驚かなかっただろう。そんなことが実際にありそうな気さえしていた。

パパ。若い女の人と、しかも娘のあたしとほとんど年齢の変わらない相手と。考えただけで吐き気がする。ふたりの関係そのものよりさらにおぞましいのは、隠し事をされ、うそをつかれ、信頼を踏みにじられたってことよ。ふたりが真剣に交際しているのであれば、の話だけど。ひょっとすると、単なる浮気かも……。でも、もしそうなら、写真をパソコンに保存しているのはなぜ？　それはときどき写真を見たかったからに決まってる。だからこの事実はなにかを物語っているはず。

「たぶん……」

ルミッキの声を、エリサは夢の中で聞いている気がした。これが夢であってくれれば、目を覚ますことができれば、さあ、三つ数えたら……。

書斎のドアが勢いよく開いて、トゥーッカとカスペルがどかどかと入ってきた。

「なんだよ、女子だけの秘密会議かよ。まさか、われらがＩＴの魔術師が、なんか発見できたとでも……うひょっ」

エリサとカスペルとトゥーッカが背後からパソコン画面の写真をのぞき込んでくるので、ルミッキはいたたまれない気分になった。振り向かなくてもエリサの困惑が伝わってきて、それがなによりもいたたまれなかった。

「この人、きっとただの……それかパパは単に……」

　エリサは説明を言葉にしようと必死になっている。

「現実から目をそらすなよ《レッツ・フェイス・イット》」カスペルがいった。「おまえの親父は、どっかの若い女と寝てるんだろ」

　全員が頭の中で考えていたことが、はっきりと言葉にされた。一字一句そのとおりではなかったかもしれないが、要するにそういうことだ。

「この写真には、なにか別の説明がつけられるかもしれないじゃない」

　エリサの反論は弱々しかった。カスペルの言葉が正しいことはエリサにもわかっているのだ。彼女の声の調子からルミッキはそれを察した。

「これはまちがいなく、例の金となにかの形で関係してるな」トゥーッカが思いついたらしくいった。「こんな秘密がふたつも同時進行なんて、偶然ではありえない」

「だけど、どんなふうに？」エリサがたずねる。

「なんかちょっとロシア人っぽい顔じゃねえか？」カスペルがいった。「この女が娼《しょう》……おっと失礼、性産業従事者だとしたら、どうだろう。おまえの親父、売春斡旋《あっせん》業に手を染めてるとか？」

　エリサは首を振った。その顔を見たルミッキは、彼女がいまにも泣きだしそうなのに気づいた。

「そうじゃなければ……」トゥーッカも推理を始めた。

そのときメールの着信を知らせる電子音がパソコンから響いた。ルミッキは、いまこの瞬間にも興味をそそる内容のメールが届くかもしれないと考えて、フリーメールのメールボックスを開けたままにしておいたのだ。

予想的中。

届いたメールの送信元アドレスもやはりフリーメールだった。送信者名は英語で〈ビューティフルローズ〉、アドレスのドメインの末尾は国名と結びつかない国際的なもので、どちらもたいしたことを語ってくれない。

ルミッキはメールの内容を読み上げた。文章も英語で書かれている。

マイ・ラヴ、
新しいアドレスをつくる必要があったの。単に用心のためよ。金曜日に〈ポーラーベア〉がパーティーを開くわ。あなたを招待したいって。あたしも一緒に☺。午後八時に、迎えの黒い車が行くわ。今回のテーマはおとぎ話だし、あなたの好みも知っているから、あたしは雪の女王になるわね。あたし、あなたに大事な話もあるの。
キスを　N

追伸

いつもどおり、このメールは読んだらすぐに削除して。あたしたち、うんと気をつけないと。

3月2日 水曜日

トゥーッカとカスペルとエリサの三人は互いに顔を見合わせた。

「これって、いったいどういう意味かしら?」エリサが聞いた。

「ポーラーベア、ポーラーベア……」カスペルはその言葉を繰り返している。「畜生、そうか、英語で白熊のことだ。フィンランド語でいえば、ヤーカルフ。おまえの親父は、〈白熊〉《ヤーカルフ》のパーティーに招待されたんだよ」

「それはなに? だれのパーティーっていったの?」

「〈白熊〉だよ!」カスペルは叫んだ。「まさに伝説の存在なんだ。おれが知ってるのは、ものすごくビッグな人物で、ほとんどすべての人間から崇拝されてるってことくらいだけどな。うわさによると、合法なのも非合法なのも含め、ありとあらゆるビジネスを手がけてて、姿を見たやつはめったにいないらしい。〈白熊〉のパーティーっていやあ、耳に入ってくるのはすげえ話ばっかだぜ。目をむくような城だか豪邸だかを持ってて、そこでなんでもありの超セレブなパーティーを開くって話だ。そこにはすべての人間が集まる。地位と金のあるすべての人間がな」

「〈白熊〉の本名は?」ルミッキがたずねた。

カスペルはおもしろがっているような顔で彼女を見た。

「おれが知るかよ。よほど内部事情に通じてるやつでなきゃ、知らないはずだ」

「その人、大物犯罪者ってこと?」エリサが本能的に声を低くしてささやいた。

カスペルは両手を広げてみせた。

「まあ、手がけてるビジネスの全部が正々堂々としたもんかっていうと、まずそんなことはないだろうけどな。おれにゃわからねえ。ただ、とんでもなく金を持っている上に抜け目がないから、つかまらないんだよ。自分自身の手は汚さないってわけだ」

「おまえ、なんでそんなこと知ってるんだよ」トゥーッカがいぶかしげにいった。

カスペルの口元に満足げな笑みが広がった。ついに三人組のトップの座につけたと思っているのが、ルミッキにはわかった。

「情報源があるんでね。やばい連中と付き合ってりゃ、やばい話も耳に入ってくる。いや、つまらん質問はやめてくれ。おれはおまえらにクスリを提供してやるし、情報も提供してやる。おまえらがそれ以上知る必要はない《ザッツ・オール・ユー・ニード・トゥ・ノウ》」

カスペルが演説を続けているあいだに、ルミッキはメールの文章を紙に書き取り、それをジーンズのポケットに突っ込んだ。

「いずれにしても、このメールは削除しないと」ルミッキはいった。「残念ながら、開封ずみなのは見ればわかるし、あんたのパパはだれかが自分のメールアカウントに侵入したってすぐに気づいてしまうから」

ルミッキはメールを削除する準備を始めた。

テルホ・ヴァイサネンの指は手袋の中で完全に凍りついていた。手袋には、ウィンドストッパーやら保温効果の高い特殊な多層構造やら、ありとあらゆる機能がついているはずなのに。彼は指の関節を、自宅の玄関の鍵を開けられる程度に折り曲げようと努力した。

去年の十二月のことが思いだされる。気温は零度をいくらか下回る程度で、雪がほとんど目につかないくらいうっすらと積もっていた。彼はナタリアとともに、タンペッラ地区のイルミネーションの前に立っていた。光の像の青い輝きに照らされて、ナタリアの顔が幻めいて見えた。

ふたりはカフェから出てきたところだった。タンペッラの新興住宅地はかなり安全なエリアなのだ。このエリアにテルホの知り合いは住んでいない。妻がこのあたりに来る用事などあるわけがないし、それはエリサも同じだった。

道を歩いているのはほとんどが地元の住人で、どこか別の場所へ行くのにここを通りぬける必要があるわけでもない。わざわざ足を運びたくなるような店やレストランもない。カフェにしてもつぶれる寸前で、地域の住民が落としてくれるわずかな金でなんとか営業を続けているくらいだ。タンペッラなら、ふたりは思いきって一緒に外を歩くことができた。リスクはやはり存在しているにしても。

もちろん、リスクを冒さなければならないときもある。それに、つかまるのではという恐

3月2日 水曜日

怖は、独特のスリルをもたらしてもくれる。

テルホは、知り合いか、知り合いの知り合いにふたり一緒のところを見られてしまった場合に備え、つくり話を考えてあった。いつでも仕事に結びつければいい、情報収集中で守秘義務があるといえばいい。ナタリアから情報の提供を受けているが、それ以上のことを明かすわけにはいかない、相手にそう思わせればすむだろう。頼む、どうか黙っていてほしい、といって。だが、つくり話を使う羽目になったことはまだ一度もなく、テルホは胸をなで下ろしていた。

あのときナタリアは手袋をはめてくるのを忘れていた。それで、小さな手に息をはあっと吹きかけていた。テルホは彼女の手を自分の手ではさみ込み、温めてやった。するとナタリアは微笑んだ。雪片が彼女の髪にくっついた。雪片もイルミネーションの青い光を反射していた。ナタリアのいでたちは、白いコートに白いブーツ。その姿はいつにも増して美しかった。

「雪の女王だね」テルホはナタリアの耳にささやいた。

突然、抗《あらが》いがたい欲望が彼をとらえた。ナタリアの全身を温めたい、熱く燃える自分の手を彼女のひんやりした肌に押し当てたい、雪片のひとひらずつを溶かしてやりたい。

「行こう」

彼はかすれた声でいうと、ナタリアの手を引いて足を速めた。

五分後には、ふたりはホテル・タンメルのフロントにいた。部屋が取れた。テルホは急いで妻に連絡し、残業で夜中までかかりそうだと告げた。それからナタリアを見た。ホテルの部屋の、温かな黄色の照明の中では、彼女はもうおとぎ話の主人公には見えなかった。しかしそんなことはかまわなかった。すでに想像が欲望をかき立てている。彼はナタリアを抱き寄せ、目を閉じたのだった。

テルホ・ヴァイサネンは追憶からわれに返り、こわばった指でぎこちなく鍵を開けようとしながら、口からは罵《ののし》り言葉を続けざまに吐きだした。

3月2日 水曜日

いち早く物音に気づいたルミッキは、ほかの三人に低い声で告げた。

「だれか来る」

エリサが飛び上がった。

「あんたを誘拐しようとした男たちよ！　殺し屋だわ！」

ルミッキはエリサの口を手でふさぎたい衝動と闘った。

この子、自己防衛本能が普通の人ほど発達してないのだろうか。ピンクと黒の部屋で暮らしつづけると、脳がその色の液体に漬け込まれた状態になって、ふにゃふにゃな考えしか頭に浮かばなくなるとか？

「ごく静かに、あわてずに行動しないと。その人物は、明らかに家の鍵を持っている。まずまちがいなく、あんたのパパだと思う。いまいちばん重要なのは、あたしたちがこの書斎にいると知られないように、物音を立てないこと」

そういいながら、ルミッキは落ち着いてメールを削除し、メールボックスからログアウトして、写真が入っていた隠しフォルダを閉じ、ブラウザも終了させて、最後にパソコンのシャットダウンボタンを押した。ひとつひとつの作業に、信じがたいほど長い時間がかかった気がした。しかしそれは気のせいだとルミッキにはわかっている。実際には、どの作業も数秒のうちにすんでいた。

一方で、数秒間は、玄関のドアの前にいる人物が鍵穴に鍵を差し込み、施錠を解除するのに十分な時間でもある。

「あんたたちは行って。二階へ」

ルミッキはできるかぎり抑えた声で促した。それでもエリサ、トゥーッカ、カスペルには十分な効果があり、三人は書斎から滑り出ると急ぎ足で階段へ向かっていった。三人とも、静かに行動できているつもりだったにちがいない。しかしルミッキにいわせれば、ライオンの咆哮《ほうこう》を聞きつけたウシカモシカの群れと大差なかった。

いいかげんシャットダウンして。シャットダウンしてってば。

パソコンの画面に〈シャットダウンしています……〉の文字が出たまま、異様に長い時間が経過している。あたしのノートと同じ症状だ、とルミッキは思った。ときどき、どうしてもシャットダウンしてくれなくなる。

玄関のドアが開く音がルミッキの耳に聞こえた。幸い、この書斎は玄関からは死角になっている。だれか体の大きい人物が家の中に入ってきた。男性だ。

ルミッキは呼吸を整えた。心臓の鼓動を鎮めることに集中する。

それから、パソコンのスタートボタンに決然と手を伸ばし、それを長押しした。次に起動したとき、〈正常に終了しませんでした〉といったメッセージが出るかもしれず、エリサの父親が不審に思うかもしれないが、いまはリスクを覚悟でやるしかない。おそらくエリサの父親はよくある反応を見せて、しばらくは画面の咎《とが》めるようなメッセージを不思議に思うものの、やがて肩をすくめ、そろそろパソコンを買い替える時期なのかもな、と考えるだろう。

シャットダウンして！

画面が暗くなった。

「エリサ！　ちょっとだけもどってきたよ！　昼飯を作ろうと思うんだが」男性が二階に向かって叫んでいる。

よかった。予想どおりだ。

ルミッキは開いたままの書斎のドアの陰へそっと移動し、エリサの父親がここに直行してきませんようにと心から祈った。

玄関先でコートを脱いでいる気配がする。やがて足音が書斎に近づいてきた。

そのまま通り過ぎて。

足音は書斎の前を過ぎてキッチンへ向かいかけたが、途中で気を変えたらしく、もどってくると書斎に入ってきた。

ルミッキは息をしていなかった。体はぺちゃんこ。においもしない。存在自体、していない。

椅子に腰を下ろさないで。

座面にまだ自分のぬくもりが残っているのを、ルミッキは知っていた。

入ってきた男性は腰を下ろさなかった。机の前に立ったまま、郵便物を仕分けている。ルミッキは息を止めたままだった。最低でも二分間は落ち着いて息を止めていられることは、自分でわかっている。エリサの父親は封書を二通ほど机の隅へ放った。たぶん請求書だろう。

それから彼はキッチンへと歩み去っていった。

「なにが食べたい？　パスタでもつくろうか？　それとも、チリ風味のチキンスープがいいかな？　温かいものを食べないといられないよ、外は魂も凍る天気だからね」

そういいながら、冷蔵庫を開けたようだ。

いまだ。

ルミッキは書斎のドアの陰から出ると、靴下をはいた足の歩幅を倍にしてスピードを上げ、不自然なほどなめらかな寄せ木張りの床を音もなく横切って、二階へ続く階段に向かった。

ウシカモシカの群れに忍び寄るライオンさながらに、静かな足取りで二階へ急ぐ。気配を消したままエリサの部屋に入ると、中にいた三人は驚いて飛び上がった。

「やだもうっ、心臓が止まるかと思ったじゃない」エリサがひそひそ声でいった。「じゃ、大急ぎでそこのクローゼットに隠れて」

「なぜ?」

3月2日 水曜日

ルミッキはエリサの思考回路についていけなかった。トゥーッカとカスペルは、実に満足だという顔でソファの背にもたれかかっており、隠れる気などかけらもなさそうだ。

重たい足音が階段をのぼってくる。

「説明は後でするから」エリサはあわてていうと、ルミッキをウォークイン・クローゼットに押し込み、すばやくドアを閉めた。

「友達が来ているのかい？」

階段の上まで来たエリサの父親がたずねている。

「そうなの。トゥーッカとカスペルが遊びに来てくれて」

エリサは取ってつけたような朗らかな声で答えたが、それが演技であることは、何キロも離れたところにいてさえわかりそうだった。

「片頭痛じゃなかったのか？」エリサの父親がおかしいと思っているのが、声でわかる。

「それに、きみたち、学校はどうした？」

「学校ならついさっき終わったとこよ」

「数学の授業が休講になったんですよ、先生が病気で」

エリサとトゥーッカが同時に答えた。

ルミッキはドアの隙間から、エリサの父親が三人組を値踏みするような目つきで眺めているのを見守った。金髪を短くカットした中年男性で、上半身の体格は、かなり重いウェイトを持ち上げてもびくともしそうにない。

クローゼットの中は暗かったが、広さがあった。女子特有のにおいがする。ルミッキのクローゼットの中が同じようなにおいになることは、けっしてないだろう。

再び身を隠している自分。再び視線から逃げている自分。

ルミッキは目を閉じた。

あんたは逃げられない。こっちは必ずあんたを見つけだす。見つけだしたら殺してやる。殺してやる。

あんたを。

14

夏はひとりで歩いてこない
だれかが夏を呼ぶまでは
だれかが景色を夏に変えれば
ようやくつぼみも開きだす
わたしが花を咲かせよう
わたしがまきばを緑にしよう
夏がとうとうやってくる

わたしが雪を溶かしたときに
小川を水であふれさせよう
しぶきを上げて流れるように……

3月2日 水曜日

夏至祭の飾り柱。風船、風船、もっともっとたくさんの風船、そのうちのいくつかが青い空に消えていく。

バルト海に浮かぶオーランド諸島の町マリエハムン、町が一年で最も美しくなる夏の夜、時刻はもう真夜中に近づきつつあるが、あたりは昼の明るさだ。パパのほうの親戚がみんな顔をそろえている。夏の香り、遠くで聞こえるカモメの鳴き声、ツバメの甲高い声。

ルミッキは白いワンピースを着て、ママがつくってくれたタンポポの花冠をかぶっている。歌っているのは、アストリッド・リンドグレーンが作詞した『イーダの夏の歌』、スウェーデン語の歌だ。ルミッキはきれいな声の持ち主ではなかったけれど、そんなことはかまわなかった。

突然、ひとつ年上のいとこのエンマが、目の前に立ちはだかった。ルミッキは相手の脇をすりぬけようとした。飾り柱の近くへ行ってよく見たかったのだ。エーリクおじさんがヘリウムガスで膨らませて子どもたちに配っている風船も、もらいにいきたかった。赤いのがいい。それとも、青いのにしようか。黄色は絶対にちがう。やっぱり赤いのがいちばんいいな。

「遊ばない？」

エンマがスウェーデン語で聞いてきた。オーランドの人たちはフィンランド人だけどスウェーデン語で話す。

ルミッキは肩をすくめた。

「あんたがあたしの奴隷で、あたしが命令したらなんでもいうことを聞かなきゃならない、っていう遊びはどう?」

ルミッキは首を振った。

「だったら、あたしが女王さまで、あんたが馬っていうのは?」

「いや」ルミッキはいった。

「やらなきゃだめ。決めるのはあたしよ、だって、ここはあたしたちが住んでる場所だし、あたしのほうがあんたより大きいんだから」

ルミッキは泣きそうになった。それでもいった。

「いや」

ちょうどそこへ、エンマの母親のアンナおばさんが、ルミッキのママと一緒にやってきた。

「ルミッキがあたしと遊んでくれないの。いろいろ誘ってあげても、全部いやだっていうの」エンマが母親にいいつけた。「ルミッキってあんまり楽しい子じゃない、ほかの……」

「しっ……」

アンナおばさんはエンマの金髪をなでている。

「きっとルミッキは、少し恥ずかしがり屋さんなんじゃないかしら」おばさんはいった。「さ、風船をもらいにいきましょう」

　アンナおばさんがエンマの手を取った。二、三歩行ってから、エンマは振り返り、ルミッキに向かって舌をだした。アンナおばさんもルミッキのママも気づいていない。ママは海を見ていた。ママの目には、潮風に吹かれたせいだとでもいうように涙が浮かんでいて、ママは手の端でそれをぬぐい、ため息をつくと、ルミッキに向かってフィンランド語でいった。

「いつも〝いや〟っていってばかりじゃ、よくないのよ。もっとたくさん〝いいよ〟っていったら、お友達もできるわ」

　お友達？　ルミッキは友達がほしいのだろうか？　友達をつくるには、なんでも人のいうとおりにしなければならないの？

〈夕べの空をきれいに染めよう、すみずみまでもバラ色に……〉歌詞はもう、ルミッキの口から出てきてはくれなかった。


「いや」

　ルミッキはその言葉を、これ以上の議論は無駄という意味を込めた声で口にした。

　エリサが大きく見開いた目でルミッキを見つめてきた。母を亡くした直後の子鹿のバンビの表情も、ルミッキには効果がなかった。

「だけど、おれたちの中でそんなことができるやつは、ほかにいないんだし」トゥーッカの口ぶりは必死だ。「エリサの親父に顔を見られてないのは、おまえだけなんだから」

「小学生なら、そんな探偵ごっこもすごく楽しいだろうけど。いまはもう、そうじゃない」

ルミッキはバルコニーのドアを開けて、凍てついた空気をエリサの部屋に吹き込ませた。

エリサと男子ふたりが、階下でエリサの父親お手製のチキンスープをおいしく食べているあいだ、ルミッキのほうは、クローゼットに充満した甘ったるい香水のにおいの中で、ひたすら待たされる羽目になったのだ。やがて父親はまた仕事に出かけていった。

ルミッキは新鮮な空気を胸いっぱいに吸い込んだ。刺すような痛みを少し覚えたが、かまいはしない。

「この作戦を実行すりゃ、おれたちの手でなんか明らかにできるかもしれないんだぜ」

カスペルも説得に加わる。

「あたしたち、こんなばかげたまねはやめて、警察に通報することもできる」

いやいやいや、それはだめ。だってパーティーが。だってクスリが。だって学校に不法侵入しちゃったし。だってお金のこともあるし。だってエリサの父親は警察官だし、だから自分たちの話を信じてくれる人なんかいないだろうし、そういうわけでもう少し情報を集める必要がある、写真がいくらかと消去したメールだけでなく。

「あんたたちは、来る日も来る日も学校をさぼってて平気かもしれないけど、あたしはクラスから放りだされるなんてごめんだから」

そういうと、ルミッキはきっぱりとした足取りで階下へ向かった。エリサとトゥーッカとカスペルが子犬みたいに追ってくる。足りないのは口元から垂れ下がる舌くらいだ。

3月2日 水曜日

「でも、明日は物理と体育が連続二コマずつ、あんたが取ってる授業はそれだけでしょ」エリサがいった。「それにあんたの場合、どっちの授業も、出席日数不足になるボーダーラインまでかなり余裕があるじゃない」

ルミッキはエリサの顔をちらりと見た。

こっちがどの授業を取っていて、どれくらい欠席しているか、チェックしたのだろうか。ずいぶん冴えたやりかただ。驚くほど冴えている。

「これさえやってくれたら、もう二度とあんたに迷惑かけないって誓うわ」

エリサは心からそういっているようだった。

実は興味をそそられていることを、ルミッキはおくびにも出さなかった。二度と迷惑をかけられないという話にも、三人組が提案してきた作戦の中身にも。自分ならうまくやれるだろうと、ルミッキにはわかっていた。人目につかず、気づかれず、自分の存在を消していることなら、得意分野だ。

「わかった。だけどあたし、今日はもう学校へ行くから。写真の授業が連続二コマあるし、まだ間に合うと思う」

ルミッキが本当にやるといってくれたのだと理解して、エリサは顔を輝かせた。そしてごく自然な動作でルミッキの体に腕をまわしてきた。

ルミッキのほうは大蛇に巻きつかれたような居心地の悪さを覚えた。エリサが最初に不意打ちをかけて抱きついてきた時点で、撃退しておくべきだったのだ。いまとなっては、ハグのスパイラルに巻き込まれてしまっているのが明らかだったたし、ここからぬけ出すのは不可能にちがいない。

「ありがとありがとありがと」エリサが繰り返している。

ルミッキは身をよじって抱擁から逃れた。

「あたしの気が変わるようなまねはしないように」

階段の上のほうにトゥーッカが立っていて、手すりにもたれたままゆがんだ笑みを浮かべていた。本人はその表情が皮肉っぽくてセクシーだと思っているにちがいなかったが、実際には間がぬけて見えるだけだった。

外に出たルミッキは携帯の時計に目をやった。十二時三十五分。十七時間後には、再びこの家の前に来ていなくてはならないのだった。


襲撃者はルミッキの右側から攻撃を試みてきた。ルミッキは相手の鼻めがけて右ジャブを二発繰りだし、間髪をいれずにアッパーを二発あごに食らわせた。同じ動きを繰り返す。ジャブ、ジャブ、アッパー、アッパー。心拍数は百七十五前後まで上がっている。

相手はバランスを崩したが踏みとどまり、再びルミッキに向かってきた。ルミッキは右ひじで襲撃者の肋骨《ろっこつ》の間を突き、そのまま右のこぶしをまっすぐに相手の頬へ向けて目にもとまらぬ速さで突き上げた。仕上げに、横ざまに払うようにすばやいサイドキックを入れた。

襲撃者は横たわっている。ルミッキの背中やふくらはぎや顔を、大量の汗が流れ落ちていく。

襲撃者が身を起こそうとしたが、ルミッキは左手で強く押さえつけて、相手を床から立たせなかった。

どうにかしようなんて考えるんじゃない、このくそったれ。

ルミッキは右のこぶしで殴りはじめた。相手の上半身と顔をめがけて、力いっぱいこぶしを振り下ろす。最初のうち、攻撃はゆっくりとした、正確で容赦のないものだった。そのリズムが少しずつ速くなって、制御が失われていき、攻撃は怒りに支配された暴力に変わった。

情けを請うなんて無駄なことだ。ここは教区教会の集会所ではない、だれもおまえの罪を許してはくれない。

しょっぱい汗が目に流れ込んできて痛かった。まばたきで汗を払おうとしたが、しまいには目をしっかりと閉じるしかなくなった。前を見る必要などない。相手の顔は知りすぎるほどよく知っている。

〈思い知ったか《イン・ユア・フェイス》。思い知ったか《イン・ユア・フェイス》〉

おまえは。もう。二度と。そこから。立ち上がれない。

「すばらしい！　じゃあ次は同じ動きを左サイドで。みんな、このコンビネーションはもうわかってるね。最初からめいっぱい飛ばしていこう」

ルミッキは二、三歩余分にサイドステップを踏んでタオルを取り、目のまわりや額を手早くぬぐった。やがて再び、ビートのきいたコンバット・エクササイズの音楽がジムのスタジオを満たした。スタジオにいる四十人ほどの若い女性と数人の中年女性、それに三人の男性は、正確にチューンアップされた機械の一部であるかのように、全員が同じステップと同じ攻撃パターンで動きはじめた。

ルミッキは壁の巨大な鏡に目をやり、自分の姿をチェックした。十分に低い姿勢で動けているし、激しい運動で真っ赤になった顔を保護するよう、防御の動作は十分に高い位置でできている。

斜め後ろにいる、グリーンのTシャツを着て髪を短いおさげにまとめた若い女性が、ルミッキの動きをコピーしようとちらちら見ている。見たければご自由に。ルミッキは、自分がまちがいなくスタジオ内で最もうまく動けるメンバーのひとりだと知っていた。動作は全力でおこない、最後までやり遂げる。テクニックを使いこなすすべを身につけているのだ。

エクササイズのテクニック。しょせんこれはエクササイズに過ぎない。軽快なヒットナンバーのリズムに合わせておこなわれる一連の動作、スパイスとして格闘技の要素が採り入れられているだけだ。ほどよくシンプルな振り付け、インストラクターが動作の指示や激励の言葉を叫び、参加者はその中で、架空の敵を相手に架空の戦いを繰り広げる。エアロビクスに比べて二、三段階ほど強度が高いだけ。

それでもルミッキはコンバットが好きだった。たっぷり汗をかけるし、筋肉を酷使できるし、それに自分の心理状態を決まった型にはめこむのは、かえってやりやすいと感じる。本格的な格闘技やボクシングを趣味にしようなんて思わない。こぶしが人間の腹にめり込む感触なら、ルミッキは知っていた。人間の鼻から血がどんなふうに噴きだすか、それが自分の肌にどれほど奇妙に温かく感じられるか、知っていた。冷えてかたまりかけたジャムのような感じがするのだ。

　ルミッキは攻撃の対象として肉体を持つ生きた人間を欲してはいなかった。生身の人間を殴ったときの感触なら、いまでも、あまりにも鮮明に覚えている。あれからもう二年以上経っているにもかかわらず。あの夕方が、校庭を包む青い夕闇が、記憶の中にはっきりとよみがえってくる。その場面が心をよぎると、口の中がすっぱくなり、鼻には香水の甘い香りを感じる。バラの花と、バニラと、わずかにまじるサンダルウッドの香り。

〈そいつをおれの上に雨と降らせてくれ《レット・イット・レイン・オーヴァー・ミー》〉

　着ている黒いタンクトップに雨を降らせる必要は、ルミッキにはなかった。タンクトップは汗でぐしょ濡れだった。

　エクササイズの後、ルミッキは更衣室のベンチにすわり、呼吸が静まっていくのに任せながら、両手に巻いたコンバット用のテーピングをほどいていた。

　手のひらと手首に巻くテープは、サポーター代わりになるとともに、汗を吸い取らせる意味がある。もっとも、これもまた、結局はごっこ遊びの一部、舞台装置のひとつに過ぎない。エクササイズが始まる前に、まじめな女子学生あたりが特に喜々として身にまとう、過激な戦士のコスチュームの一部。ルミッキもその仲間に入る。この装備を気合いのテーピングと呼ぶ人たちもいて、おもしろがってそう呼ぶ人もいれば、その呼び名に本気で目を輝かせている人もいた。

「いまやってる新しいプログラム、いいよね。前のやつよりハードで」

ルミッキは声が聞こえた方向をちらりと見た。二、三歳年上と思われる若い女性がベンチの反対側の端にすわっていて、やはり手のテーピングをほどきながら、明らかにルミッキに向かって話しかけていた。赤毛のロングヘアを高い位置でポニーテールにまとめている。顔や腕にはそばかすが散っている。服装は、ルーズフィットの黒いパンツに、ぴったりした黒のタンクトップ、ルミッキと同じようなコンバット用のウェアだ。

ルミッキはこれまでに何度も、エクササイズのスタジオやジムの構内で彼女を見かけていた。彼女が自分を見ていることにも気づいていた。彼女の視線が自分の動きを追っているのを感じていた。単に動作だけでなく、体の曲線や筋肉の形も。いずれ、どこかの時点で声をかけてくるだろうと、予想はしていた。

「たしかに、そうかも」ルミッキは答えた。

赤毛の女性は、無理のない自然な動作でルミッキの隣に移ってきて腰を下ろした。汗のにおいの下で、カルバン・クラインのシーケーワンの香りと、シャワージェルに含まれるグレープフルーツの香りがそれぞれ存在を主張している。彼女がまた手に巻いたテープをほどきはじめると、引き締まった二頭筋が丸く盛り上がった。二頭筋の部分の肌にそばかすが七つ、星座のふたご座によく似た形で並んでいる。

思い出がルミッキの心に荒々しく割り込んできた。

ほかの人、やはりシーケーワンを使っていた別の人。首筋にふたご座のタトゥーを入れていた人。

その首筋に唇を押し当て、星たちの並びに沿って羽根のように軽くキスするときの感触。この星座のα星、カストルのところに来たら、少し長めに唇をとどめる。β星のポルックスに到達するころには、タトゥーの持ち主はもう振り向かずにはいられなくなっている、ルミッキの手首を両手でとらえ、唇にキスせずにはいられなくなっている、そう思いながら。

あれは本当に去年の夏のことでしかないの？　もう百年も経った気がするのに。

ルミッキは水のボトルに手を伸ばし、時間をかけてひと口飲んだ。声をかけてきた女性は明らかに、ルミッキがなにかいうのを、並んですわったことを歓迎する言葉をいってくれるのを待っている。ちょっとしたきっかけづくり。そこから先になにがあるか、ルミッキにはいやというほどよくわかっていた。

幾度かのおしゃべり、笑顔、よかったらコーヒーでも一緒に、という慎重な誘い、やがて、ルミッキは避けようもなく、なすすべもないままに、冷たい言葉を吐かざるを得ない状況に追い込まれる。

あなたのせいじゃない、悪いのはあたしだから。

いまはだめ、もうだめ、たぶん二度と。

ただの友達でいましょう。その言葉は、今後はお互いにできるかぎり相手を避けるようになるという意味だと、ふたりともわかっている。

ルミッキはけっして口に出すことができないだろう。こうなってしまったのは、あなたの香りがほかの人を思いださせるから、それだけなのだ、と。同じ理由で、これ以上関係を深めるわけにいかないのだ、ということも。ルミッキは正直でいられなくなる。最初からうそをつくしかなくて、その結果感じることになるのはただ、負い目と、漠然とした悲しみと、鈍い心の痛みだけ。

あまりにも無意味だ。ルミッキはお互いの時間を、相手の貴重な数時間を節約しようと決め、黙って水を飲みつづけた。沈黙が耐えられる限界を超えて続いた。相手はそわそわと体を動かし、髪をかき上げると、口を開いた。

「さてと。じゃ、また」

ルミッキはあいさつしたと感じられる程度に片手を上げた。相手はフィットネスグッズを入れたバッグを手に取ると、互いの姿が見えないように、更衣室の別の場所へ移動していった。ルミッキは肺から静かに息を吐きだした。コンバットの後の、幸福感に満ちたいい気分は消えてしまっていた。濡れたウェアが冷えて肌に張りついている。

「降参だ《アイ・サレンダー》」、コンバットのエクササイズで最後にかかっていたナンバーが頭の中をぐるぐるまわって、神経に障った。試してみる前に降参することも、ルミッキにはある。あらゆる方向から考えて、そのほうがいい場合もあるのだ。

ジムのサウナを、ルミッキは珍しくひとりで使うことができた。いきなりキウアス（サウナを熱するためのストーブ）に水をかけて蒸気を上げることはせず、肌にぬくもりがもどってくるのを、再び汗の粒が浮かんで首筋から背骨に沿って流れ落ちるのを待つ。

夏と秋の思い出が、汗とともに浮かび上がってこようとしていた。ルミッキは思い出たちに、いまはふさわしいタイミングじゃないと言い聞かせようとした。嘆き悲しんだり切なさを募らせたりするのにふさわしいタイミングなど、けっしてありはしない。そういう感情はルミッキをつかまえて、胃を締め上げ、背中をむりやり曲げさせる。

あのとき、ライトブルーの瞳がまっすぐにルミッキの目を見つめてきた。それからすばやく横を向いた。どこかちがう方向を。

「もう会わないほうがいい」

「もう二度と？」

「少なくとも、しばらくのあいだは。このことには最後まで自分ひとりで向き合いたい、それはわかってくれるね。いまはきみと一緒にいるだけの余裕がない。こんな人間に耐えなくてはならないなんて、きみにとってもフェアじゃない」

ルミッキは叫びだしたかった、反論したかった。彼女の忍耐力の限界について判断する権利も、彼女にとってなにがフェアでなにがそうでないか決めつける権利も、他人にはないはず。自分のことならちゃんと自分で面倒を見られるのに。

他者の人生からあまりにも簡単に締めだされ、相手の抱える問題の外側に追いやられてしまったことが、ルミッキを怒らせた。まるで、彼女が傷つきやすい小さな子どもで、保護してやらねばならない存在だといわんばかりの仕打ちだ。

自分なら、はるかに過酷な経験をいくつもくぐりぬけてきているし、真綿にくるんで甘やかそうとする必要なんかない。ルミッキは噛みつくような勢いでそういってやりたくてたまらなかった。

それでも、どなったところでなんの解決にもならないことはわかっていた。相手はすでに結論を出してしまっている。ルミッキの役割として残されているのは、それを承認することだけ。それがルミッキの役どころだと、この芝居のこの場面のシナリオに書かれている。

「しばらくのあいだって、どういう意味？　電話くらいはしてもいいんでしょう？」

自分の声の、すがるような高いトーンに、ルミッキは腹が立った。喉の奥で嗚咽《おえつ》にならないかたまりが膨れ上がっていくのを感じたが、泣いてそれを吐きだすことはできないとわかっていた。泣くという能力を失ってから、すでに何年も経っている。去年の夏は、もう一度泣くことができるようになるかもしれないと思っていたが、あの会話のあいだに彼女は悟ってしまった。このかたまりを抱えたままで、ただもう生きていくしかない、かたまりを呑み込んで、いつか自然に消えてくれることを願うしかないのだと。

電話もだめ、メールもだめ、フェイスブックのメッセージも手紙もだめ、夜中の最も暗い時間帯に懐中電灯でモールス信号を送るのも、冷え込んでいく秋の夕方に、白い息を吐きだしてのろし代わりに使うのもだめ、霧や壁やドアを突きぬけて届いてしまうほどひたむきな、燃える思いを持つのもだめ。

なにもなし。まったくの音信不通。

ひとりの人間がそっくり地上から消えてしまったかのようだった。少なくともルミッキの人生からは、その人は一瞬にして姿を消した。なんの前触れもなく、ぶしつけなやりかたで、あらわれたときと同じように。

その五月の日のことを、ルミッキはよく覚えていた。太陽は目がくらむほど強烈に輝き、気温はいつのまにか二十度を超えていたが、それは春になってから初めてのことだった。タンペレ市の中心部を歩いていたルミッキは服を着込みすぎていて、タンメルコスキ川のほとりでコートを脱ぐと、岸辺に置かれたベンチに腰を下ろし、目の前を流れていく黒っぽい水を眺めたり、太陽のぬくもりを顔に感じたりした。

そのうちに、この夏最初のアイスクリームを食べるならいまが完璧なタイミングだ、という考えがひらめいた。うまい具合に、アイスクリームの売店がすぐそばにあった。コートを肩に引っかけて売店へ向かったルミッキは、長い列の最後尾に並んだ。この夏初めてのアイスクリームを食べたいという欲求に駆られた人が、ほかにも大勢いたのだ。

並んでいるあいだルミッキは、リコリス味にするか、それともレモン味にするかで悩んでいた。リコリスは彼女の定番だ。そのおいしさはまちがいがない。しかし、レモンにも心を引かれた。きっと、五月の明るさと、息も止まるほど暑くて長い夏を約束してくれている、太陽のせいかもしれない。自分の番になったときも、ルミッキはまだ心を決めかねていた。

注文しようと口を開きかけたルミッキを、売り子のライトブルーの目が値踏みするように見つめてきた。言葉を発したのは売り子のほうが早かった。

「なにもいわないで。当ててみせるから。きみはチョコやストロベリーを食べる子じゃない。バニラなんか論外だ。キャラメルなんとかのたぐいには興味がないし、新しいフレーバーに至っては、まぬけと新し物好きの目をくらませる、まやかしみたいなものだと思ってる。きみなら、リコリスだ。一キロ先からだってわかる」

そこまでいうと、ライトブルーの目はわずかに細められ、まなざしが一段と鋭さを増した。

「だけど、いまはレモンがいいと思ってる。もう春というわけじゃないし、かといってまだ夏にもなっていないからだ。きみは酸味があって黄色いものが食べたいと思ってる。五月の太陽のアイスクリームだ」

ルミッキは言葉を失っていた。

「きみが注文するのはシングルだ、ただしワッフルコーンに入れたのは好きじゃない、なぜならきみは、コーンなんて薄く甘みをつけた段ボールだと思ってるからだ。そういうわけだから、カップに入れたのを用意しよう」

売り子はこちらに背を向けてアイスクリームをすくいはじめた。

ルミッキは突然、耐えがたいほど暑くなってきた。その場で下着姿になったとしても、暑さは消えなかっただろう。売り子はいつまでも手を動かしている。ぎこちない時間が引き延ばされる。ルミッキは依然として一言も口をきけないままだった。

ついにこちらへ向き直った売り子は、ルミッキに紙ナプキンとアイスクリームのカップを差しだしてきた。ルミッキが財布を出そうとすると、ライトブルーの目に笑みがともった。

3月2日 水曜日

「いいよ。おごるから」

ルミッキはお礼の言葉らしきものを口早につぶやくと、頬をほてらせたままくるりとまわれ右をした。体の中までエックス線で見透かされたみたいな気分。ものすごく不愉快で、同時に奇妙なうずきを心に覚えた。川辺のベンチまでもどってきたとき、紙ナプキンになにか書いてあるのに気づいた。

〈電話して。きっと電話したくなるはず〉それと、電話番号も。

ルミッキはひとりで首を振った。ぶしつけな人だと思った。それに、ほぼまちがいなく、大ばか者だ。その晩、ルミッキは汗ばんだ手でその番号をプッシュしていた。

身勝手な大ばか者。情けない臆病者。哀れむべき卑怯者。

ふたりが別れた後、のろのろと終わりなく流れる夜毎の時間を過ごしながら、ルミッキはそんな言葉を繰り返したが、言葉が事実に変わることはなかった。彼女は大ばか者を、臆病者を、卑怯者を愛してしまっていた。相手がなぜそんな結論を出したのか理解していた、本当は理解などしたくなかったにしても。

ルミッキは待っていた、期待していた、期待を込めて待ちつづけた、電話が鳴るたびにはっと身を固くし、窓辺にすわって通りを眺めながら、懐かしい姿が目に飛び込んでくるところを想像した。どうせ眠れないとわかっている真夜中に、濃いブラックコーヒーをいれたりもした。コーヒーの強い香りが彼女をなぐさめ、毛布となって体をくるんでくれた。ルミッキはわざと熱すぎるコーヒーを飲んだ。喉の奥のかたまりが溶ければいいと思いながら。

何週間、何か月と過ぎていくうちに、喉のかたまりは小さくなり、切なさは裏手へ引っ込んでいった。期待するのは意識的にやめた。そんなことをしていてもなんの役にも立たない。おそらく、ふたりはもう二度と会うことはないだろう。

ルミッキはキウアスにひしゃくで水をかけた。シュウシュウと怒ったような音が聞こえなくなるまで、水をかけ続けた。熱い蒸気が背中や首筋に襲いかかってきて、痛みを覚えた。背筋を伸ばすと、胃が締め上げられるような感覚はやわらいでいた。目がちかちかしてきて、ルミッキは片手で目元をぬぐった。ぬぐい取ったのは汗だった、ただの汗に過ぎなかった。

その晩、部屋の白い壁を見つめながら、ルミッキは絵画の授業で制作中の絵のことを考えていた。

絵画は好きだが、絵やイラストを描く才能が特に優れているわけではない。この分野で平凡なアマチュア以上のなにかになれるなどと思ってはいなかった。絵画の授業を取っているのは単に楽しみのためで、画家気分に浸りつつ、絵を描くことでリラックスできるのが気に入っている。学校は絵の具など用具一式や制作スペースを無料で提供してくれるが、今後の人生でそんなチャンスは二度とありそうもない。

黒、黒、黒。表面が均一に塗られていても、ルミッキはさらに黒を塗り足したかった。表面にはもっと質感が、粗い凹凸がほしかった。作品がただの二次元の画像にならないように。

十分に絵の具の層を重ね終えると、美術室の床に広げた新聞紙の上にキャンバスを寝かせ、

3月2日 水曜日

その脇に置いた椅子に乗って、立ったまま赤い絵の具をぽとぽとと絵に向かって落とした。

黒い背景の上に散らばっていく絵の具は、赤い雨粒のように、血のしずくのように見えた。

今日、ルミッキは絵をほぼ完成させることができたのだった。

作品タイトルも心に浮かんでいる。『少女たちの友情』になるだろう。

3月3日

木曜日

15

真っ白なふわふわのかたまり、ふっくらと丸いの、薄いガーゼ、泡立てたクリームの山。遠いところを、さらに遠いところを、互いの脇や下をすりぬけながら動いている。ゆっくりと眠たげに流れていく雲たち。

真昼は夕べに向けて涼やかになり……

スウェーデン語の詩の一節が頭に浮かぶ。

涼しくなるまでにはまだ間がある。一日の暑さは盛りを迎えようとしている。めったにないほどすばらしいものがあるとしたら、この天気はまさにそれだ。大気が、足の指を、太ももを、腕を、大きな羽根で体の線をなぞっているかのように愛撫《あいぶ》する。

桟橋に素っ裸で寝転んで、空と雲を見上げるのもいい。そして、待つ。恋い焦がれる。ほんの数歩離れたところにいるだれかを熱く思う。肌に視線を感じて、ひとり微笑む。

ほっそりとしたこの肩の熱い思いをその手に取って……

大気から、自分の内側から、熱がほとばしる。つまらない考えを追いやってくれる熱。安らぎは激しい昂ぶりを求め、激しさは穏やかな安らぎを求める。いつまでも、いつまでも続く夏の移ろい。なにもかもがまだすばらしかったあの瞬間、孤独よりふたりでいるほうがよかったあのとき。この気持ちは、長く、長く、続くかもしれない、という思い。

このままでいてもいい。この人となら一緒にいられる。あの手となら、何十回、何百回、何千回も、自分の手をつないでいい。静かにして。ふたりの呼吸が同じリズムを探っている、無理のない穏やかなリズム、ときには同じテンポで激しくなっていくリズム、それに耳を傾けて。

夏が過ぎて、冷たさの潜む風がシラカバに吹きつけ、葉が黄色く色づきはじめるころになると、桟橋にまつわる思いは夢だった気がした。他人の見た夢に思えた。

3月3日 木曜日

ルミッキはため息をついて、視線を空から警察署へと移した。長距離バスターミナルの建物は窓が大きく、道路をはさんで向かい側に立つ警察署へは、良好な視界がまっすぐに開けている。彼女は、なにかが起きるのを待ちながらここにすわって、三時間めに突入していた。

こんなことはまったく無意味だ。

今朝はエリサの父親テルホ・ヴァイサネンを尾行して、まずはピューニッキ地区の彼の自宅から、身も凍る冷え込みの中をハタンパー街道沿いに歩いてきた。やがてテルホは職場の警察署へ入っていき、ルミッキは長距離バスターミナルに腰を落ち着けたのだった。

警察署の建物にわざわざ足を踏み入れるつもりはない。パスポート申請手続きなどは長く待たされることで有名だが、それでも待合室に何時間もすわり続けている少女がいたら、どこかの時点で不審に思われてしまうだろう。

いまは、ルミッキに険しいまなざしを向けている人はだれもいない。ホームレスに見えないよう、十分に清潔な身なりをしているし、その服装はまた、彼女がここにいた事実がだれの記憶にも残らないよう、十分に目立たないものでもあった。

こんなことで一日をつぶしてしまうなんて、ばかげている。おそらくテルホ・ヴァイサネンは、まじめに四時まで働いて、あるいはもっと遅くまで職場にいて、それから出勤時と同じルートを歩いて帰宅するだけにちがいない。なんとエキサイティングな張り込みだろう。

ルミッキは紙コップのブラックコーヒーを飲んでいたが、すでに四杯めだった。なんらかの手段で頭をシャープに保っておかなくてはならない。

例のお金。エリサを狙う男たち。写真の中の若い女性。〈白熊《ヤーカルフ》〉。

これらは互いにどう結びついているのだろう?

テルホ・ヴァイサネンが鍵を握っている。ルミッキはそう確信していた。エリサも、父親が悪事を働いていると信じたくはない様子だったが、やはり同じ確信を持っていた。持たざるを得なかったのだ。あの写真を見て以来、エリサの顔はどことなく灰色になってしまっている。なにかが彼女の中で崩壊していた。あの瞬間、彼女が子どもの心で信じていたなにかが消え去り、アイデンティティの一部が壊れてしまったのだ。

それがどういう感じなのか、ルミッキにはわかった。小学校一年生になって間もない秋、クリスマスの少し前に、鏡をのぞき込んだときのことを思いだした。鏡の中の小さな女の子は、おびえて、ショックを受けて、こんなことが自分の身に起きるなんて信じられないという顔をしていた。こんなことがこの世にあるなんて。あたしはもうあたしじゃない。あのときルミッキはそう思った。それは真実だった。彼女はだれか別の、ちがう少女になっていた。


むかしむかし、恐れることを覚えた少女がいました。


ルミッキは警察署を監視しつづけて疲れた目を休ませようと、長距離バスターミナルの中をしばらく眺めた。何年か前に建て直された建物は機能的で美しかった。大きな窓から午前中の光が押し寄せてきて、屋外のまぶしい白さに目をやらずに光だけを見ていれば、夏だと思ってしまいそうだ。

待合室の椅子の背もたれに体を預けて目をつぶってしまいたい衝動が、ルミッキをとらえた。もう一度、夏の熱気と気ままな空気の夢を見たい。思い出が運んできてくれる幸福と悲しみを受け止めたい。

こんなところで、いったいなにをしているんだろう。

ヴィーヴォ・タムは、夕刊紙に載っている数独パズルのマスを埋めながら、警察署の建物に目を光らせていた。彼はボリス・ソコロフが正気かどうか疑っていた。丸一日、勤務中の警察官を延々と監視しつづけることに、意味があるとはとても思えない。しかしソコロフは、どうもあやしいところがある、といった。ナタリアを装って送ったメールにあの警察官から返信がないことが、ソコロフを不審がらせていた。話によるとナタリアは、テルホ・ヴァイサネンって人はまだメールを送りもしないうちにもう返事をくれるといって、くすくす笑っていたのだそうだ。

ソコロフは、なにかが今日起きるかもしれない、そういう予感がするといっていた。予感がするとソコロフが口にするときは、ほかの人間がどう異議を唱えても無駄なのだ。

ヴィーヴォはソコロフに、テルホ・ヴァイサネンのところへ行ってちょっと話をするのはだめなのか、と聞いてみた。おれたちをからかうのはやめたほうがいいと、わからせてやるのだ。相手が今後は行儀よくしますと同意するよう話をつけるのは、ヴィーヴォの得意技だった。口を閉じておくことにも同意させる。彼が訪ねていった後、一切しゃべらなくなった人間は大勢いた。

しかし、それはだめなのだという。これまでの協力体制を今後も続けるつもりなら――実際続けるつもりだが――、彼らのうちひとりでもあの警察官と一緒のところを見られたらまずいのだそうだ。そういうわけで、ヴィーヴォはこっそり相手を見張るしかなかった。

ソコロフはヴァイサネンが勝手なまねをしていると決め込んでいる。あの男に共犯者がいるのか、それをソコロフは知りたがっていた。

このマスに入る数字は九だろうか、それとも七？　数独パズルでも、難易度が星五つのハイレベルなやつに挑戦なんぞせずに、おとなしく星三つのを選べばよかった。シンプルがいちばんだ。べつに数独の名人を目指してトレーニングしているわけではない。ただの時間つぶしなのに。ヴィーヴォは鉛筆の端を噛み、同時に警察署のほうへちらりと目をやった。

一日が無駄につぶれてしまいそうだ。

ルミッキは、エリサに電話して計画は中止にしたいと告げるため、携帯を取りだそうとしていた。なんの成果もないこの張り込みのおかげで、人生の一部をすでに十分すぎるほど浪費してしまっている。

3月3日 木曜日

テルホ・ヴァイサネンは、昨夜遅くに受けとったメールのことを考えていた。

当然ながら、〈白熊《ヤーカルフ》〉に直接コンタクトすることはできず、やはりコードネームを名乗っている〝アシスタント〟のひとりに連絡をつけたのだ。アシスタントからのメールにはテルホへの指示が書かれていた。

まず、コンサートや講演会が開かれる施設であるタンペレホールの男子トイレへ行くように。三番目の個室のタンクに隠してある携帯電話を入手したら、その携帯を使って、短縮の1に登録してある番号へ電話をかけること。

この手順を踏むことで、さらなる指示が得られるという。携帯電話がその場所に隠されているのは、今日一日限りと書かれてあった。

あまりに巨大な肉片にむしゃぶりつこうとしているのだろうか。

ボリス・ソコロフとエストニア人たち、彼らと手を組むのは、まだうまくいった。彼らは単純な、中級レベルの犯罪者だ。ソコロフはエストニア人たちよりほんの少し上位にいるが、彼もまた上から命令を受けていることに変わりはない。

だが〈白熊《ヤーカルフ》〉ともなれば話がちがう。この人物についてはうわさが流れているだけで、具体的な情報はなにもない。実際に〈白熊〉の姿を見たという人間を、テルホはひとりも知らなかった。

しかし、あの金を手にしたいと望む以上、なんらかの手を打たねばならない。彼は本当に金がほしかった。手に入れなくてはならなかった。あの金の分は計算に入れてしまっていたし、じきに返済期限が来るギャンブルの借金もひとつではないのだ。

テルホは腹の鳴る音を抑え、コートを着ると、昼休みをタンペレホールのトイレで過ごそうと決めた。


警察署の出入口から男がひとり外に出てきた。

ヴィーヴォ・タムは、はっとした。

ルミッキも、はっとした。

ヴィーヴォの反応のほうがわずかに早かったが、それがルミッキには幸運だった。突然数独パズルを放りだした男に見覚えがあると、気づく猶予を与えられたのだ。

男が歩きだしたとき、その歩幅と、少し猫背加減の姿勢、それに手の動かし方で、それがだれだかルミッキにはわかった。

自分を拉致しようとした男のひとりだ。

男は出入口のドアからあわただしく外へ出ていった。ルミッキは瞬時にして、あの男と自分が同時にここにいるのも、同時に外へ飛びだしていこうとしたのも、偶然ではないことを理解した。ある事実がふたりを結びつけている。

同じ人物を見張っていたのだ。

なんてことだろう、ますます困難な状況になってきた。ふたりの男の目を避けて行動しなくてはならないとは。

16

3月3日 木曜日

タンペレホールのロビーに着いたルミッキは、心を決めかねてしばらくその場に立ち尽くしていた。

ここまではすべて順調だった。エリサの父親は目的ありげな様子で歩きつづけ、例の男は彼を尾行し、ふたりともそれぞれの行動に集中していて、ルミッキにはまったく注意を払わなかった。ルミッキはふたりを見失わないよう、適度な距離を保ちつづけた。相手を見ろ、しかし相手からは見られるな。これは彼女の得意分野だ。

三人はそれぞれ線路をまたぐソリンシルタ橋を渡って大学の前を通り、ユリオピスト通りを北上してタンペレホールに到着した。

そこで問題が生じた。

テルホ・ヴァイサネンは、彫刻家キンモ・カイヴァントの作品「ブルー・ライン」の線に沿って決然たる足取りで歩き、途中で曲がって男子トイレへ入っていった。後を追う男は、しばらくトイレの外にいたが、左右に目をやってからやはり中へ消えていった。

ルミッキはどうしようかと考えた。

人目を避けながらロビーで待つこともできる。しかし、トイレの中でなにか決定的なことが起きてしまうかもしれない。むしろ、すでに起きていると考えるべきかもしれない。エリサの父親は、職場のトイレのタイルを見飽きて気分を変えるためだけに、わざわざここまで来たわけではないだろう。なにか理由があるはずで、ルミッキはそれを明らかにしなければならない。

ただし、女性のルミッキがそのまま男子トイレに入れば、むやみに人目を引いてしまう。ここは男性に化ける必要がある。

ルミッキはロビーにあるクロークの前の鏡で自分の姿をチェックした。服装は全体に黒っぽく、ニット帽はグレー。すべてがいい感じにユニセックスだ。冬物の分厚いコートが体の線を隠してくれている。髪を手早くまとめてニット帽の下に押し込むと、彼女はふだんとちがう姿勢を取り、体の重心をわずかにずらした。顔の表情もいつもとは変える。

変化は驚くほど大きかった。いま鏡の中から見つめ返してくるのは、ニット帽を目深にかぶった高校生くらいの少年だ。

最も重要なのは歩き方だった。足取りをふだんよりゆったりとだらしない感じに変え、股を開いて歩きだす。男っぽい歩き方をキープして男子トイレの前へ行ったルミッキは、ドアの取っ手をつかむと、堂々と手前に引いた。


テルホ・ヴァイサネンは、指を滑らせながらトイレのタンクのふたを持ち上げようと努力していた。ふたは驚くほど重く、しっかりはめ込まれている。隙間に爪を差し入れようとしたが、うまくいかなかった。

爪より長さのあるものが必要だ。ポケットをまさぐってみる。交通安全用のリフレクターは役に立たない、運転免許証もだめだ。うまい具合に、ポケットに入れたまま忘れていた自転車の鍵が出てきたので、それをふたの下の隙間にねじ込んだ。それから極力音を立てないように気をつけつつ、ふたを持ち上げにかかった。

そのとき隣の個室に人が入ってきた音が聞こえた。

彼はこういう運命にあった。なにをしようとしても邪魔が入る。

自転車の鍵がいやな感じに変形しはじめたが、幸いタンクのふたが持ち上がってくれた。タンク本体のふちにふたが当たって、無情にもガツンと音を立てた。しんとしたトイレの中で、その音は爆発音に聞こえた。

男子トイレのドアがまたしても開かれた。ふたりめの聴衆とは、まったくすばらしい。後から入ってきた人物は、テルホの隣の、空いている方の個室を選んだ。

テルホは包囲された気がした。

とにかく落ち着かなくては、深く息を吸って、被害妄想的な観念を追い払わなくては。このタンペレホールは公共施設で、トイレも無料で使える。人の出入りがあるのは当然だ。男が三人、同じタイミングで膀胱《ぼうこう》を空にする欲求に襲われたのは、不運な偶然に過ぎない。正確には、ふたりだが。テルホ自身がその手に握りたいのは、別のものだ。

テルホはすでにコートを脱ぎ、シャツの右袖をまくり上げていた。右手をタンクの中に突っ込み、手探りを始める。最初のうち、指は水を掻《か》くばかりで、きれいな水だとわかっていても吐き気を覚えた。

この個室でまちがいないだろうか？　もしも携帯がすでに持ち去られた後だったら？　もしもだまされているとしたら？

そのとき、なにかが手に触れた。

ビンゴ。

引き上げてみるとそれは黒い容器で、見る限り防水仕様のようだった。容器を注意深く開けると、中からビニールにくるまれた携帯電話があらわれた。テルホは携帯をコートのポケットにしまい、容器はもう片方のポケットに入れて、タンクのふたをもどした。心臓の鼓動が、いかれたドラマーの演奏のように耳の中でとどろいている。気がつくと手が震えていた。この場所に恐れるべきものはなにもないはずだったが、恐怖で足が萎《な》えた。コートを着込み、個室のドアを開けて、急いで洗面台に歩み寄る。手に石鹸《せっけん》をつけてごしごし洗い、さらにもう一度洗った。タンクについている自分の指紋をふき取りたい衝動に駆られたが、我慢した。それはやりすぎというものだろう。

ほかの個室からは物音ひとつしない。たぶん便秘中なのだろうと考えて、テルホは念入りに手を乾かすと、急ぎ足で男子トイレを後にした。

ルミッキは経過していく秒数を数えていた。テルホ・ヴァイサネンの隣に陣取ったことは、個室の下の隙間からちらりとのぞいて確認してある。テルホはなにやら奮闘しており、音から判断してタンクのふたと格闘しているようだった。そのうちに作業を終えたらしく、彼は手を洗って出ていった。

テルホを追ってきた男が水を流すのが聞こえた。カムフラージュのためだろう。やがて男も出ていったが、手を洗わないままだった。トイレに入って手を洗わないというふるまいに、ルミッキは嫌悪感を抱いた。べつに潔癖症ではないが、これは人として基本的な事柄だろう。

五、六、七、八……。

十秒が経過したところで、ルミッキは個室のドアを開け、手を洗ってから、男子トイレの出入口のドアを押し開けた。テルホ・ヴァイサネンと彼を追う男とがタンペレホールから出ていくのを、ぎりぎりで目にすることができた。急がなくてはならない。

ソルサプイスト公園は魔法をかけられたかのような眺めだった。木々の枝は、あるいはすっかり霜に包まれ、あるいは複雑で巧みな形に結晶した雪に覆われている。太陽の光が結晶のひとつひとつに反射している。きらきらと、ちかちかと、きらめき、輝き、光を放っている。

雪の女王のそりが、公園を駆けぬけていったのだ。女王の髪やマントがたなびいて、通った後には空中を軽やかに舞う小さな小さな氷の粒を残していった。女王に息を吹きかけられて、すべてが白く、魔法めいた姿になった。

雪の女王の吐息。氷と、吹きすさぶ風と。

ルミッキの吐息。白い息はみるみる結晶してマフラーにくっつき、頬にうっすらと生えている、ほとんど目に見えない産毛にもくっついた。

彼女は公園内に設置されたアスレチック用具のところで懸垂をしながら、聞き耳を立てていた。

テルホ・ヴァイサネンが、コートのポケットから携帯を取りだし、しばらくキー操作をした後、携帯を耳に当ててソルサランピ池のほうへ歩いていく。

追ってきた男は近くの木の陰にいて、たばこに火をつけるふりをしている。テルホは彼に気づいていないようだ。懸垂をしているルミッキにはテルホも気づいているはずだが、筋トレに励む少年が自分の携帯での会話に興味を持っているとは思わないだろう。おまけにテルホは、少年から十分に離れた場所にいると安心している様子だ。しかし、氷点下の厳しい冷え込みで、風もまったくない穏やかな天候のとき、音は遠くまで非常によく伝わるものなのだ。

三、四、五……。

懸垂の回数を数えながら、ルミッキはエリサの父親が通話を始めるのを待っていた。

「ハロー？　こちらは……いや、こっちがだれかは、わかっているな」

テルホ・ヴァイサネンは英語で話しはじめ、そのせいで内容が理解しにくかった。彼は池のほうを向いたまま低い声でしゃべっており、言葉の一部は空中を伝わってくるあいだに消えてしまう。フィンランド語であれば、消えた部分の推測がより簡単で、内容をより正確に把握することができただろう。

ルミッキの腕は疲れはじめていた。このところ懸垂をさぼりすぎていたようだ。それでもギブアップはしなかった。

十二、十三……。

テルホの後をつけてきた男も、明らかに耳をそばだてている。

「〈ポーラーベア〉……もう招待を？……明日の夜八時か、わかった。ドレスコードはブラック・タイ。できればそちらで……」

最後の言葉は中途半端に途切れた。相手が一方的に切ったのだろう。しかしルミッキとしては十分な内容を耳にすることができた。

エリサの父親は明日、〈白熊《ヤーカルフ》〉のパーティーへ行くのだ。

腕がいうことを聞かなくなった。ルミッキは地面にどさりと落ちた。腕の筋肉が震え、激しい運動のせいで痛みが生じている。

まずった。人目につかないでいられたのもここまでか。

テルホ・ヴァイサネンと彼を見張っていた男の双方が、そろってルミッキのほうを見た。

身を隠して様子を探る作戦は、これ以上いかなる形でも続行不能だ。いま最も重要なのは、なにも知らないスポーツ少年の役を堂々と最後まで演じ切ることだった。

ルミッキはソルサランピ池のほとりの道を男っぽい足取りで軽く走りはじめた。アーミーブーツが凍った遊歩道の上で滑る。想像の力だけでは、アーミーブーツをスパイクつきの冬用ジョギング・シューズに変えることはできない。なに食わぬ顔で走りつづけるしかなかった。

自分はジョギング中のスポーツ少年。見ておもしろいものなどなにもない。

池を一周してしまえば、あとは最短距離で自宅へもどり、温かいものを飲んでから、エリサに報告すればいい。

その望みは実現しそうにないとルミッキが気づいたのは、背後にせまってくる重たい足音を耳にしたときだった。

17

3月3日 木曜日

ボリス・ソコロフはエストニア人の片方に電話をかけたが、相手は応答しなかった。おそらく尾行に集中するために携帯をサイレントモードにしているのだろう。それ自体はほめてやるべき行為だが、作戦そのものが完全な無駄足だったのだ。

ボリスはたったいま、〈白熊〉からのメッセージを受けとったところだった。テルホ・ヴァイサネンが〈白熊〉に接触してきたこと、〈白熊〉の手の者たちが少々特殊な方法でテルホをパーティーに招待したことを告げる内容だった。

ボリスは〈白熊〉のやりかたを理解できないと思うことも多かった。時折、〈白熊〉は本当に細心の注意を払って活動しているのか、それとも単に人々を右往左往させておもしろがっているだけなのか、どちらだろうと考えた。後者の可能性が、前者と同じくらい高そうに思える。ときには〈白熊〉の命令と気まぐれにうんざりすることもあった。

ボリスは自分が優遇されていることを知っていたし、ある種の寵愛さえ受けていることもわかっていたが、この地位はいつ彼の手から奪われてもおかしくない。ボリスは絶えざる恐怖の中で、目には見えない首輪をはめられて生きていた。たったひとつのしくじりも許されはしない。

そういうわけで、いまは作戦を中止するのが賢明だった。さもないとヴィーヴォ・タムとあの警察官とを結びつける人間が出てくるかもしれない。もしくは、ヴィーヴォが浅はかなことをしでかすかもしれない。ヴィーヴォはプロとしては優れた男だが、頭に血がのぼりすぎるきらいがある。そうなると、予測不能な行動を取るようになり、制御がきかなくなるのだ。

ボリスは携帯でショートメッセージを送った。〈ストップ。作戦は中止だ〉

ヴィーヴォ・タムは走る速度を上げた。

あの小娘、今日こそ逃がすものか。今度こそ思い知らせてやる。最初のときは、たまたま命じられて狙っただけの相手だった。しかしいまは個人的な感情がある。

ポケットの携帯がバイブレーション機能でぶるぶる震えていた。だれかが電話してきたらしいが、応答するひまなどない。目の前のこいつを片づけなくては。

最初のうちヴィーヴォは、どうして懸垂をしている少年に見覚えがある気がするのか、わからずにいた。さらに注意深く相手を見た。コートだ。あのコートはどこかで見たことがある。少年が走りはじめたとき、記憶がよみがえった。

男じゃない、あれは女の子だ。あのときとはちょっとちがう走り方をしているが、それでもあの娘だとわかる程度には見覚えのある足取りだ。

しかし、なぜテルホ・ヴァイサネンは気づかないのだろう？　自分の娘がそこにいるというのに。

ヴィーヴォがひらめくまでに、少しかかった。やがて理解が彼の頭を貫いたとき、その衝撃で理性が吹っ飛んだ。

あれはテルホの娘ではなかったのだ。なぜか知らんがこの件に首を突っ込んできた、まったくの別人だったのだ。どういうことなのか、この手で明らかにしてやる。

娘がスピードを上げ、ヴィーヴォの中に怒りが充満した。

けつの青い雌の子犬が生意気にもおれの邪魔をするなど、許さない。こいつのせいで、手から足からがちがちに凍りつく目に遭い、ピューニッキの森の中に立ちつづけたり、バスターミナルで数独のマスを埋めたりして、ブツの取引に使うはずの貴重な時間を失う羽目になった。あのとき赤いニット帽をかぶっていたあの娘は、おれをこけにしてくれたのだ。

あの娘をつかまえてやる。締め上げて、どういうわけで一連の出来事に首を突っ込んできたのか、吐かせてやる。

やりかたを知らない大人の遊びに手を出すべきでないと、思い知るがいい。

タンペレホールの脇をぬける上り坂の小道を走り、カレヴァ通りに出たら横断して道の向こう側を目指す。氷、滑る足元、走るのにはまるで適していない靴。肺を切り裂く寒気、動きを鈍らせるコート。いまのルミッキが冬のランニングに向いていないことは明らかだった。

背後にすばやく目をやる。

男がすぐそこにせまってきている。

ルミッキは歯の隙間から息をしようとした。息が歯をこする音がシュッシュッと漏れる。ヒーッ、シューッ。ヴェシヒーシシヒシヒッシッサ、水の魔物《ヴェシヒーシ》がエレベーターでシューシューいってる。しょうもない早口言葉が頭をよぎる。氷点下の寒気は容赦がない。

カレヴァ通りを横切った。

寒い、寒い、さむいさむいさむいさ。むいさむいさむいさむいさむ。合理的な判断をしようとするルミッキの頭の中で、むかつく音の羅列がとどろいた。

カレヴァ通り沿いに走りつづけたほうがいいだろうか。その場合の利点——人や車が通りかかること。欠点——歩道はところどころ、ほとんど鏡みたいな氷で覆われていること、そして、追ってくる男の仲間がバンに乗って道のどこかで待ち伏せしており、拉致のタイミングを計っている可能性があること。そんな大胆なまねをするだろうか？　こんな明るい真っ昼間に？

墓地へ続くハウタウスマー通りの角に来たとき、ルミッキはとっさに決断した。そちらのほうが、歩道を覆う氷が少ない。カーブを切ってカレヴァンカンガス墓地に向かった。

男も追ってくる。幸い、やはり滑りやすい場所では難儀しているようだ。

むいさむいさむいさむ……。

やめろってば。

ルミッキは頭の中にエンドレスで流れる言葉を別なものに置き換えようとした。

〈ラン・ベイビー・ラン・ベイビー・ラン・ベイビー・ラン……〉

アメリカのシンガーソングライター、シェリル・クロウの歌に救われた。アーミーブーツの足元が幾度となく危うくなる。ルミッキはひとり悪態をついた。今後は毎日、スパイクつきのジョギング・シューズだけを履くべきかも。たとえば、追いかけられた場合に備えて。このところの出来事に照らして考えれば、その可能性は異常なまでに高い。

墓地の中へ走り込んだ。文豪ヴァイノ・リンナの墓が右手に、ミュージシャンのユイセ・レスキネンの墓が左手に見える。どちらもフィンランドきっての有名人だ。なかなかに愛すべきやつらだった。リンナの作品の一節が頭に浮かぶ。なにもかもが無駄なのだ、人生以外のなにもかもが。ユイセの歌にはそういうのがある。特にいま、無駄死にするなんてまさしく無駄なことだ。墓地のど真ん中で。なんという皮肉。

男の足音がいよいよ背後にせまってきた。いまは振り向いてはいけないとルミッキにはわかっていた。振り向くことで貴重な数秒を失ってしまう。

礼拝堂まで走れるだろうか？　それか、遺灰の返還窓口まで。あそこには人がいるだろうか？　中に入れるだろうか？

墓地で走ってはいけません。

ママの声だ。ママのいいつけ。ごめん、ママ。いくらママでも、すべてを見越して指図することはできない。ときにはひたすら走らなくてはならないことだってある。

死者たちは文句をいったりしない。死者たちは死んでいるのだから。まだ死者にはなりたくないと思っている少女が墓の上を跳び越えていっても、彼らは度肝をぬかれたりしない。だからルミッキは走った。一歩ごとに足が滑ってコントロールを失っても、寒さが肺に無数の針穴をうがち、汗が分厚いコートとウールのセーターの下を流れ落ちても。

墓地に生えている背の高いトウヒの木々は、白いかぶり物を着せかけられてシルエットが丸っこく見える。雪の重みで枝がしなり、墓石や訪れる者の上に垂れ下がっている。

死せる者と、生ある者と。生ある者と、死せる者と。

審判を下すためにやってくる。

生ある者と、死せる者と。

男の荒い息づかいが聞こえる。男の手がコートの背をつかむのは時間の問題だ。

そのときなにかが起きた。なにかがぶつかる音、苛立たしげなうめき声、続けざまに繰りだされるエストニア語の罵り言葉、それらがルミッキの耳に飛び込んできた。言葉の意味はわからなかったが、なぜそんな言葉が吐きだされたのかは、疑う余地がなかった。

ルミッキは振り返らず、その足は希望を得て力を増した。

足を滑らせて転倒したヴィーヴォ・タムは、左の膝を氷で強打して傷めてしまい、即座にこれでゲームオーバーだと悟った。これ以上娘を追って走ることはできそうにない。足を引きずりながら家までもどれれば上出来だろう。

鞭《むち》で打たれた犬みたいに。

服従させられた雑種犬みたいに。

ヴィーヴォの中に新たな怒りがわき上がってきた。怒りは先ほどよりさらに大きく、さらに激しく、ますます理性を失わせた。彼は片膝をつくと銃を取りだした。

彼はなにも考えていなかった。ただ全身の細胞がひとつ残らず、あの娘の足を止めなくては、と感じていただけだった。どんな手を使っても。彼は銃を構え、狙いをつけた。


ルミッキの耳にバシュッと鈍い音が届いた。続いてなにかが太ももをかすめて墓石に当たり、墓石の端が砕け散った。

銃弾だ。

男がこちらを狙って撃ってきた。

ルミッキの心拍数はいきなり数値が二十も跳ね上がった。足元が滑るのも、空気の冷たさも、汗が背中を幾筋もの川となって流れ落ちるのも感じずに、大股で飛ぶように全力疾走しつづける。

ようやく振り返る勇気が持てたのは、長い長い距離を走った後だった。男が墓地の中央通路で片方の膝を抱えているのが小さく見えた。どこかの親切な老婦人が手を貸そうと男に近づいていく。

銃は見えない。新たな銃弾は飛んでこない。

ルミッキは走りつづけたが、その足取りは急に軽くなった。逃げおおせることができたのだ。

今回は。

天井の塗装にはひび割れがいくつも走っていた。不思議な、どこへも通じていない道が描きだされている。ルミッキはベッドに寝そべって、ひび割れが互いに交差し合っているのを眺めながら、自分の中で怒りが膨れ上がっていくのに任せていた。腹のあたりには、古ぼけて片方の耳が取れてしまった水色のウサギのぬいぐるみをしっかりと抱えている。ルミッキの手がぎゅっときつくつかむのを、ウサギは受け止めてくれた。

自宅にたどり着いたルミッキは、アーミーブーツを足から引っこぬき、コートを椅子の背に投げつけ、汗に濡れたセーターと、その下に着ていたさらに汗まみれの薄い長袖シャツを脱ぎ捨てた。

それから三十分もシャワーの下に立っていた。お湯が土砂降りの雨のように降り注ぐままにして。無香料のシャンプーで髪を洗い、同じく無香料のボディソープで体を洗った。ルミッキは常に無香料の製品を選んでいる。アレルギーがあるとか、嗅覚が過敏だとかいうことではなく、自分になにか特定のにおいがつくのを避けたいのだ。

常用しているシャンプーやボディソープやボディオイルの香りによって、人間はいとも簡単に識別されてしまうし、香水やアフターシェーブローションならなおさらだ。たとえば、

3月3日 木曜日

フルーツ系のソープの香りがわずかに残っているだけで、その部屋についさっきまである特定の人物がいたことが、鼻づまりの人にさえわかってしまう。これが公共の空間となると、他人の特徴的なにおいを識別できない人が多く、おそらくかなり鋭敏な嗅覚がないと難しいのだが、それでも香水のむっと鼻につくきつい香りは、風邪をひいていない人ならだれでもかぎ分けられる。

加えて、香りはほかの記憶をよみがえらせる引き金になる。

タール入りのシャンプーの独特な香りは、夏の夜と、水面すれすれを滑るように飛ぶトンボを心に運んできた。ムスクの香りのするシャワージェルは、しなやかに筋肉のついた腕や、肩甲骨が美しく浮きだしている背中の映像をはっきりと描きだした。抱き合って横になり、ほかの人にはわからない些細なことにふたりで声を立てて笑い合った、そんな瞬間が思いだされた。すると、ライトブルーの目の、鋭く探るようなまなざしを考えずにいられなくなった。そのまなざしの前では、ルミッキはいつもどぎまぎして、頬がほてるのを感じたものだ。

通りすがりのだれかから同じシャワージェルの香りがすると、彼女の心臓の鼓動は必ずひとつ飛んで、足はいっとき、縄のようにぐにゃりと力がぬけた。香りは同じでも恋しくてたまらない人ではないと、見ればわかるし、見る前から知っているのに。香りが記憶に与える影響は、それほどまでに強いのだ。

人間は、だれか知らない人がどんな外見だったかは覚えていないかもしれないが、ほかの場所で偶然、その人の使っているアフターシェーブローションの香りをかげば、肩幅が広くて髪が短く、ジーンズとチェックのシャツを身につけた人物だった、というように、記憶がたちどころによみがえる。もしかしたら、その人物がどこをどんなふうに歩きまわっていたか、思いだすかもしれない。どこか特定のドアから出ていった、といったことも。

ルミッキはそれを望まなかった。知らないだれかの記憶に残りたくはなかった。知っている相手でも、全員に覚えていてほしくはない。できるかぎり人目につかずにいたいし、可能なかぎり無臭の状態で歩きまわれるようにしておきたかった。

ルミッキは恐怖とパニックを肌から洗い流した。走ったせいで足にできたまめのケアをした。

ママから電話があったので話をした。

「べつに問題ない。学校はそんなに大変じゃないし。うん、お金はまだあるから」

うそをついた。よかれと思ってつくうそ。

ママになんでも話すことをやめたのは、いつごろだったろう？　学校に上がったとき？　おそらくそうだろう。いや、もっと前かもしれない、ルミッキの家族は、家の中で口に出さないことがある人々だったから。口に出されずにいる事柄の全貌《ぜんぼう》は、ルミッキにはけっしてわからなかったが、沈黙はどの部屋にも濃く垂れ込めて、クモの巣のようにまとわりついてきた。家族のだれもが、自分のことは自分で処理する、そういう家。言葉にされない事柄は、よその人から見ればまったく奇妙な、ひどく変わったことかもしれなかった。

たとえば、いまルミッキが抱きかかえているぬいぐるみのウサギがそうだ。ママは前回タンペレに来たときにこれを持ってきて、あなたが小さかったころいちばんのお気に入りだったおもちゃよ、といった。

しかし、ウサギの真っ黒な目を見ているうちに、これは自分でなくほかのだれかのお気に入りだったという鮮明な記憶が、突然ルミッキの脳裏によみがえったのだ。たしかにこのぬいぐるみで遊んだことはあるが、持ち主はほかの人だった。ルミッキはその思いを口にした。「ちがうわ、あなたの記憶ちがいよ」ママは譲らなかった。「これはあなたがいちばん好きだったおもちゃで、名前はオスカリでしょ」

ルミッキは首を振った。

「あたしは後からオスカリって名前をつけたのよ。最初はペッレって名前だった。いとこのだれかからもらったとか?」

しかしママはなにもいってくれず、ルミッキは理解した。これもまた、ただもう口に出されることのない数々の事柄のひとつなのだと。

天井の塗装に走る幾筋もの線は、見知らぬ空の星図のようだった。たくさんのひび割れ、意外なほころび。ふだんのルミッキはそういうものが好きだった。見ていておもしろい。しかしいまは怒りに気持ちを集中させていた。怒りは力を与えてくれる。

追われたのはすでに二回めだし、今回は銃で狙われた。理性で考えれば、いまこそこの件から手を引きたいと、これまで以上に願っていて当然だ。しかし、いまの彼女は、どういうことか知りたい、真相を明らかにしたい、この件にピリオドを打ちたい、犯罪者たちに報いを与えたいと思っている。これ以上、恐怖にとらわれているのはいやだった。

すべてのカードが裏返されたとき、ついに恐怖は終わりを告げるだろう。

そういうわけでルミッキは、明日になったら自分がなにをするか、いまからもうわかっていた。そして、怒りを込めてウサギを部屋の隅に放り投げると、携帯を取りだして、エリサに電話をかけた。


ヴィーヴォ・タムは、杖《つえ》をつきながら足を引きずって自宅の前までもどり、鍵を取りだしてなんとかドアを開けた。杖を持ったまま鍵を使い、しかも左足に体重をかけずにいるのは難しかった。少しバランスを崩して、彼は顔をしかめた。

墓地にいたお節介な老婆が、いいというのに救急車を呼んでしまったのだ。救急救命士が、考え得る限り最高の手当を受けられると請け合わなかったら、老婆はすべて問題ないか見届けようと救急車に乗り込んできたにちがいない。

救急センターで膝のレントゲン写真を撮られ、骨に小さなひびが入っていると告げられ、足に添え木を当てられて杖を渡され、強い痛み止めを処方された。

彼はいま、ようやく自宅にもどってきたところだった。狭くて陰気で貧相な1Kの部屋が、いまほど恋しく感じられたことはなかった。

冷えたビールを開けて、痛み止めのブラナを二錠ばかり飲み、ついでにほかのものも飲もう。アルコールとクスリのミックスは、こういうときこそ最高だ。それからボリス・ソコロフに電話をかけよう、留守電にはもう何件もあの男からの怒りに満ちたメッセージが入っている。

癇癪《かんしゃく》もちのロシア野郎め。放っておきたいのはやまやまだったが、電話をかけずにいればソコロフはまちがいなくここへ飛んできて、ドアをがんがん叩くだろう。

玄関先でヴィーヴォを出迎えてくれたのは、部屋にこもった、むっとするにおいだった。流し台に積み上がっている山を、いずれ片付けなくては。ただ、においの中には、なにかなじみのないペパーミントのようなにおいが、わずかにまじっていた。まるで、だれかがついさっきこの家で喉飴《のどあめ》をなめたかのように。

ヴィーヴォは玄関のドアを閉め、リビングと寝室と書斎を兼ねている部屋へ、足を引きずりながら入っていった。電気をつけるひまはなかった。だれかが先にそれをやってくれたからだ。

においの正体がなんなのか、気づくだけの時間はヴィーヴォにもあった。

〈白熊《ヤーカルフ》〉の手下たち。

銃声は鈍い物音に過ぎなかった。彼は仰向《あおむ》けに倒れ、その口からは血が赤い絵の具のように噴きだしはじめた。

3月4日

金曜日

18

その肌は雪のように白く。

巨大なフェイスブラシがルミッキの顔をなでていく。冬の暗さのせいで彼女の肌は青ざめ、色白になっていたが、それを隠す意図はなく、むしろ逆だった。クリームタイプのファンデーションは、本来の肌の色より一段階明るいトーンだ。パウダーも同じだった。本来の肌の色とあごの境界線は、あごのカーブの下にきっちり入れ込んで見えないようにした。化粧が肌の色合いを均一にし、ちょっとした欠点をすっかりカバーしてくれた。肌のなめらかさはつくり物めいてさえいる。さながら陶器の人形だ。

唇は血のように赤く。

エリサがリップラインを丁寧に描いてくれた。リップライナーが、ルミッキの上唇の、キューピッドの弓にも似たふたつの山をなぞり、次に唇の左側、さらに右側へと動いていく。それから下唇のラインがたしかな手つきで一気に引かれた。中心に向かって輪郭の中が塗りつぶされていく。こうすることで、深みのある印象が強まるのだ。

口紅を一回塗る。ペーパータオルでそっと押さえて余分な口紅を落とす。その上から、さらに口紅を塗る。仕上げに、光の効果でよりふっくらと見えるよう、赤いリップグロスを唇の中央に乗せる。

髪は黒檀のように黒く。

エリサはルミッキの前髪にブラシを入れてから、微粒子のヘアスプレーを吹きかけた。ボブカットにした黒髪の残りの部分はふんわりと膨らませ、さらにスプレーを吹きかけてスタイルをキープする。

カラーリング剤はきれいに髪を染めてくれていた。髪にカラーリング剤をつけて、所定の時間が過ぎてから洗い流したとき、ルミッキは白いタイルの上を流れていく青黒い渦を見ながら、自分はどれほど見慣れない姿になるのだろうと考えていた。カラーリング剤はバスルームの床に幻想的な美しい模様を描き、やがて色のついたお湯は排水溝に呑み込まれて排水管へと消えていった。ルミッキはお湯がすっかり透明になるまで髪をすすいだ。

その後エリサに促されて椅子にすわり、古いシーツで肩を覆われたルミッキは、エリサがはさみを動かしはじめるとますます見慣れない姿になっていった。エリサはルミッキの髪をいったん肩までの長さに切りそろえ、さらに耳の少し下あたりの長さになるようカットしだした。黒い髪がカールした束になって床に落ちていく。それが自分の頭から切り落とされたものだとは、ルミッキには信じがたかった。

濡れた黒髪の束が床の上でくるんと丸まっている。まるで、仕上げの点が打たれていない疑問符のようだ。この状況そのものが、いわば疑問符だった。ルミッキは点を打って終わりにしたかった。だからこそ、彼女はいまここにいるのだ。

「後悔してないよね？」カットの最中にエリサが聞いてきた。

ルミッキは微笑みそうになった。

「ただの死んだ細胞だから」

エリサは身震いした。

「あたしは絶対に、そんなふうには考えられないな」

やがてエリサは前髪をカットし、髪全体を下ろして、不ぞろいに飛びだしている髪がないかチェックしたのだった。

次にエリサが手渡してくれたのはロング丈の赤いイブニングドレスで、布の動きにつれて光の当たり方が変わるたびに、バラ色からオレンジ、紫色からワインレッドと色合いが変化して見えた。

ルミッキはドレスを身にまとった。シンプルなデザインで、肩のところは細いショルダーストラップになっており、布地は完璧なラインを描いて彼女の体を包んでいる。

目を上げて鏡をのぞき込む。

鏡よ鏡、教えておくれ……。

鏡の中から見返してきたのは見知らぬ美女で、その背筋はすっと伸び、ダークカラーのアイメイクを施した目元は謎めいて、唇には微笑にも侮蔑にも変わりそうな表情を浮かべている。ルミッキは満足だった。この女性は彼女ではない。ほかのだれかだ。〈白熊《ヤーカルフ》〉のパーティーに出席しそうな、ほかのだれか。

エリサはぴょんと跳びはねて、なんともいえない声を小さく漏らした。肯定的な評価を下したのだろうと、ルミッキは解釈した。

「冗談ぬきで、きれいよ！　あたしって、こんなに腕がいいのね。いまの高校でなにをやってるんだろうって思っちゃう、世界に通用するヘアスタイリスト兼メイクアップアーティストになれるかもしれないのに」

喜んでいるエリサを見るのはうれしかった。頬に血の気がもどって、まなざしのすぐ奥にぼんやりと悲しげな虚無が潜んでいることもない。

「仕上げにこれも少しつけて」

エリサはそういって、ルミッキの首筋にジャン・パトゥのジョイをスプレーした。

空中に精油とアルコールの混合体が漂い、ルミッキは吸い込まないよう息を止めた。

身にまとう香りもふだんとはちがう。いい具合だ。これで、パーティーにルミッキがいた

3月4日 金曜日

ことを記憶する者はいないだろう。人々の記憶に残るのは、高価な香水と、髪のカラーリング剤と、高級石鹸のにおいのする、おとぎ話の白雪姫《ルミッキ》だ。

「ふたりとも、見にきてよ！」

トゥーッカとカスペルが隣の部屋からどたどたとやってきた。

「ふん、おまえ、ちょっとは見られる程度に化けさせたの……うお！」

ルミッキが振り返った瞬間、トゥーッカの言葉は止まった。カスペルは文字どおり、口をあんぐり開けている。

「こりゃ……灰色のネズミみたいなのが美しすぎるいい女に変身するのって、なんか別の話じゃなかったか？」カスペルがようやく言葉を発した。「シンデレラだっけ？」

「やりてえ」というせりふが、トゥーッカの口から滑りだした。

どう見ても、考える前に言葉が出てしまったようだ。

「夢の中でどうぞ」

ルミッキはそう切り返すだけにしておいた。


現在の時刻は十九時二十分。ルミッキが、トゥーッカとカスペルも来ているエリサの家にやってきたのは、三時間前のことだった。

顔を合わせた一同は、初めは言葉少なだった。ある一線を超えてしまったと、全員がわかっていたからだ。ここまではまだ、ある意味気軽で、コントロール可能な、スリリングでは

3月4日 金曜日

あっても耐えられる程度の状況だった。ここから先はちがう。ルミッキは銃で狙われた。そしていま、彼女は命を真の危険にさらすことになるかもしれない場所へ、赴こうとしている。

ルミッキはほかの三人にあらためて計画を話して聞かせた。

正気の沙汰《さた》ではない。理性的とはいえない。危険な計画だ。しかしルミッキは意に介さなかった。危険の中に飛び込みたかった。かつては恐れていたものに、向かっていきたいと思っていた。

ルミッキの話が、パーティー会場へはどこか裏口から潜入するつもりだ、というところに及んだとき、カスペルが口を開いた。

「そりゃ成功しねえな」

「なんでわかるのよ?」エリサがたずねた。

「〈白熊《ヤーカルフ》〉のパーティーには、〝どこか裏口から潜入〟なんて無理って話だ。おれが聞いたところじゃ、マジで厳しいセキュリティ体制が敷かれてるらしい。高い塀とかガードマンとか、ありとあらゆるむかつく手段を巡らせてやがるんだ」

カスペルは両手を首の後ろで組むと、椅子の背にもたれかかった。明らかに情報提供者の役を楽しんでいる。

「オーケー。だったら、この計画自体、忘れましょう」ルミッキはいった。

カスペルの顔に悪賢そうな笑みが浮かんだ。

「ただし、おまえが正面のドアから堂々と中に入るなら、話は別だ」

「どうしてそんなことが可能なの？」

「女には可能なんだよ。少なくとも、男たちのホステス役、かつ、場に花を添える目的で招待される、ある種の若い女たちならな。そういう女は、パーティーのテーマに即した服装をしてりゃフリーパスなんだ。で、そのテーマってやつが、今回はフェアリーテイル、すなわち、おとぎ話なんだよ」

トゥーッカが鼻からガス入りミネラルウォーターを噴きだした。

「おまえ、本気でいってんのか？　この、過激な環境保護活動家にして同性愛者みたいな見た目の女を、ゴージャスな娼……いやその、セレブの相手をするきれいなお姉さんに変身させられるとでも？」

エリサはルミッキの姿を頭のてっぺんから爪先までじっくりと眺めた。そして、男子ふたりに、映画のＤＶＤを観るなりゲームで遊ぶなりして二、三時間待っていてほしい、と告げた。

「あんたたちにはどうしたって絶対に不可能なことを、あたしが可能にしてみせるから」エリサは微笑んだ。「パパが帰ってきちゃったら、あたしの部屋にはなにがあっても入らせないで。あたしは寝てるとか、素っ裸でヨガをやってるとか、適当なことをいえばいいから」

ルミッキの支度が整った。時刻は十九時四十五分。赤いイブニングドレスに、白いハイヒールを合わせている。少し歩く練習をして、体重の分散の仕方や、かかとの低い靴の場合とはまったくちがう足の運び方をマスターした。できるようになってみれば、難しいことではなかった。単に役柄を引き受けるだけ、服装が創りだすイメージに自分の動きを合わせればいいだけだ。

ルミッキって普通に歩けないんだよね。いっつも変なふうに足を引きずっちゃって。

そういわれてから十年が経っている。その言葉を発した声の調子を、ルミッキは正確に覚えていた。言葉を強調するための表情や仕草も。大げさに動作のまねをされたことも。

あのときルミッキは、あらゆる歩き方をマスターしようと決心したのだった。普通の歩き方、普通でない歩き方、美しい歩き方に醜い歩き方、速く、遅く、ゆったりと、きびきびと。二度と同じことをいわれないように。歩き方の練習は、その時点では彼女を救ってくれなかったが、身につけたテクニックはその後何度も役に立った。

エリサがルミッキに白いフェイクファーのショートコートを着せかけてくれ、ひじの下まで覆う黒い手袋を渡してくれた。さらに、パールで飾られた小ぶりのクラッチバッグも。

「なくさないでよ。すごい値段なんだから」

エリサが念を押した。

階下ではエリサの父親がパーティーに行く支度をしている物音がする。トゥーッカとカスペルも階下で出発に備えていた。

3月4日 金曜日

ルミッキはバッグの口金をパチンと開けてみた。フェイスパウダーのコンパクト、金色の筒状のケースに入った血のように赤い口紅、現金が百ユーロと、なにかふわふわしたピンク色のものが入っている。ふわふわピンクの物体に手を伸ばすと、指が埋もれ、それからなにか硬いものに触れた。取りだしてみると、それは手錠だった。ピンク色のふわふわにくるまれた手錠。

エリサは顔を真っ赤にして首を振った。

「なにも聞かないで。あのパーティーのことは思いだしたくないの」

ルミッキはわずかに眉を上げるだけにして、手錠をバッグにもどした。パーティーでエリサがだれとなにをしていようと、知ったことではない。

「あとは、これを」

エリサが差しだしてくれたのは、ビッグサイズで色は黒、足首まで届くロング丈のパーカーだった。

「なにを考えてこんなのを買ったのか、自分でもさっぱりわかんないんだけど。これを着ると、寝袋に入ってるみたいに見えちゃうのよ。でも使い道が見つかってよかった」

ルミッキはパーカーを着込んだ。フェイクファーのコートを下に着ているので、袖の部分が少しきつい。しかし、ほかは完璧だった。スナップを留め、そっとフードをかぶって、もう一度鏡をのぞき込む。

ヒマラヤにいる雪男イエティの、黒い毛のいとこ、ってところか。

エリサとルミッキはしばらくのあいだ向かい合って立っていた。どちらも、なにもいわなかった。

ルミッキは、エリサをハグして、なにもかもうまくいくからといってあげたかった。うまくいくのか、自分でもまったく確信はなかったが。それに、だれかを自分からハグしたいなんて、そんな気持ちは小さいころパパとママに対して抱いて以来、持ったためしがなかったのだが。

エリサは恐れている。それはルミッキも同じだった。

エリサは自分の役割を果たす覚悟を決めている。ルミッキも同じだ。

父親のしていることを明らかにしたいとエリサが本気で望んでいるのか、それをたしかめるのは、いまとなっては無意味だった。考えたりためらったりする段階はもう過ぎている。

エリサは甘やかされたティーンエージャーで、高校でいちばんもてるアイドルとして、夢の中を生きているつもりでいたのかもしれない。一生をダンスしながら過ごせると思っていたかもしれない。パパのお金でブランドものの服やバッグを買い、自力できちんと取り仕切れないようなパーティーを開いては後始末を他人にやらせて、カクテルやちょっぴりほかのものも喉に流し込み、少年たちや男たちを好きなように翻弄して。

化粧の下に繊細な心を隠したままで。本当の自分より愚かな子を演じたままで。

今夜がすべてを変えるだろうとエリサにはわかっている。それはルミッキにも伝わってきた。バラ色の未来という幻想は完全に打ち壊されることになるだろう。その幻想にはすでに取り返しのつかないひび割れが入ってしまっている。月曜日の明け方、エリサがビニール袋から引きぬいた自分の手を見て、どうしてこんなに汚くしみがついているんだろうと不思議に思った時点で。

ただし、今夜暴かれるものは、水で洗っても二度と消し去ることができないはずだ。

エリサのまなざしの中にはある種の決意がきらめいていて、ルミッキはいつのまにか、自分たちは結局のところそんなにちがっていないのではないか、と考えていた。ふたりの世界がぴったり一致することはけっしてないだろうが、いまみたいなふとした瞬間に、ふたりは同じ状況を、同じ感覚を、同じ思いを分かち合っている。

エリサは胸いっぱいに息を吸い込み、やがてゆったりと吐きだした。

「じゃ、あたしはパパの目をくらませてくるから」彼女はいった。

ルミッキはうなずいた。時刻は十九時五十二分だった。

19

蝶《ちょう》ネクタイを整えようとするテルホ・ヴァイサネンの指は、つややかなサテン生地をつかみ損ねてつるつると滑った。両手が容赦なく汗ばんでくる。ときどきトイレットペーパーで手をぬぐわなくてはならなかった。

だいぶ遅くなってしまった。とっくに外に出て、迎えの車を待っていなくてはならないのに。なにがあろうと遅刻したくはなかった。車は待っていてくれないかもしれない。チャンスが行ってしまうかもしれない。サテンの蝶ネクタイのように、指をすりぬけていくかもしれない。

タキシードで盛装する機会。前回はいつだったろう。何年も前、妻の上司のパーティーに行ったときか。あのときは、歓迎の乾杯から深夜にタクシーを呼ぶまでずっと、もったいぶった雰囲気で苦痛だった。ああいうセレブのパーティーは好きではない。いまでは自分自身、さまざまな尺度で考えて〝セレブ〟の仲間入りを果たしているにしても。

ようやく蝶ネクタイの格好がついた。テルホはあせりながら、ついさっき理容師が整えてくれたばかりの髪をもう一度なでつけた。近年にないほど緊張しているのを感じる。パーティーに行く目的はふたつだけだと自分に言い聞かせた。

〈白熊《ヤーカルフ》〉と直接、話をするため。

願わくはナタリアの姿を見るため。

ナタリアからはいまだにメールの返事がなかった。彼女が以前〈白熊〉のパーティーに出席したことがあるのはテルホも知っていたが、ナタリアはけっして詳細を語ろうとしなかった。

「トップ・シークレットよ、マイ・ラヴ」

〈白熊〉の手は、想像もできないほどがっちりと人々を押さえつけているようだ。

3月4日 金曜日

テルホは、〈白熊《ヤーカルフ》〉から見れば自分など、交渉を申し入れることのできる人間ではないかもしれない、と疑っていた。しがない薬物捜査官、つまらぬ下っ端でしかない。たしかにこの十年間、テルホは自分の役割を果たすことで〈白熊〉のビジネスに貢献してきたが、彼がいなくても〈白熊〉は特に困りはしなかっただろう。それでも交渉を試みるしかなかった。

明け方の数時間のうちに、テルホはひとつの決断をしていた。これ以上、こんなことは続けたくない。ふたつの顔を持つのは、もうこれきりにしよう。ただし、せめて今後数年間の収入を多少なりとも補ってくれる程度の手切れ金を、〈白熊〉から受けとる必要がある。ギャンブルの借金を完済し、ナタリアに便宜を図ってやりたいし、自分自身の環境も整えなくてはならないのだ。

それがすんだら、後はもう普通の穏やかな日々を過ごせるだろう。心拍数が上がるような要素はなにもない人生を、心おきなく送れるだろう。犯罪も、ギャンブルも、ナタリアも、金もない人生。

自分はこれ以上ストレスと恐怖に耐えられないと、テルホにはわかっていた。若いころはアドレナリンの分泌を増加させてくれた秘密も、いまでは疲労と消耗をもたらすだけだ。あと数年くらいならなんとか続けられるかもしれないが、心臓や神経のごまかしがきかなくなり、体がもたなくなるだろう。彼はあまりに長いこと、自分自身をごまかし続けてきたのだ。

バスルームの鏡から見つめ返してきた男は、実際の年齢より老けて見えた。目の下はたるんで、あごの下には余分な肉が垂れ下がり、腹がベルトの上にはみだしている。なにもかもがだらりとたるんで余分だった。長年のストレスと罪悪感が彼を蝕《むしば》み、食べ物を手当たり次第に口に入れさせ、健康と気力への配慮を失わせた。家族への配慮も失わせたのだ、それは認めなくてはならなかった。他人に対して認めないとしても、自分自身に対しては。

もう終わりにしなくてはならない。ナタリアと会うのもやめるべきだろう。しょせんナタリアとは、堂々と人前に出られるカップルにはなりようがないのだ。これからは、新しい、裏表のない人生を始めなくては。

そのために、彼は成功の確率が恐ろしく低いことに手を出そうとしていた。〈白熊〉に詰め寄り、要求を呑ませるつもりなのだ。

テルホは再び時計を見た。行かなくては。玄関へ向かいかけたとき、娘がばたばたと階段を下りてきて、彼の手を取ると、サウナ室へ引っ張っていこうとした。

「なんだ？　もう、とっくに出かけていなけりゃならない時間なんだが」テルホはいらいらといった。

「あっちにどうしてもパパに見せたいものがあるの。一分ですむから」

「いまはだめだ。遅刻するわけにいかないんだよ。本当に、本当に重要な集まりなんだ」

「あたしよりどこかのパーティーに行くほうが大事なんて、そんなことがあるの？」

エリサはテルホの手をぎゅっと握った。大きく見開かれた目が咎めるように父親を見つめる。テルホの目には、娘が十七歳でなく、機嫌を損ねてほしくない七歳の子どもに見えた。

「わかった。一分だけだよ」

ルミッキは静かに階段を下りていった。ハイヒールを履き、動きを鈍らせる寝袋みたいなパーカーを着ているせいで、予想外に苦労した。外に出ると、トゥーッカが門の陰に隠れて待っていた。

「まだ来てない」トゥーッカがささやいた。

「時間どおりに来るといいけど」ルミッキはいった。

気温は零下二十八度、この冬いちばんの冷え込みだ。ありとあらゆるものの表面が、薄い氷のような白い霜の膜に覆われている。建物も、木々も、岩も、車も。衣服も、髪も、頬も、思考も。

「エリサはおれが電話するまで親父を引きとめておいてくれるって」トゥーッカがいった。

その後はもう、ふたりは黙って待ちつづけた。ルミッキは、トゥーッカがなぜ黒い雪男風の服をばかにしたり、今夜パーティー会場でルミッキが聞くにちがいない誘いの言葉をネタに下卑た冗談をいったりしないのか、不思議だった。そのうちに、彼が奥歯をぎゅっと食いしばっているのに気づいた。トゥーッカは緊張しているのだ。たぶん恐怖にとらわれてさえいる。おそらく人生で初めて、彼は本当の恐怖を味わっている。


むかしむかし、恐れることを覚えた少年がいました。

ルミッキ自身は、自分が意外なほど落ち着いているのを感じていた。いまは前もって組み立てておいた手順どおりに動くだけ。次になにが起きるか、彼女はそのことだけに集中していた。

十九時五十八分。黒いアウディが通りに入ってきて、エリサの家の前で停まった。

トゥーッカがルミッキに向かって片方の眉を上げてみせた。ルミッキはうなずき返した。

トゥーッカが歩きだす。

のんびりとした足取りで黒いアウディの脇を通り過ぎたトゥーッカは、運転手の視界から外れたところで姿勢を低くし、通りの先に停まっていた別の車の陰に身を隠すと、かがんで姿が見えないようにしたままアウディの後ろまでもどってきた。その場所に潜んで、スタンバイの態勢になる。

カスペルの出番だ。

通りの角から登場した彼は、黒いアウディのところまで来ると、車の前を横切って歩きはじめた。運転手はなんの反応も見せない。カスペルはポケットから鍵を取りだし、それを大げさな身ぶりで運転手に示すと、ゆっくりと楽しむような仕草で鍵をボンネットに押しつけて、そのまま歩きつづけた。鍵が金属板を引っかく鋭い音が、凍てつく静寂をつんざいた。

運転手は、なにが起きているのか理解できないまま、カスペルを凝視している。

やがてカスペルは満足げな様子で中指を突きだした。

運転手の体がはじかれたように動いた。なにかよく聞き取れない言葉をわめきながら、車から飛びだしてくる。すかさずトゥーッカが動き、アウディのトランクを細く開けた。カスペルはすでに神経に障る笑い声を上げながら逃げだしており、彼を追って走りはじめた運転手は、いったん振り返ってリモコンキーで車のドアをロックすると、そのまま追跡を続けた。カスペルは走るスピードを制御し、いまにも手が届きそうな絶妙な距離を保って逃げていく。

ルミッキはもうアウディの後ろにいた。トゥーッカの手を借りてトランクにもぐり込む。幸いトランクは極小サイズではなかったものの、体がうまく収まるように、手足の位置を工夫しなければならなかった。最後に、トランクのロックの部分にリボン状のシルクの布切れを噛ませると、ルミッキは準備完了のしるしにトゥーッカに向かって親指を立ててみせた。トゥーッカは同じ仕草で応え、それからトランクのふたをできるかぎり静かに閉めた。

闇に包み込まれたルミッキは、しばらくのあいだパニックと闘うことになった。むせるようなガソリン臭のする、窮屈な狭い空間。目的地までの距離が遠くないことを祈った。

やがてルミッキの耳に、運転手が悪態をつきながらもどってくるのが聞こえてきた。ピッピッと音がして、ドアのロックが解除される。運転手は車に乗り込み、ドアをばたんと閉めた。

ルミッキはバッグから携帯を取りだせるかやってみた。なんとか成功した。携帯の時計は二十時五分を示している。携帯画面の青っぽい光でさえ、闇の中に一瞬でも輝くのを見るのは心強かった。

ついにエリサの家のほうから車に近づいてくる足音が響いてきた。車のドアが開けられる。

「なぜこんなに遅くなった?」運転手の英語は苛立ちに満ちている。

「すまない。家庭の事情で」テルホ・ヴァイサネンがやはり英語で答えるのが、ルミッキの耳に聞こえた。

「〈ポーラーベア〉は遅刻が嫌いだ」

「だったら、これ以上時間を無駄にするのはやめよう」

そのとおり《アーメン》。ルミッキはエリサの父親に心から同意した。この場所でこんな姿勢を取りつづけるのは、必要最小限にとどめたい。

アウディのエンジンがかかり、うなるような音を立てはじめた。

「ここの通りには犯罪者がうろついているな」

運転手がいうのを、ルミッキはかろうじて聞き取ることができた。思わず口元がほころぶ。

車が発進し、冷たい空気がトランクの隙間から流れ込んでくると、ルミッキの表情は引き締まった。

もう引き返す道はない。

20

闇は濃密だった。突き破ることはできない。引き下がってくれる気配すらない。

ここから出られないかもしれない。空気がなくなる。死んでしまう。

背中には砂利が当たって小さなへこみが無数にできていた。砂利をつかみ取り、そのとがった角を手のひらに感じ、指の隙間からぱらぱらと落とす。

「出してよ！」彼女は叫んだ。

そう叫んだのはもう十回め、百回め、あるいは千回めだった。ふたを両手のこぶしで叩き、足で蹴り上げ、体の向きを変えて背中で押し上げようとした。無駄だった。

ふたの上にあいつらがすわっているのだ。きっと足をぶらぶらさせながら、一本の棒つきキャンディをかわるがわるなめて、ストロベリーの風味を楽しんでいるにちがいない。あいつらには時間がたっぷりある。あいつらには力がある。

ルミッキの目は涸《か》れ果てるほど涙を流していた。パニックを起こしかけている。いますぐここから出られなければ窒息してしまう気がする。

ルミッキは叫び声を上げはじめた。声を限りに叫んだ。カモメの鋭い鳴き声と、ぽっかり開いたくちばしを思い浮かべながら。ルミッキはカモメだった。鋭い叫びを上げた。

大声を出せば出すほど、はっきりと生きている感覚が持てた。ルミッキは声そのものになった。声とひとつになった。燃えたぎる怒りと、絶叫する旋律と。

気がつくと、あたりはもう暗くはなかった。滑り止めの砂利を入れたコンテナのふたが、開けられている。ルミッキは体を起こしてその場にすわり込み、涙をぬぐった。すると頬に、砂と細かく砕けた砂利がくっついた。

あいつらの姿はどこにもなかった。

あいつらは次の機会を待っている。次の機会があることを、あいつらはルミッキと同じように よく知っているのだ。


ルミッキはゆっくりと十まで数えた。

いまここでパニックを起こすわけにはいかない。いまのルミッキはあのときの少女とはちがう。彼女は変わった。いろいろと学んできた。どんなに狭い空間でも、どんなに長い時間でも、いまの彼女は落ち着いてそこにいることができる。

ここまでの流れは計画どおりだ。おおむねすべてが。

たしかに、カーブに差しかかるとトランクの壁面に体が叩きつけられ、そのせいで青あざができている。たしかに、ガソリン臭が鼻にしみついて永遠に消えない気がする。寒さに凍え、頭のてっぺんからつま先まで固まってしまっているのもたしかだ。しかし、これくらいたいしたことではない。

アウディは三十五分間走りつづけ、やがて減速すると停止した。先に降りたのはテルホ・ヴァイサネンだった。ややあって運転手も車を降り、ドアをロックして去っていった。

ルミッキは耳を澄まし、周囲が静まり返ったと見ると、こわばった指でシルクの布切れをつかみ、一定の力で慎重に引っ張りはじめた。同時にトランクのふたを足で押し上げようとする。こうすることで、ロックの部分に噛ませておいた布切れが、留め具の役割を果たしているラッチを持ち上げて、ロックが外れ、ふたが開いて外に出られるはずだった。

そのとき布の裂ける音が響いた。これほど不吉な音を、ルミッキは長いこと耳にした覚えがなかった。

パニックを起こすな。あせらずに、落ち着いて。

指先で布切れを探り、どのあたりで裂けたのかたしかめようと試みた。よくわからない。寒さで指の感覚がなくなっているし、ひじまである手袋のせいでますます触覚が鈍っている。

ルミッキは右手の手袋の先をくわえると、手から引きぬいた。氷のような指を口元に当て、血が再び巡りはじめるまで息を吹きかけて温めた。

再チャレンジ。

ロックのあたりを手探りすると、指が布切れに触れた。湿気を帯びた指はすぐにまた凍りついたようになるだろう。

いける。よし、いける。シルクの布切れは、まだなんとかつかめる程度の分量がロックの部分にはさまったまま残っている。ルミッキは布切れをしっかりつかむと、トランクのふたを両足で強く押し上げながら、布切れを手前に引きはじめた。ゆっくり、ゆっくり、ゆっくり、一定の力で引っ張りつづける。

ふたは開いてくれない。

ルミッキは歯を食いしばり、足はふたを押し上げようとし、手は布切れを引っ張った。渾《こん》身《しん》の力を込めて。

3月4日 金曜日

カチッ。

ロックが外れてくれた。トランクのふたが開く。ルミッキはほんのわずかにふたを上げ、呼吸を整えた。ちょうどそのとき、別の車が隣に滑り込んできた。人が降りてくる。

「たまには車の中を掃除したらどうなのよ」女性の声がいった。「見てよ、この靴。しみひとつないピンクのはずなのに」

「いばら姫の格好は、おまえが自分で選んだんじゃないか。おれにいわせれば、邪悪な継母《ままはは》でもよかったと思うがな。それなら黒い靴ですんだし」男性が言い返している。

カップルの言い争う声が遠ざかっていく。やがて静寂が訪れた。

ルミッキはトランクのふたをもう少しだけ上げて外の様子をうかがった。こぢんまりとした屋外駐車スペースだ。幸い、黒いアウディが停められているのは陰になっている端のほうで、木々の後ろに隠れてもいる。いまは人の姿はない。

ルミッキは稲妻の速さでパーカーを脱ぐと、右手に再び手袋をはめ、トランクのふたを上げて、外に出てから静かに閉めた。パーカーはトランクに残していくしかない。運転手には、明日かもっと先かはともかく次にトランクを開けたとき、驚いてもらうことになるだろう。

髪に触れてみる。奇跡的に乱れていない。エリサは、愛用のヘアスプレーには魔法の力があるといっていたが、誇張ではなかったらしい。

バッグからコンパクトを取りだし、ふたを開いて鏡を出す。手早く化粧をチェックする。輪郭からはみだしていた下唇の口紅をふき取った。準備完了。

ルミッキはパーティー会場のほうへ向き直った。

ボリス・ソコロフは、自らの創造物をチェックしてひとりうなずいた。雪の女王そのものだ。これを見てもまだテルホ・ヴァイサネンがごたごたいうのをやめなかったら、氷を二キロでも食べてみせる。一気食いしてやる。

ボリスは漠然とした悲しみと満足感とを同時に覚えていた。満足感にははっきりとした理由がある。彼は安堵《あんど》していた。〈白熊《ヤーカルフ》〉と話をつけて、一連の出来事のいきさつが明らかになっていたし、彼としてはヴィーヴォ・タムが撃たれたことに恨みを残してもいなかった。〈白熊〉の説明によれば、配下の男たちが、白昼の墓地で銃を手に猛烈な勢いで走っているヴィーヴォの姿を見たのだそうだ。適切な行為とはいえない。ヴィーヴォのプロとしての勘が鈍り、軌道をそれはじめた証拠だ。道を踏み外しつつある男に用はない、その点で〈白熊〉とボリスの見解は一致した。

そういうわけで、ヴィーヴォは排除するしかなかった。私情は一切はさまれていない。

ボリスは茶色の目を見開いているナタリアを見た。その顔にはとまどったような、驚いたような表情が浮かんでいる。

哀れな小さなナタリアよ、このボリスがおまえの逃亡計画に気づかないと、本気で思っていたのか？　しかも、金まで持っていこうとするとは。そんなことをしたら泥棒じゃないか。だれもが知っているとおり、泥棒はいけないことだ。おまえが正しいことをしていれば、すべてがいまとはちがっていただろうに。

ナタリア、ナタリア。

唇を霜で覆われた雪の女王。

そろそろパーティーを始める頃合いだ。

3月4日 金曜日

カスペルの話は本当だった。石造りの高い塀が、パーティー会場の建物をぐるりと取り囲んでいる。二十世紀の初めに建てられたらしい三階建ての大きな建物で、見たところ深い森の真っ只中に位置しているようだ。会場へは森をぬける細い道が一本通っているだけだった。

この場所が地図に載っているかどうか、疑わしいとルミッキは思った。存在が公にされることを望まない場所はいろいろあるし、秘密にしておく手段もあるものだ。

ルミッキは門に向かって歩いていった。門のところにはガードマンがふたりいて、人々の足を止め、なにか質問しているようだ。ルミッキは全身全霊で役柄になりきろうとした。報酬をもらって男性にサービスする、ハイクラスのホステス。

やがて自分の番が来たとき、ルミッキは毅然《きぜん》とした態度で、しかし威厳を感じさせる程度にゆっくりと、ガードマンたちの前を通り過ぎようとした。

「待て。ストップ」堂々たる体躯《たいく》のガードマンの片方が、フィンランド語と英語でいった。

ルミッキの心臓がドクンと跳ね上がった。ここまでか?

「携帯を。セル・フォーン」そういって、ガードマンは手を差しだしてきた。

ルミッキは唇をとがらせ、バッグから携帯を取りだすと、全身であからさまに不満を表明しつつ、男の巨大な手のひらにそれを押しつけた。この端末は、単にエリサが使わなくなった古い携帯というだけでなく、もっと重要な意味を持つ機器なのに、相手はまるでそれを見ぬいたかのようだ。ガードマンは携帯を手元のバッグに落とし込んだが、その音から判断して、バッグの中にはすでにいくつか携帯が入っていたようだった。続いてガードマンは、断りもせずにルミッキの手からバッグをひったくると、中身をあらためて、なにかぶつぶついいながら返してきた。

ガードマンが、ほとんど目にもとまらないほどわずかに頭を動かしたのは、入ってよいという合図だった。ルミッキは自分の足に、寒さと安堵で震えるな、と命じた。頭は高く上げておく。庭の通路には滑り止めの砂が丁寧にまいてあったが、それでも凍りついたその道をハイヒールで歩くのは、進んで拷問を受けるのに等しかった。

一歩ずつ足を前に。落ち着いて。

あたりは闇に包まれている。その中を、ルミッキは光の小道をたどって進んでいった。庭の通路を縁取るようにかがり火が並んでいて、その炎がせわしなく揺らめいている。やがて通路はひとつのドアの前に至り、その脇には絵に描いたような昔の執事姿の男が立っていた。オールバックの髪型、白く短い手袋。その物腰には、高慢さと、他者に仕える人間らしい慇《いん》懃《ぎん》さが、同時にあらわれている。彼はルミッキのためにドアを開けてくれ、わずかに頭を下げた。ルミッキは中へ足を踏み入れた。

成功だ。

本当に〈白熊《ヤーカルフ》〉のパーティーへの潜入を果たしたのだ。これからルミッキがしなければならないのは、エリサの父親がなんに手を染めているのか、それを明らかにすることだった。

21

3月4日 金曜日

もうひとつの世界。もうひとつの現実。

色彩と、光と、音と。青がたちまち緑や黄色の色合いを帯びる。オレンジ色が波打つ金色に変わる。スミレ色から芽をだしたワインレッドやラベンダーやフューシャピンクが、らせんを描く蔓《つる》となって伸びていく。音楽、人魚たちの歌、森の吐息、クリスタルガラスの澄んだ音、深い洞窟《どうくつ》に忘れられた残響、宮殿やお城の室内楽、小さな鈴のさんざめく音は、脇をすばやく通り過ぎていき、背後から降りかかり、消えたかと思うとまたもどってくる。

おとぎの世界。

広々とした部屋のひとつずつに、音と光と小道具を巧みに用いて、それぞれ独自の世界が創りだされている。

秘密をささやく暗い森をぬけて、銀色の舞踏室へ足を踏み入れると、本物のバラの花でつくられた花綱が壁をぐるりと飾っていた。ルミッキは海の底の王国を通りぬけた。丸太小屋の中をのぞき、小さい椅子と、中くらいの椅子と、大きい椅子が置かれているのを目にした。ルミッキは幻の光景にすっかり心を奪われてしまい、部屋の内部の様子がきちんと目に入ってくるまで、少し時間がかかった。いたるところに飲み物のトレイを持ったウェイターやウェイトレスがいる。もちろんどの部屋にも、部屋ごとのテーマに沿った飲み物が用意されており、どれもが幻想的だった。まるで煙を上げているかのようなカクテルもあれば、グラスの底の紫色が上へいくにつれライトブルーに変化しているものもある。ウェイターやウェイトレスの中にはおとぎ話の登場人物の服装をした者もおり、かと思うと全身を金色に塗って生きた銅像に扮《ふん》している者もいた。

招待客はカクテルグラスを片手に部屋から部屋へと歩きまわっている。会話のざわめきの中に、少なくともフィンランド語と英語とスウェーデン語、それにロシア語がまじっているのが聞き取れた。スペイン語も聞こえた気がするが、確信が持てない。

女性のほとんどはルミッキ自身と似たような感じだった。若くて、着飾っていて、この場にいるほかの人間とは面識がないという顔をしている。カスペルのいったとおりだった。金で雇われて男性にサービスするたぐいの女性が、大勢いる。招待客の顔ぶれは中年男性が大半で、高齢の男性がいくらかと、若い男も二、三人いた。夫婦らしき男女も何組かまじっている。ルミッキは少しばかり人生に疲れた印象のいばら姫と王子のカップルに気づいた。姫も王子も、美を保つための刺激的な夢を必要としているのかもしれない。百年の夢が無理ならば、せめて数時間だけでも。

中にはどことなく見覚えのある顔もあった。あの人たちは政治家だろうか？　実業家？　はっきりとはわからない。

ルミッキは、会場全体がどのように分割されているのか、すばやく見極めようとした。一階と二階がパーティー用のスペースとして使われているのはたしかだ。三階には、客が〝休憩〟したくなったら引きこもることができるように部屋が用意されているらしく、地下はスタッフ用フロアのようだ。少なくとも、ウェイターやウェイトレスは空になったトレイを持って地下へ降りていき、新たなグラスを載せたトレイとともにもどってくる。

「こんなものは、受けとってもらえないだろうね？」

振り向くと、グラスをふたつ手にした男性が立っていて、その言葉は明らかにルミッキに向けられたものだった。

男の髪はすでに少々白くなりはじめているが、一般的な物差しで測れば、美形に分類されそうな顔立ちだ。黒い眉、茶色の目、タキシードが実によく似合っている。わざと袖口につけたままにしてあるタグが、ドイツの高級紳士服ブランド、ヒューゴ・ボスのものであることにルミッキは気づいた。つまりこの男は、着るものに金をかけたいと思っているが、ブランドの好みは古典的、ということだ。見た目のイメージどおりだ。年齢的には、ルミッキの祖父でもおかしくないだろう。

男はルミッキのほうへ身をかがめてきた。葉巻とアフターシェーブローションのにおいが鼻につき、後ずさりしたい衝動が込み上げてくるのを、ぐっとこらえる。アフターシェーブローションもヒューゴ・ボスだった。自分がボスだということを、アンダーラインを二重に引いて強調したいらしい。

「このカクテルには、ほかでもない、リンゴが入っているからね」男は低い声で、重大な秘密でも打ち明けるようにいった。「きみら白雪姫たちには、毒だと思うが」

男の日焼けした顔に自己満足の笑みが浮かんだ。最高に気のきいたことをいったつもりなのだろう。

ルミッキは、自分がつくれる表情の中から、少しおばかさん風の、甘えるような、気を引くような微笑を選んだ。

「ええ。あたしたち、リンゴには体質的にアレルギーがあるっていうか。あたしのために、しっかり酔わせてくれて、甘さもちょうどいい飲み物をなにか持ってきてくださったら、おしゃべりを続けたいと思いますわ」

「この冷え込む夜にちょうどいい、体の温まるなにかを、だね」

いいながら、男はルミッキのむきだしの腕に触れ、愛撫するように動かした。

男の手はじっとりと汗ばんでいる。ルミッキは悪寒を覚えたが顔には出さず、心の中にとどめておいた。

「あたしの考えをお読みになったのね」

「おおせのままに」男はいった。「ただし、取ってくるあいだにどこかへ消えてはいけないよ」

「森へ迷い込まないように、気をつけるわ。身長だけじゃなくあっちのほうもサイズが小さい七人の男たちの家で、奴隷にされてしまわないように」

男の顔にいよいよ笑みが広がった。

「もしもだれかが、きつすぎるコルセットを着せようとしたら、私が脱がせてやると約束しよう」

男はウィンクしながらいった。

おやおや、白髪まじりの豹《ひょう》にはグリム童話の独自解釈があるらしい。だけど、いくらおとぎ話に精通していても、ルミッキからポイントを稼ぐことはできない。ポイントだけでなく、なにも出ない。ルミッキは男の広い背中が遠ざかっていくのを見送った。それから、そっと二階へ上がっていった。

3月4日 金曜日

テルホ・ヴァイサネンはあたりをきょろきょろと見まわしていた。ナタリアの姿は見えない。蝶ネクタイが首を絞めつけてきて不快だった。彼はネクタイを緩めた。

招待客の顔を見て、テルホの眉は幾度も吊り上がった。あの人物もここに？　あの人も？　ふたつある夕刊紙の両方と、さらにいくつかのゴシップ誌のページを埋め尽くせるほど、ネタが山積みだ。有名な政治家が、妖精のティンカー・ベルの耳たぶに歯を立てて困らせているのを、テルホは目にした。

このパーティーについて一言でも口外することは許されない、それはわかっていた。密告者は〈白熊《ヤーカルフ》〉の手の者に葬《ほうむ》られる。密告者本人だけでなく、その家族や親類も、知人や友人たちも。だれもがそれを承知している。見せしめにされたいと自ら望む者はいなかった。

テルホはひとりの若い女性が白雪姫に扮しているのに気づいた。服装になんとなく見覚えがある。あれとよく似たイブニングドレスを、エリサも持っていたのでは？　まあ、きっと人気のあるデザインで、おそらく店員に思い込まされたのとちがい、一品ものではなかったのかもしれない。これもまた、金があってもほしいものがすべて手に入るわけではない、という事実を示す例だ。

それでも、金で手に入るものはかなり多い。金があれば、人生を立て直せる。だからこそ、彼はここにいるのだった。

一階の各部屋が、おとぎ話の美と魅力にあふれた世界だとしたら、二階のほうはおとぎ話の残酷な悪夢に満ち満ちていた。

木々の枝が手となって、通りかかった人の腕をつかんでくる。沼の精たちが、人間を底なしの淵《ふち》へおびき寄せようと、誘惑の歌を歌っている。王子のキスでも覚めない夢たち。ある部屋の中は真っ黒で、幻のワタリガラスが威嚇の声を上げながら飛び交っていた。空想の鉤爪《かぎづめ》に髪をつかまれないように、ルミッキは反射的に身をかがめそうになった。

室内には黒服のウェイターがふたりいて、どちらも銀のトレイを手にしていた。トレイに載せられた小さなショットグラスはどれも、黒い飲み物で満たされている。ふたりは低い声でなにごとか話し合っていた。話の内容を聞き取ろうと、ルミッキは飲み物を取るふりをして近づいていった。

「〈白熊〉はどこにいるんだろう?」

「聞いてないのか、あの方はいつも、夜中の十二時になってやっと登場するんだよ」

「あの方だって? おれはてっきり……」

ウェイターの片方が警告のまなざしを相棒に向け、それからルミッキのほうへ銀のトレイをわずかに差しだしてきた。ルミッキはショットグラスを取り、微笑を浮かべると、ふたりに背を向けた。

「〈白熊〉の話をするときは常に〝あの方〟と呼ぶように、それがあの方からの絶対的な指令なんだよ」

ウェイターがひそひそと言葉を続けている。

ルミッキは飲み物が唇に触れる程度にグラスを傾けながら、いま耳にしたことについて考えていた。壁にかけてある大きな時計の、装飾の施された文字盤に目をやる。九時十五分。まだ三時間近くある。

さっきの会話には理解できないポイントがあった。〈白熊〉のことを〝あの方〟と呼んだら、なにかおかしいのだろうか。妙な話だ。真夜中になれば、それも明らかになるだろう。

パーティーの様子を目の当たりにして、〈白熊〉がますます謎めいた存在に思えてきた。

一夜限りの、信じられないような舞台装置を創り上げるためだけに、巨額の金を使う人物。

しかし、招待客の多くはどう見ても、数々のすばらしい部屋の価値を理解していないようだ。彼らにとってなにより重要なのは、飲み物がたっぷり供され、女たちは美しく、色目を使えば応えてくれる、ということなのだ。女たちに応えてもらいたい要求はそれだけにとどまらない。

タキシードを着た豚。

何千ユーロもするスーツや、何万ユーロもする腕時計さえ身につければ、教養人に変身できるとでもいわんばかり。あるいは、そういうものを身につけさえすれば、好きなようにふるまう権利を与えられるといわんばかりだ。金さえあれば、ルールは無用。ルールが無用なら、王になれる。

ルミッキは突然吐き気に襲われた。家に帰りたいと思った。

ハイヒールの代わりに、おばあちゃんが編んでくれたグレーの毛糸のソックスをはきたい。いつもなら無価値な熱い液体としか思わないお茶を、いれてもいい。いまならお茶という飲み物も、気持ちを落ち着かせ、くつろがせてくれる気がする。バラの花が描かれたおばあちゃんの家の壁紙や、髪をおさげに編んでくれるおばあちゃんの温かい手を、思いださせてくれそうな気がする。

唇を注意深くなめてみた。フィンランドの蒸留酒コスケンコルヴァに、サルミアッキで風味をつけたもの、予想どおりだ。刺激的な塩味が吐き気を鎮めてくれる。

ルミッキ、あなたは実際にはここにいない、それを忘れてはだめ。この役柄は、あなた自身じゃない。白いハイヒールと赤いイブニングドレスで部屋から部屋へ歩きまわっているのは、ほかのだれか。このことは、あなた自身には一切関わりがない。
ルミッキは背筋を伸ばした。
ここへは遊びに来たのではない。ここでなすべきことがあるのだ。

22

3月4日 金曜日

ナタリアは寒くはなかった。彼女は百二十八時間前から死んでいた。百二十八時間は、人が生きる歳月の中では笑えるほど短い時間だ。死んでいればなおのこと。ナタリアは、二十年と三か月と二日間、生きた。これからは永遠の時間を死んだまま過ごすのかもしれない。永遠に比べれば、百二十八時間など無に等しかった。

もしもナタリアがまだ生きていたなら、ボリス・ソコロフから初めて連絡があったあの瞬間にもどりたいと望んだろうか。

ナタリアは、当時の恋人だった薬物の売人のドミートリーを介して二度ほどソコロフに会い、この男がビジネスの世界では大物だと知った。トップ中のトップの座にあるわけではなかったが、ボスにはちがいない。影響力を持つ男だ。ソコロフはナタリアに、チームに加わってほしいといってきた。強い酒や薬物に脳がまだ侵されていない、見栄えのよい若い女が必要なのだと。

やり直せるなら別の選択をしたいと、ナタリアは思うだろうか。

あのときボリス・ソコロフに肯定の返事をしなければ、フィンランドへ来ることも、テルホに出会うことも、金の持ち逃げを企てることもなく、命を奪う銃弾を体に撃ち込まれることもなかった。零下十八度の環境に、死んでこうして横たわることもなかった。闇を見つめたまま目を開き、なにかをささやこうとするかのように青白い唇をかすかに開いて。

もしもあのとき、これらのことがすべてわかっていたら、ナタリアは断っただろう。しかし、あのときの彼女にわかっていたのは、娘をいまの家で育てたくはないということだけだった。部屋の隅はかびくさく、段ボールのように薄い壁を通して、隣人たちが言い争う騒々しい声も、同じくらい騒々しい仲直りの声も、筒抜けの家。だから彼女は申し出を受け入れた。すると、ボリス・ソコロフはその週のうちに、ナタリアと母親と娘のオルガのためにもっと環境のよい住まいを手配してくれた。

一年が過ぎた。ナタリアは、モスクワに住む若くてリッチで美しい人々に薬物を仲介し、自分自身も彼らと同じだという気分に浸っていた。若くてリッチで美しくて。

人生ってすばらしいものかもしれない。生きる価値があるのかもしれない。

しかしナタリアは、十九年生きてきた中で、すべてが順調に思えるときはどこからか邪魔が入ることをすでに学んでいた。そのとき入った邪魔は、ボリス・ソコロフとともにフィンランドへ行って現地で仕事をするように、という命令だった。

とはいえ、行く先は首都のヘルシンキだろうとばかり思っていたのだ。そこからなら飛行機で家に帰るのも比較的簡単だ。しかし実際に行くことになったのはタンペレという都市で、ナタリアはひと目見て、哀れなくらい小さな町だと思った。それまでソコロフは、一年の半分をモスクワで、半分をタンペレで過ごしていたのだが、彼もまたフィンランドへ本格的に移住してきた。

〈白熊《ヤーカルフ》〉の指示なのだとソコロフはいった。ナタリアが〈白熊〉の名を耳にしたのは、それが初めてだった。のちに〈白熊〉のパーティーに出席する機会をも得たナタリアは、自分自身の役割など取るに足りないものでしかなく、自分の代わりはいつでも見つかるのだと思い知らされた。

タンペレにいると、ナタリアはここが見知らぬ土地だということをひしひしと感じた。歩き方も服装も、周囲から浮いてしまう。ラビットファーのマフやハイヒールのブーツは、人目を引きすぎた。道行く人はみなナタリアをじろじろと見た。男たちは、金を払うから、と声をかけてきたが、彼らがほしがったのは薬物ではなく、セックスだった。

ナタリアは時折、苦い心で考えた。この町で地元の人々に溶け込みたかったら、着るものは冬なら防寒服、春と秋はウィンドブレーカーの上下と決めて、夏になればひさしのついた帽子をかぶり、足元はクロックスのサンダルの偽物といういでたちで、タンメラ広場に腰を下ろして黒ソーセージ《ムスタマッカラ》を食べる、それしかないのではないか。

この町にはソコロフとその手下のエストニア人以外に知り合いもいなかった。来たばかりのころ、ナタリアは毎晩実家に電話をかけたが、小さなオルガの声を聞いては、恋しさに涙するうちに眠ってしまうのが常だった。

ナタリアはときどき、フィンランド人の高校生たちの姿を目にした。まるで子どもにしか見えなかった。ナタリアは彼らより年上だが、その差は一歳かそこらなのに。

あの子たちみたいな日々を送るのはどんな気持ちだろう、と想像してみた。学校が終わったらカフェに行って、かっこいい男子生徒があんなふるまいをしたのはどういう意味だろうとか、歴史の試験にどんな問題が出るだろうといったことに思いを巡らせる。複数の進学先候補を天秤《てんびん》にかけ、進学の前に一年間、充電期間を取ろうかと考える。ひとり暮らしを始めて自分専用の食器洗いブラシを買いたいとか、高校卒業祝いにはフィンレイソン製のおしゃれなリネン類をプレゼントしてもらって、それで自分のベッドを整えようとか、そんなことを夢に見る。大きくなったらなんになりたいか、それがわからず、なんのために生まれてきたのかと思い悩む。

そのうちにナタリアはテルホに出会った。ソコロフにいわせれば〝われわれの仲間〟ということだったが、しかし彼はソコロフやエストニア人たちとはまったくちがっていた。このビジネスに手を染め、警察の内部情報をリークするようになった、薬物捜査官。

テルホという人、テルホの無骨な手。初めて会ったときからずっとナタリアの胸にあった、彼に対する優しい気持ち。彼はおずおずとしていて、どんなふうにナタリアに話しかけ、どんなふうに手を触れればいいのかわからずにいる、その様子が愛おしかった。それまでに付き合ったボーイフレンドたちや関係を持った男たちとは、少しも似ていなかった。以前の男たちは、ナタリアの体をねじってすぐさま自分好みのポーズを取らせ、やりたい体位を押しつけてきたものだった。

あれは愛だったのだろうか。少なくとも、愛だという感覚はあった。彼と一緒にいると心が安らいだ。テルホは、自宅や家族や、日常の出来事について話してくれた。自分がほしいのもやはりそんな暮らしだと、ナタリアは思った。いまみたいな秘密や恐怖や、過敏になってしまった鼻の粘膜や、鼠蹊部《そけいぶ》に残る針の跡ではなく。

テルホは、ナタリアのために便宜を図る、足を洗えるようにすると約束してくれた。ナタリアは長いことその言葉を信じていたが、何事も起こらなかった。結局、これまでナタリアの人生にあらわれたすべての男たちと同じように、彼もまた守れもしない約束を繰り返しただけだったのだ。

口から出た途端、うそに変わる言葉たち。

ナタリアも、とっくにわかっていていいはずだった。自分以外、だれも信用してはならないと。自分のことは自分ひとりで決断し、その結果は自分で背負うべきだと。

そういうわけで彼女は、ソコロフの家からテルホに支払われる予定の三万ユーロを持ちだして逃げよう、と決心したのだった。彼女は計画を練った。ソコロフに気づかれないように合い鍵を盗みだすことには成功した。身を隠すための小さなコテージも確保できた。手筈《てはず》はすべて整えたはずだった。

あの日曜日、ソコロフと手下のエストニア人たちは夜まで留守のはずだったのに、早めにもどってきてしまった。そのせいで、ナタリア・スミルノヴァはいま、死体となって暗がりの中に裸で横たわっているのだった。

ナタリアは自分の決断の結果を背負っていたが、それは彼女が想像もできなかったほど重いものだった。

ナタリアの一生は、避けようのないまちがった選択の連続だった。まちがった選択が、正しい選択の姿をして、金のトレイに載せられて、バラの芳香を放ちながら彼女の前に差しだされ、彼女には、トレイの下やトレイを手にしたウェイターの背後に目をやるという発想が持てなかった。自分の血が真っ赤なしぶきとなって飛び散るかもしれない白い雪面を、目の前に思い浮かべることができなかったのだ。

そのせいで、ナタリア・スミルノヴァはいま、冷たい場所に独りぼっちで、寒さを感じることもなく横たわっているのだった。

百二十八時間前から、ずっと同じ状態で。

しかし、死んでさえなお、彼女に安らぎは訪れなかった。ボリス・ソコロフが彼女を使ってやろうとしていることが、まだひとつ、残っていた。

3月4日 金曜日

23

ルミッキは急ぎ足で地下へと向かっていた。ときどき後ろにちらりと目をやる。あの男、追いかけてこないだろうか。幸い男の姿は見えない。うまく振り切ったようだ。

ルミッキが、何十種類もの料理がたっぷり並んだビュッフェ・テーブルの前で食事をしていたちょうどそのとき、先ほど色目を使ってきた男がいきなり背後にあらわれて、どこへ雲隠れしていたのかと詰め寄ってきたのだ。

「女のたどる道って、ときに不可解なものなのよ」ルミッキはなまめかしくいった。

男は、一緒に三階へ行ってその女の道とやらを少し詳しく調べてみるのはどうか、と誘ってきた。ルミッキは、まずは食事をしたいから、と突っぱねた。すると男は彼女の腰に手をまわし、こんなにすばらしくほっそりしたウエストを大食いでだめにしてはもったいないね、といった。ルミッキは、朝からなにも食べていないし、あなただってあたしがエネルギー不足で気絶なんかしないほうが楽しめると思うけど、と切り返した。

男は笑い声を上げた。

「いったん火がつけば、きみはかなり獰猛《どうもう》な猫になりそうだな」

そのとおり、あんたの目玉をえぐりだしてやるから。ルミッキは心の中で思ったが、実際には甘い猫の鳴き声で応じるだけにしておいた。それから、持っていた皿を男の手に押しつけ、ちょっと化粧を直してくるといって逃げることに成功したのだ。男は皿を持ったまま満足げな顔でその場に残ったが、食べ物を担保に取っている以上、食べなくては持たないルミッキは逃げられないと思っているのが明らかだった。まぬけもいいところだ。

ルミッキは地下のフロアを見まわした。大きな厨房《ちゅうぼう》があり、聞こえてくる音からすると、何人もの料理人がフル稼働していて、新しい料理がどんどんつくられているらしい。フライパンがジュージューいう音や、包丁がまな板に当たる音、そのほかさまざまな騒音を縫って、大声で指示が飛んでいる。トレイやボウルや大皿を持ったウェイターやウェイトレスが、スイングドアを通ってひっきりなしに出入りしている。ルミッキは人目につかない隅のほうから、料理が運ばれていく様子をしばらく観察しつづけた。

エリサの父親の姿は会場内で二、三度見かけたのだが、後をつけようとするたびに彼はどこかへ消えてしまった。

それがいま、まるで計ったかのように、脇の廊下からテルホ・ヴァイサネンの声が響いてきた。だれかと英語で会話している。相手の男の声も聞き覚えがあるが、どこで聞いたのか思いだせなかった。

ふたりの声が近づいてくる。そのときルミッキは気づいた。あの声を聞いたのは、ピューニッキで誘拐されかけたときだ。あのロシア人だ。

ルミッキは一秒間だけ考えた。

3月4日 金曜日

ここにとどまって、たまたま迷い込んだか、ちょっと好奇心に駆られたかして地下まで来てしまったふりをしようか。ふたりとも、こっちがだれだかわからないのではないか。しかし、いるべきでない場所にいる以上、どうしても目立ちすぎ、注意を引いてしまうはずだ。今後のことを考えると、うまい手ではない。

脇にあったドアを試してみる。ドアは開いた。中の様子を慎重にうかがったが、だれもいない。ただ、チェスト型の大型冷凍庫がいくつか床に置かれているのと、さまざまな酒のボトルを収めたケースが積んであるだけだった。予備の貯蔵室にちがいない。ルミッキは部屋の中へ滑り込み、テルホ・ヴァイサネンとロシア人がドアの前を通り過ぎるまで待つことにした。

ふたりは通り過ぎてくれなかった。ドアの前で立ち止まっている。

「おまえに見せたいものがある」

ロシア人が英語でいうのが聞こえた。

ルミッキは周囲に目を走らせた。部屋にはほかにドアがない。身を隠せる場所もない。ここからは、移動する先も、逃げ道もない。

冷凍庫のほかには。

ルミッキは手近にあった冷凍庫の蝶番《ちょうつがい》式のふたを開けたが、そのとたん息を呑み、あわててふたをもどした。

吐き気が口の中までせり上がってくる。手足が震えている。なにを見てしまったのか、考えるまでもなかった。このパーティーではありとあらゆる夢や幻が創りだされているが、いま見た冷凍庫の中身はまぎれもない現実だ。

別の冷凍庫の中をのぞき込んだルミッキは、安堵のため息を漏らした。冷凍の豆が二袋ほど入っているだけだ。急いで冷凍庫のスイッチを切る。たいした効果はないかもしれない。しかし稼働中の冷凍庫は、体温三十六・三度、重さ五十五キロの肉の塊が入ってくればそれをマイナス十八度に急速冷凍しようとするはずだ。スイッチを切っておけば、少なくとも体温が一瞬にして急降下することは避けられると思えた。

部屋のドアのハンドルが動くのが目に入った。

ルミッキが冷凍庫のへりに足をかけて中に入り、できるだけ楽な姿勢を取ってふたを閉めた瞬間、ふたりが部屋に入ってきた。

たちまち冷気がルミッキのむきだしの肌に食い込みはじめた。建物の中にいてさえも、厳しい冷え込みからは逃れられないらしい。今年の冬は呪われている。


テルホ・ヴァイサネンは苛立っていた。よりによっていま、ボリス・ソコロフのゲームに付き合ってやる気になどなれない。それよりも、〈白熊《ヤーカルフ》〉を納得させ、妥当な金額の手切れ金を支払ってもらうため、戦略を練り上げることに集中したかった。〈白熊〉に対しては、ゆすりや脅しは通用しないといううわさがある。試みた者は大勢いるが、ひとりとして成功した者はいないらしい。

つまり、テルホとしては交渉するしかないのだ。

「ナタリアはどこにいる？」テルホは英語で聞いた。

ボリス・ソコロフは歯を見せた。笑顔のつもりだったのかもしれない。

「それこそが、おまえに見せたいものだ」ソコロフが答えた。「おまえの雪の女王は、ここにいる」

ソコロフがいちばん手近にあった冷凍庫のふたを開けるのを、テルホは怪訝《けげん》なまなざしで見守った。

3月4日 金曜日

エリサの父親が、うぐっ、と嘔吐するような音を喉から発するのが、ルミッキの耳に届いた。彼がなにを目にしたのかルミッキにはわかっている。あの映像は網膜に焼きついておそらく永遠に消えないだろう。今後見る悪夢に素材を提供するだろう。

あの冷凍庫の中には、全裸の若い女性が死んで横たわっていた。

両目を見開いて、顔は灰色に見えるほど青ざめて、唇にはどす黒く乾いた血が少しついている。腹部に大きな穴が開いていた。

「いったい……いったい、あんたたち、彼女になにをした？」

エリサの父親が声を震わせてたずねている。

「警察官なら射殺体くらい見たことがあると思っていたがな」

「しかし……なぜこんなことを？」

「本当に知らなかったと言い張るつもりか？　ナタリアは金を持ち逃げしようとした。おまえの金だ。おれたちの金だ。だからおれたちの手でナタリアを止めてやった。まさか、ビニール袋に入れた血染めの金を受けとったとき、想像がつかなかったわけではあるまい？」

「金、金というが、どの金の話をしている？」

「おまえの報酬のことだ」

「畜生、報酬など、おれは一切受けとっていない」

「だとしても、それはおまえの問題だ、こっちの問題ではない。報酬を届けたのは二月二十八日の深夜、取り決めてあったとおりだ。一年に三回、事前に決めた日付。ただ今回は、森の中に隠すのでなく、おまえの自宅まで届けてやっただけだ。きめ細かいサービスで驚かせてやろうと思ってな」

「これは……おぞましいことだ」

「これは現実だ。こっちとしては、ナタリアが金を持ち逃げするのを見逃すわけにいかなかった。三万ユーロの金はまだ、失ってもさほど痛手ではないかもしれんが、情報を漏らされる可能性はおれたちには痛手だ」

「もう……もう……」エリサの父親は言葉を探している。「もうこれ以上、あんたともあんたの手下とも、なんであろうと一緒にやるのはごめんだ。絶対にだ。わかったか？　こんなことがあってはならない。人が死ぬなんて、あってはならないことなんだ」

「だが、死んだ。まずはナタリア、次にヴィーヴォも」

「ヴィーヴォ・タムが?」

「〈白熊〉《ヤーカルフ》の手の者にな。たいしたことではない。ときには成り行きでそうなる。おまえもこの件にはプロとして対応したらどうだ。損失は常に生じる。貨物が消え、金が盗まれ、人が死ぬ。それはビジネスの一部だ」

「プロとしてだと? プロとしてだと? くそっ、こんなことにプロとしての対応などできるものか。あんたは人を殺したんだぞ!」

テルホ・ヴァイサネンの声がひび割れているのがルミッキにもわかった。彼は感情の抑えがきかなくなりつつある。

ルミッキは手の指の感覚がなくなりかけているのに気づいた。足の指はすでになにも感じない。

幸いなことに、酸素だけは冷凍庫の中にたっぷりあった。いまのところは。

「おれは信用できない手駒《てごま》を排除しただけだ。それからな、テルホ・ヴァイサネン、忠告しておいてやろう。おれに歯向かうのはやめておけ。おまえの大事な売女の傍らに、おまえが横たわるための場所を用意してやることなど、おれにとっては造作もない。必要とあらば、おれがこの手でやってもかまわん」

テルホ・ヴァイサネンは笑い声を上げた。その声は必死の響きを帯びている。

「だが、あんたにはおれが必要だろう。もう十年も、必要としてきたじゃないか」

「たしかに、われわれの協力体制は文句のつけようもないほどうまく機能してきた。おまえはこっちに情報を流し、こっちからはおまえに必要なネタを提供してやる。こっちの薬物取引のビジネスは絶好調、おまえの薬物捜査課はすばらしい成績を上げる。互いに利益を得る、ウィン－ウィンの関係というやつだ。おまえが昇進したのも、おれのおかげだろう。だがな、テルホ・ヴァイサネン、おれにはおまえなど必要ない。おれにとっておまえなどハエの糞だ。新たな情報提供者くらい、おれが望めばいつでも見つかる」

「それを聞いてうれしいよ、だったらおれは降りてもいいだろう」

「おまえがいつ降りるかは、おれが決める」

「いいや、ボリス・ソコロフ、そうはいかない。おれは降りる、それに対しておまえはなにもできない、そういうことだ」

　ふたりのあいだに沈黙が訪れ、それが耐えがたいほど長く続くのを、ルミッキは聞いていた。

「ふん」しまいにボリス・ソコロフが声を漏らした。「おまえが本当に降りたとして、この先おれたちを裏切って密告しないという保証はどこにある？」

「おれを信じてもらうしかない」

「それではだめだ。どうすべきか教えてやる。もしも裏切ったら、おまえはけちな自宅の冷凍庫の中にかわいい娘の姿を見つけることになる、そういう条件でなら、おまえの言葉を信じてやってもいい」

「この野郎……」

ルミッキの耳に激しい物音が飛び込んできた。エリサの父親がボリス・ソコロフにつかみかかったにちがいない。しばらくのあいだ荒い息づかいが聞こえていたが、やがて静かになった。

「必要とあらばこの手でやるといったのは、単なる脅しではないぞ」

ボリス・ソコロフは息をはずませている。

「わかった。わかった。よくわかったよ。そいつはしまってくれ。かっとなってしまって、すまなかった」

「忘れるな。冷凍庫の中の娘だ。この先、ばかなまねをしでかしたくなったら、そのイメージを胸に思い描け。おれは直ちにイメージを現実に変えてやる。おれの言葉は、常に信用してもらってかまわん」

その後ドアが開き、ふたりが部屋から出ていくのが音でわかった。

一秒でも早く動かなくては。

冷気はすでにひどく体をこわばらせているし、肌が庫内についた霜に触れて冷え切っている。ルミッキは手を伸ばして、冷凍庫のふたを押し上げようとした。

そのとき再びドアの開く音が聞こえた。ふたり分の足音。フィンランド語でしゃべる興奮気味の声。

「まったく、どうやったらこんな量の酒を消費できるのか、おれには理解不能だよ。スポンジに染み込むような勢いじゃないか」

3月4日 金曜日

「慣れるしかないさ。しかも、こんなのは序の口だ。真夜中になってみろ」

ウェイターだ、とルミッキはすばやく判断した。

「いますぐ必要なのは、どの酒だろう？」

「シャンパンだよ。宵の口のあいだは、こいつがいつでもいちばん人気だ。そのうちに、ワインの白と赤がだいたい同じくらい出るようになる。いまは冬だから、赤のほうがちょっと多いだろうな。真夜中を過ぎると、ウィスキーとか、強いやつが好んで飲まれるようになる。ラムもびっくりするほど出るぜ。もちろんスピリッツ系もな。宵の口から明け方までずっと同じ酒ばかり飲みつづけるやつもいるが、たいていは目先を変えたくなるんだよ」

さっさとシャンパンを持って出ていって。ルミッキは心の中で彼らに命じた。おしゃべりはよそでやってもらいたい。

「ちっ。まただれかが、赤ワインのケースをシャンパンのケースの上に載せやがった。シャンパンを上に、赤は下にと、あれほどはっきりいったのに。いま話したとおり、客が赤を飲みはじめるのはある程度時間が経ってからなんだよ」

「まあ、そう怒るなよ。たいしたことじゃないだろ。どかせばすむじゃないか」

「おれにとっては、たいしたことだよ。ごく基本的な指示さえ守られていないんじゃ、このパーティーはめちゃくちゃになる。いいか、夜が更けるにつれてこの会場がどれほどすさまじい状態になるか、おまえはわかっちゃいないんだよ。さながら地獄だぞ。飲み物は両手で運ぶしかなくなるし、それでも常に足りないんだ。どこかのまぬけがこっちの仕切りに口を出してきて、ヴィンテージのブランデーを探しまわることにでもなった日には、まったく楽しいったらありゃしないよ」

「だったら、さっさと仕事にかかろうぜ」

あんたのいうとおりよ。

ルミッキは進んでワインのケースに手を伸ばしたらしいウェイターに感謝した。ボトルがぶつかり合う鈍い音が響く。

「床に下ろすなよ。そこに置いても邪魔になる。この冷凍庫の上に載せておこう」

「中に重要なものは入っていないよな？　じきに必要になりそうなものってことだが。ワインのケースをまた上げ下ろしするのは、かなわないよ。なんせ、このケースときたら、人類の罪と同じくらい重いからな」

「前からある冷凍野菜の袋がいくつか入っているだけだ。一時間前にチェックしたよ」

「でも、おれがもう一度……」

そういったウェイターが冷凍庫のふたの取っ手をつかんだのを、ルミッキは音の感じで悟った。

頼むからふたを開けないで。やめてやめてやめて。

そのとき、なにか重たいものが、ふたの上にドスンと置かれた。

「ばか、なにしやがる！　おれの指が下敷きになるところだったじゃないか」

「ああ、でもセーフだったろ。手伝ってくれるのか、それともおれひとりで全部やらなきゃならないのか？」

「まあまあ……」

再び、ドスンという音。三つめ。四つめ。赤ワインのボトルがぎっしり詰め込まれたケースが、四つ。

「さあ、とっととシャンパンを持っていこうぜ」

ふたりがそれぞれケースを持ち上げたらしく、ボトルのぶつかり合う音が響いた。足音がドアのほうへと遠ざかっていく。

「あれ、ちょっと待ってくれ」

ひとりがそういって、きびすを返したようだ。冷凍庫のそばへもどってくる。カチッと音がして、ブーンという音とともに冷凍庫の電源が入った。

「だれかがうっかりスイッチを切ったんだな。冷凍野菜しか入ってないとはいえ、スイッチは入れておいたほうがいい。いつなんどき、百キロ分のヘラジカのローストを放り込むことになるかわからないからな」

足音が再びドアへ向かっていく。ドアが開けられ、閉められた。貯蔵室の中にいるのはルミッキただひとりになった。

隣の冷凍庫の中に横たわっている、ナタリアという名の女性を数に入れなければ、の話だが。

凍りついた死体の数は、じきにふたつになりそうだった。

24

3月4日 金曜日

「行けっ！　やるだけやれっての。発見される前に相手の頭をぶちぬくんだよ。どんどんポイントが減ってるじゃねえか」

「黙ってろ！　おれはベストを尽くしてるんだ。おまえがうるさくするから、集中できないんだよ」

「いまだ！　いまだよ！　撃て！　ああ、畜生。撃てってば！」

「やったっ！　脳みそを飛び散らせてやったぜ、このまま根こそぎにしてやる」

「だから、さっさとやれっての」

エリサはこめかみと後頭部がずきずき痛むのを感じていた。彼女はノートパソコンの前にすわり、画面の赤い点を見つめていたが、その点はもう長いこと同じ場所にとどまっている。

大丈夫、きっと心配ないわよ。ルミッキが目的地に到着して、パーティー会場に入れたことを意味しているはず。仮にルミッキがトランクから出られないでいるとしたら、とっくに携帯で電話をかけてくるか、ショートメッセージを送ってくるかしているはずだもの。

ルミッキが運転手かだれかに見つかってしまい、しばらくのあいだトランクに閉じ込められている、といった可能性を考えることを、エリサの頭は拒否していた。

指先が無意識のうちに口元に触れ、エリサは爪を深く噛んだ。ピンクに黒で模様をあしらったジェルネイルは、もうぼろぼろになっている。しかしそんなことはかまわなかった。ネイルアートなど、いまの彼女には本気でどうでもいいものだった。

「ついにこの部屋の壁も真っ赤な血しぶきで塗りたくるときが来たな。今日はついてるぜ！」

エリサは忍耐の限界を超え、壁のコンセントにつかつかと歩み寄るとプレイステーションの電源コードを引きぬいた。トゥーッカとカスペルの抗議の声が、騒音のせいでよく聞こえなくなった耳にわんわん響く。

まったく、ゲームで遊ぶしか能がないんなら、家に帰ってやってよ。ふたりともガキなんだから。

「いままさに記録更新するとこだったのに」カスペルが文句をいった。「敵をばたばたなぎ倒してたんだぜ」

「あんたたち、いまはこっちに集中すべきだって考えすら起きないの？」

エリサはパソコンの画面を示しながらいった。

「おまえなあ。その画面は、もう二時間も前から動きがないじゃないか。すべて計画どおりなら、今後もそのまんまだよ。いまの時点で、おれたちがルミッキのためにできることはなにもないさ。それとも、三人そろってその画面をじーっとにらんでれば、ポジティブなエネルギーとパワーの波動をあいつに送ってやれるとでも？」

そういいながら、トゥーッカはエリサの後ろにまわり込んできて肩に両手を置いた。エリサはそれを振り払った。

いまはトゥーッカに触れられるとぞっとしてしまう。彼の存在自体にぞっとする。かつてトゥーッカに恋していたなんて信じられない気がするし、ほんの数日前までは、それぞれ相手をとっかえひっかえして自らの魅力と吸引力を存分に証明し終えたら、自分たちは元のさやに収まるかも、と思っていたことも信じられない。自分たちふたりは、今世紀最大のラブストーリーの主役、燃え上がる情熱そのものかもしれない、そんなことを考えていたなんて。トゥーッカがいなければ、エリサはいまこうしてルミッキの居所を示す赤い点を凝視していることもなかった。ルミッキの身を案じ、父親の身を案じて恐怖に震えることもなかった。トゥーッカが、あのお金をもらっておこうといいだしたのだ。トゥーッカが、学校へ行ってお金を洗えばいいなんて思いついたのだ。

もちろんエリサにも、こんなふうに考えるのはフェアではないし、いま感じている最悪の気分をトゥーッカのせいにするのはおかしいことくらいわかっていたが、苦い思いをぶつける相手には父親でなくトゥーッカを選んだほうが、気持ちの上でまだ楽だった。

パパ。父親のことを話そうとすると、エリサのパパはね、といまだに子どもの口調になってしまう。

エリサは小さいころから父親っ子だった。ママのほうは、エリサが物心ついて以来長期の出張が多かったから、余計にそうだった。エリサとパパはふたりでいろんな楽しいことを考えだした。家中のマットレスや毛布や枕をリビングに運び込んで大きな要塞をつくり、ときにはその中で一緒に眠ったりした。

テディベアの顔の形をしたオムレツを焼いてくれたパパ、熟女歌手パウラ・コイヴニエミの歌謡曲を熱唱していたパパ。エリサがつまらないおしゃべりをとめどなく続けても飽きることなく聞いてくれ、とんでもないアイディアを思いついてもけっして渋い顔はしなかったパパ。

エリサが幼い恋に破れたとき、胸の痛みを泣きながら打ち明けた相手もパパだった。ふたりで最後にスター・ウォーズ・マラソンを開催してから、まだ一年も経っていないのに。ふたりの映画鑑賞マラソンはいつも、銀河間のポップコーン・ウォーズで終わり、そのたびにママはあきれて目玉をぐるっとまわした。

このところの出来事は、エリサが知っていた父を彼女の手から奪い去った。代わりに、若い女とふたりで母を裏切り、危険な犯罪に手を染めている、見知らぬ男があらわれた。エリサは父の目をまっすぐに見て問いただしたかった――「テルホ・ヴァイサネン、あなたはいったい何者なの?」

エリサはルミッキの身を案じて恐怖にさいなまれていたが、同時に、ルミッキがなにを明らかにしてしまうか、それを恐れてもいた。エリサの人生からは、最も安全で、最も信頼できる部分がもぎ取られてしまっていたし、この上さらに暴きだされる事実に耐えられるのか、自信がなかった。しかし、耐えるしかないだろう。

カスペルは携帯をいじっていたが、突然目を上げてエリサとトゥーッカを見た。

3月4日 金曜日

「ああ、やばい。いまになってひとつ思いだした」

エリサの心臓がまたしてもドクンと跳ね上がった。

「なんなの？」

「携帯を持ったままパーティー会場に入れてもらえるやつは、まずいねえんだ。〈白熊《ヤーカルフ》〉はその手のことにものすごく厳しいらしい」

「それをいまごろ思いだしたってわけか！」トゥーッカが声を荒らげた。「それじゃ、あいつはどうやっておれたちに状況を知らせてくるんだよ！」

しかしエリサは落ち着いていた。

「そんなことでルミッキが困るとは思わない。大丈夫、彼女なら、無事でいるって知らせる手段をなにか考えだすはずよ」

「あいつのこと、ずいぶん信頼してるんだな」トゥーッカが探るような目をエリサに向けてきた。

あんたたちより、よっぽど信頼してるわよ。エリサは心の中でつぶやいた。

もちろん、大きな家の中、独りぼっちでパソコン画面の赤い点を見つめていなくてもすんでいることについては、ふたりに感謝している。しかし、今回のことが終わったら、トゥーッカとカスペルには一方的に絶交を言い渡そうと、エリサは心に決めていた。三人組はもう完全に解散だ。

エリサの目は再び赤い点に吸い寄せられた。ルミッキはいま、どうしているだろう。なにを考えているだろう。エリサの手はブロンドの髪のひと房をもてあそびはじめ、やがてその毛先が口に突っ込まれた。髪の毛をいじっていると落ち着くのは子どものころからのくせだ。これをやるとトゥーッカがいやがることは知っているが、かまわないと思った。

「もしもあいつが、無事でいると知らせてこなかったら……」

カスペルは最後までいわず、言葉は中途半端なまま空中に漂った。

「そのときは、最初の計画どおりに動くまでよ」

エリサは声に余裕と自信をにじませようと努力しながら返事した。

「あいつ、位置情報の発信機はどこに装着してるんだ？」トゥーッカが聞いた。

「太ももよ」エリサが答える。「ガーターベルトにつけてるの」

「もしもだれかに気づかれたら？」再びカスペルが口を開いた。「だれかが発信機をはぎ取って、ごみ箱に捨てちまって、ルミッキは殺されてて、戸棚に押し込まれてるか、じゃなきゃどこか遠くへ車で運び去られたかもしれないぜ。そうじゃないって、どうしてわかる？」

エリサは椅子から立ち上がった。

カスペルを殴ってやりたい、せめてこいつのおでこを人さし指でバチンとはじいてやりたい。

「そういう口をきくのは、いますぐやめてよ。そんなことといってても、なんの助けにもならないじゃない。いい、あんたたちふたりとも、まともなことを思いつくまで口を閉じていてもらえるかな。ルミッキはパーティー会場にいて、なにもかもうまくいっていて、ことは計画どおりに運んでいるはずよ。あたしたちがここで気をもんでいるのを知ったら、ルミッキはきっと大笑いするに決まってる」

エリサは荒々しい足取りでキッチンへ向かった。なにか気持ちを鎮めてくれるものがほしかった。ママのワインボトルが並んでいるラックに目がいった。一本くらいなくなったって、ママは気づかないだろう。赤ワインをグラスに二、三杯飲めば、頭に浮かぶ考えも少しはほぐれ、恐怖もちょっぴりやわらいで、楽になるかもしれない。

エリサの指はもう、ワインボトルの首の部分を無意識のうちになでていたが、彼女はもうひとつの選択肢を取った。

だめよ、頭をはっきりさせておかなくちゃ。ルミッキが助けを求めてきたときに、対応できる自分でいたいから。

3月4日 金曜日

25

ケースひとつにつき、赤ワインのボトルが十六本入っている。ケースの数は全部で四つ。ボトルは七百五十ミリリットル入りのガラス瓶だ。ガラス製のワインボトルが空の場合、その重さは四百五十グラムだと、ルミッキはなにかで読んだ覚えがあった。ケース自体の重さも計算に入れると、冷凍庫のふたの上に載せられている物体の総重量は、およそ七十七キログラム。

愉快な話とはいえない。

以前、フィットネスジムのレッグプレスで百キロのウェイトを上げたことならある。しかし、これはレッグプレスマシンではない。大型冷凍庫だ。

ルミッキはハイヒールの靴を脱ぎ捨てた。それから、腰を冷凍庫の底面で可能なかぎりしっかり支え、両足の裏でふたの裏面をどんと蹴った。ぐっと押し上げようとした。

びくともしない。

低体温症。人体の場合、体温が摂氏三十五度を下回ったときに陥る状態。

症状——悪寒、冷感覚、協調運動障害、筋肉の震え。

さらに体温が下がると、冷感覚は消え、筋肉の震えは治まり、意識が低下する。呼吸の回数が減り、脈が遅くなる。体温が摂氏三十度を下回ると、不整脈のリスクが飛躍的に高まる。

人体には自己保全のメカニズムが備わっているため、温かい血液は重要な臓器のほうへ供給され、冷たい血液は末梢《まっしょう》へまわされる。そのため手の運動能力が失われはじめる。体を動かすことが次第に困難になっていく。

手足をむやみに動かすと、冷えた血液が体内を循環することにつながる。冷えた血液が心臓に到達すると、心筋が冷えて心室細動が引き起こされ、死に至る場合もある。

ルミッキは厳しい寒さに不慣れというわけではなかった。

去年の秋、あの別れを体験した後で、彼女はタンペレ市内のナシヤルヴィ湖畔に立つカウ

3月4日 金曜日

ピンオヤ・サウナに足を運ぶことを覚え、泳いだりサウナに入ったりするようになった。湖の水が冷たくなればなるほど、ますます気持ちがよくなっていった。やがてナシヤルヴィ湖が結氷し、氷に開けられた寒中水泳用の穴に生まれて初めて身を沈めたとき、その体験は忘れがたいものになった。

氷に開けられた穴の中で泳ぐのは、薬物のような効果があった。薄氷のかけらが浮かぶ水から上がり、体中を熱が駆け巡るのを感じると、血管の中で脳内麻薬とも呼ばれるエンドルフィンが歌いはじめ、頭の中は酔いがまわりだしたかのように少しくらくらする。すばらしい感覚だった。もっと、もっと、もっと味わいたくて、たまらなくなった。

この公共サウナでルミッキは異色の存在だった。常連客のほとんどが年配の男女で、蒸気の上がった室温百二十度のサウナ室の中にすわっている彼らは、一部はニット帽をかぶり、全員が寒中水泳する際の正統的な装いである軽い靴を履いている。ルミッキはまだ、そういうアイテムを手に入れるところまでいっていない。

サウナにいるおじいちゃんやおばあちゃんたちは、彼女のことをたいてい〝お嬢ちゃん〟と呼んだ。この呼び名にはなんの不満もない。自分以外に二十歳以下の人が来ているのを、ルミッキは一度も見たことがなかった。たまに三十歳過ぎの男女のグループがやってきて、結婚式前夜のパーティーを開いたり、そうでなくてもにぎやかに騒いだりしているくらいだ。

寒中水泳用の穴の中の雰囲気はいつも穏やかだった。泳ごうという人たちは根性が据わっていて、悲鳴を上げたりうめいたりすることなく凍てつく水に入っていく。何度か水を掻き、水から上がるとしばらくサウナの建物の前に立って、体中から水蒸気が立ちのぼるままにする。ルミッキはそのひとときを愛した。

いままで生きてきた中で、神聖と呼べるものにはほとんど出会わなかった彼女だが、クリスマスを一週間後に控えてサウナへ行った夜、テラスにはランタンの明かりがともり、空には星が輝き、寒中水泳の後で体の細胞のひとつずつが完全に目覚めていて、そんな彼女を不思議な感情がとらえた。それは、感謝と、憧れと、さびしさと、幸福感がまじり合った感情で、そこには神聖なるもののかけらが存在していたのだ。

星々を見上げ、重たげに雪をかぶったトウヒの木々が厳かにどっしりとそびえ立っているのを見つめていたその瞬間は、彼女だけに与えられたクリスマスの平安だった。

しかし、寒中水泳で氷のように冷たい水に入るのは健康によい行為であっても、冷凍庫の中に横たわるのは、いかなる場合であれそうではない。摂氏零度の水と、零下十八度の冷凍庫とでは、わけがちがう。

たったいまルミッキが考えていることといえば、保健の授業をあんなに熱心に聞くんじゃなかった、ということだった。酸素が不足した結果なにが起きるか考えるのはやめろと、自分の脳に命令を下す。いまはふたを押し上げることに集中しなくては。手足をむやみに動かすことになろうと、冷凍庫内部の酸素を急速に消費してしまおうと、どうせ同じだ。

両足はまるで凍りついた木の幹のようになっている。

ルミッキは大きく息を吸い、足に渾身の力を込めて、押して、押して、押しつづけた。

ふたがわずかに持ち上がった。しかし、ほんのわずかだ。それ以上足に力を入れていることができず、ふたは再びしっかり閉じてしまった。

ルミッキの目に、涙が勝手に浮かんできた。なにがあろうとここで泣きだすつもりなんかないのに。ただ、絶望を感じるだけだ。なにもかもここで終わりだと思うと、あまりに理不尽で、無力感を覚えた。こんなところで死にたくない。タンペレで過ごすうちに、ようやくまた人生が生きるに値するものだと思えるようになってきたのに。

ガラスの棺《ひつぎ》の中の白雪姫。永遠に覚めない眠りに落ちて。

だめ、この物語はそんな展開にはさせない。

ルミッキはかつての自分がどんな少女だったか思い浮かべた。いまの自分がどんなふうかも。あきらめたことなんか、これまでに一度だってなかった。暗黒の日々にあってさえも。

ルミッキは少し姿勢を変えた。固く目を閉じて、すべての力を足の筋肉に集める。スクワットやランジといった筋トレも、レッグプレスも、ジョギング中に上り坂でおこなうスタートダッシュも、意味もなくやってきたわけではないのだ。

筋肉が悲鳴を上げている？　上げさせておけばいい。この痛みは、効果を伴う、いい痛みだ。さあ、もう一度。音楽に合わせて歌ってもかまわないから！

ルミッキは両足でふたを押して、押して、押しつづけた。足の筋肉が震えている。太ももが燃えるように痛む。ぎゅっと閉じた目の裏側に、奇妙な模様があらわれては消えていく。

ふたが持ち上がりはじめるのを感じた。ここであきらめたりしない、筋肉を休ませはしない。やがてワインのケースがふたの上を動く音が聞こえ、ケースがひっくり返って床に落ちる音が聞こえた。ガラスの割れる音を、ルミッキは聞いた。

ガラスの砕け散る音は、さながら妖精たちの魔法の鈴が鳴り響く音だった。この世で最も美しい音。

ついにルミッキは体を起こし、ふたを完全に押し上げた。寒さと疲労で体が震えている。床には赤ワインとガラスの破片が波打っていた。ハイヒールを履き直し、冷凍庫から外に出る。ハイヒールの靴は床に触れる面がごく小さく、いまはそれが幸いだった。ガラスの破片を避けながら、慎重にドアへ歩み寄っていく。

いまになってようやく、ルミッキは気づいた。大声で助けを求めてもよかったのだ。おそらくだれかが聞きつけてくれただろう。

しかし、その選択肢は一度たりとも彼女の心に浮かばなかった。助けを求めて叫ぶなど、これまでに一度もしたことがなかった。

ボリス・ソコロフは、パーティーの出席者たちがますます羽目を外しはじめたのを、少し隅のほうから眺めていた。グラスからゆっくり味わっているのはジャックダニエル、愛飲のウィスキーだ。〈白熊《ヤーカルフ》〉が覚えていてくれたのだ。いまは仕事中ではなかったから、ボリスは飲み物と目の前の光景を心ゆくまで楽しんでいた。

美しい女たちは、いつ見てもいいものだ。しかし、女たちを眺めていると、自分は彼女らの父親でもおかしくない年齢なのだと否応なく気づかされ、一抹のさびしさも覚えた。彼女たちとは、一夜限りの関係なら持てるだろうが、それ以上にはなれない。

長く続く、まともなパートナーシップをだれかと築く可能性は、ボリスの人生からとっくの昔に消え去っている。この先には、ジャックダニエルだけを信頼できる友として過ごす、何十年もの孤独な歳月がはるか彼方までかすんで見えているだけだ。

〈白熊〉は、自分の主催するパーティーから違法な要素を完全に排除しておきたがった。これもまた、実に賢明な予防策といえよう。警察がぬき打ちで踏み込んできたとしても、なんらかの罪で逮捕される者はひとりも出ない。酒であれば、いくらじゃぶじゃぶ消費されようとかまわないのだ。

ボリスは時折、自分が薬物を憎んでいると感じることがあった。

たしかに薬物は、彼に仕事と快適で裕福な暮らしをもたらしてくれた。ルスコ地区の、近くに目障りな人家がない場所に、一軒家を手に入れることもできた。影響力も手に入れた。女たちさえも。加えて、精製したブツをちょっと楽しむ機会があれば、それを拒みはしなかった。注射器には一度も手を伸ばしていないが。

それでも人生はストレスの連続だった。貨物が確実にフィンランドに届くよう、神経をとがらせていなくてはならない。薬物の流通を仕切り、売人どもをきっちりと支配下に置き、新たな客を開拓し、古くからの客が垂れ込みをしないよう駆け引きしなくてはならない。手の中には常に、操るべき糸が多すぎるほどあった。ボールが次々と手から床に落ちた。

以前なら、自分の縄張りから、セルゲイとか、ヨルゲとか、マハムードとか、ペッテリとかいった名前を持つ人間を排除すればよかった。いまどきは、「.com」だの、「.nl」だの、「@hotmail」だのを相手に闘わねばならない。

従来の薬物に加えて、法の網を巧みにすりぬける、いわゆる類似麻薬が台頭し、一部ではそちらのほうが多くなりつつあるのだ。この手のクスリは、自宅のパソコンの前にすわったままネットで簡単に注文できるし、送られてきたのを郵便局に取りにいけばいいだけだ。これらと競って勝てる望みはなかった。

〈白熊《ヤーカルフ》〉は、ターゲットとすべき顧客層は裕福で美しくて成功している人々だ、というコンセプトを持っており、それはたしかにすばらしい考えだったが、実際にはそればかりというわけにもいかなかった。ビジネスとしてやっていくには、現金でしか支払いのできない、社会の底辺にいる人間にも薬物を売らねばならない。

金をつくるためにノートパソコンを売り払ったり、物々交換で薬物を手に入れるためにパソコンを手放したりした連中。銀行口座の入出金の動きを、社会福祉局に厳しく監視されている連中。ネットで薬物を注文することが不可能な連中。

ビジネスがこれほど危険に満ちていなかったら、ボリスはナタリアを殺さずにすんだだろう。彼は彼なりにナタリアのことを心にかけていたし、その思いは彼自身が自認しているよりはるかに深いものだった。ナタリアがテルホ・ヴァイサネンと密会しているのも、リスクがあるとわかっていてなお、見て見ぬふりをしてきたのだ。

同時にボリスは、いずれテルホを懲らしめてやるときが来たら、ナタリアとの関係は彼をきりきりと締め上げるためのネタのひとつとして使えるだろうと計算してもいた。

愚かな警察官が、降りるなどとぬかしやがって。まあ、見ていろ。どうせ、テルホ・ヴァイサネンは這いつくばりながらもどってきて、これまでどおり続けさせてくれと懇願するにちがいない。そのときはもちろん受け入れてやるが、条件はもっと厳しくする。あの警察官には、今日まで少々いい思いをさせすぎたのかもしれない。金が届いていないと騒ぎ立てるなど、あの男の甘ちゃんぶりには驚かされる。

いや、あの男の言葉はひょっとすると事実なのかもしれない。あいつの自宅の庭から、夜中のうちに金の入ったビニール袋を闇に紛れて盗んだやつがいるのかもしれない。

しかしボリスにとって、そんなことはどうでもよかった。あの金はテルホに支払われたものであって、消えたからといってボリスが嘆き悲しむ理由はない。重要なのは、もうテルホ・ヴァイサネンも使えそうにない、という点だった。今後、あの男がたいした報酬を得ることはないだろう。

3月4日 金曜日

ナタリアが道を踏み外さずにいてくれさえしたら。安心で安全な未来が彼女を待っていたのに。ボリスの右腕になれる可能性もあったのに。しかしナタリアはそわそわするようになり、なにやら夢を見はじめた。それをボリスは彼女の中に見て取り、表情や声の調子から感じ取った。一度モスクワに出かけただけで、ナタリアの弟に洗いざらい吐きださせることができ、彼女の計画の全貌が明らかになった。

ボリスとしては、自宅に現金を置いておくのを避ければ、それでもうナタリアの計画を頓《とん》挫《ざ》させることができたはずだった。しかし彼は、ナタリアの忠誠心をテストしたかった、試したかった、それがどれほどのものか測りたかったのだ。計測器の数字は降下してマイナスを指した。ボリスは最後まで、ナタリアが目を覚ますことを願っていたにもかかわらず。ナタリアはボリスに、彼女を排除するという選択肢しか与えてくれなかった。遺憾なことだった。ボリス・ソコロフは、この世界でナタリアにだけは自分を裏切ってほしくないと願っていたのだから。

ジャックダニエルの喉ごしはなめらかで温かかった。しかし、喉になにかがつかえている気がして、ボリスはひと息に飲み下すことができなかった。

死体を始末するのは明日にしよう。今日は手を汚す仕事にふさわしい日ではない。

26

真夜中が近づいていた。パーティーはますます騒がしく、うわついた雰囲気になってきた。音楽が大音量で流れている。飲み物はシャンパンからもっと強い酒に変わっている。女たちの化粧が崩れはじめている。男たちは蝶ネクタイを緩めていた。

それでもまだ、完全にわれを忘れるのは早かった。あらゆる礼儀をかなぐり捨て、無料でふるまわれる酒を飲めるだけ飲み、人にけんかを吹っかけ、〝休憩〟するために最上階へと消えていく、そんな状態になるのはまだ早い。この後に、今夜の最大のイベント、クライマックスが控えているのだ。

〈白熊《ヤーカルフ》〉の登場が。

ルミッキが会場に残っているのも、それが理由だった。

冷凍庫から脱出した後、彼女は女子トイレに飛び込んで鍵をかけ、ドレスを脱ぎ捨てて便座の上に立つと、便器の脇に設置されているハンドシャワーを使って温水を浴びた。少しずつ手足の感覚がもどってきてくれた。その後ペーパータオルで体をふき、再びドレスを身にまとって化粧を直したが、化粧はほとんど完璧なままで驚くほどだった。エリサはメイクアップアーティストの道を真剣に考えるべきかもしれない。少なくともエリサはルミッキのために、飲んだり食べたりはおろか冷凍されても落ちない戦闘用の化粧を、魔法のように施してくれたのだ。

トイレの前では不満顔の女性たちが列をなして待っていたが、ルミッキはなにもいわず、悠然と眉を上げてみせるだけにしておいた。

ルミッキはもう、ここから立ち去ってもかまわないはずだった。すでに使命は果たした。エリサの父親が、ボリス・ソコロフという名の薬物取引業者と手を組んでいることを突き止めたのだ。彼はソコロフに情報を流し、一方で警察へは情報が行かないようにし、その見返りとして金銭の支払いを受けていた。

地下に置かれた冷凍庫の中にナタリアという女性の死体が入っていることも、彼女を殺したのはボリス・ソコロフであるということも、ルミッキは知っている。ソコロフを刑務所送りにするのに十分と思える情報を、すでにルミッキは手にしていた。エリサの父親にも同じ運命が待っていることになるが、それは仕方がない。

それでもルミッキは立ち去らずにいた。謎めいた伝説の存在、声を潜めてうわさされているその人物をひと目見ない限り、好奇心を満足させられない。それで引き続きおとぎの部屋をまわっていたが、部屋は果てることなく次々と眼前にあらわれた。

ある部屋は隅から隅までピンク一色だった。エリサがきっと気に入るだろう。いや、そんなことはないかも、とルミッキは二秒ほど経過したころに思い直した。マシュマロや、ピンクのユニコーンや、バラのつぼみや、フリルのついたクッションに埋もれて、ほっそりした鞭や巨大な人工ペニスといったピンク色の大人のおもちゃがいろいろと隠されている。それに気づいて、ルミッキは軽い吐き気を覚えた。どんな好みにも応えられる、大人のためのおとぎ話ってわけ。

一組のカップルがもつれ合いながら部屋になだれ込んできたので、ルミッキはその場を後にした。カップルは、部屋に用意されたグッズをいまにも片っ端から試しはじめそうな勢いだった。

やがて時計が真夜中の十二時を打つ瞬間が近づくと、パーティー会場の空気はいよいよ緊張が高まってきた。だれもが待っている。だれもが待ち焦がれている。

3月4日 金曜日

十秒前になったとき、カウントダウンが始まった。全員が二階の巨大な広間に集まっている。押し合いへし合いの大混雑だ。

十。

周囲を見まわしたルミッキは、テルホ・ヴァイサネンが緊張の面持ちで空のグラスをもてあそんでいるのに気づいた。

九。

音楽のボリュームが絞られ、ついには完全に消された。

八。

広間の照明が落とされた。天井に投影されている星空の映像だけが、人々を照らしている。

七。六。五。四。三。

あまりにもありえないシチュエーションに、ルミッキは突然笑いだしそうになった。こんな場所にいるなんて。数日前までなんの変哲もない女子高生だったのに、たまたま暗室に変なタイミングで足を踏み入れてしまったばかりに、わけのわからない軌道にはまり込んでしまって。

二。

大声でカウントする者はもういなかった。数字は静かに、うやうやしく口にされた。

一。

暗闇が広間を覆った。人々が静まりかえる。

遠くで鈴が鳴るような、かすかな澄んだ音が聞こえてきた。天井からなにかがふわふわと舞い落ちはじめたが、本物の雪としか思えない。ルミッキがそのひとひらに触れてみると、粉々に砕けて消えてしまった。

突然、強烈なスポットライトが広間の中央を照らしだした。

ふたりの女。

ふたりとも雪の女王の装いに身を包んでいる。雪の女王の称号は、冷凍されたナタリアの千倍も、彼女たちにこそふさわしかった。一卵性の双生児。まるで空中からわいて出たかのように、彼女たちは広間の中央に出現していた。ふたりの年齢は、ルミッキには推測が難しかった。二十五歳にも見えるし、五十歳にも見える。この距離では、手や首にできているかもしれない年齢相応のしわを見分けることはできなかった。

歓呼の嵐が広間をどよもした。ふたりは威厳ある仕草で手を振って応えた。そのときルミッキは、ふたりのうち片方が、氷の結晶をかたどった銀のペンダントを首にかけていることに気づいた。もうひとりの首には、銀の熊が下がっている。

氷《ヤー》と、熊《カルフ》。ヤーカルフ。ひとりではなく、ふたりの人間。しかし彼女らはふたりでひとり、あくまでひとつの人格なのだ。

ふたりはみなが静まるのを待った。それから話しはじめた。ふたりがかわるがわるに口を開いたが、交代の仕方があまりに自然で、いつどちらがしゃべっているのか、ルミッキには判然としなかった。

「冬はさながらおとぎ話の季節。だからわたくしは今回、おとぎ話のテーマでパーティーを開きたいと考えました。眠りと、夢と、悪夢と。おとぎ話はそういうものでできています。あなたがたがいまここにいるのは、わたくしからの感謝を受けとっていただくためです。あなたがたは、ともに夢を生みだす仲間。より優雅で、より効率がよく、より目的意識の高い社会を実現するという夢です。わたくしたちにとって、限界は超えるためにあり、規則は変えるためにあり、規範は疑問視するためにあるのです。祝杯を！　外の世界の狭苦しい枠組みや価値観は、しばしのあいだ忘れなさい。ここにあるすべては、あなたがたのもの。人生はあなたがたのためにあるのです」

ふたりの言葉はつかみどころがなかった。具体的なことはなにもいっていない。ふたりの話す英語にはなまりもまったくなかった。仮にルミッキがレコーダーを持ってきて録音したとしても、いかなる罪を示す証拠も得られなかっただろう。

このふたりはいったいどんなことに関与しているのだろう？　ここにいる人々をすべて、背後から糸で操っているのだろうか？　彼らのしていることのうち、どれほどが犯罪行為なのだろう？

拍手喝采する人々を眺めながら、その答えを自分が知ることはけっしてないだろうと、ルミッキは悟った。〈白熊《ヤーカルフ》〉が実際にしていること、それは天井から舞い落ちてくる人工の雪と同じだった。とらえようとすれば、壊れて消えてなくなってしまう。〈白熊《ヤーカルフ》〉に対抗する手段など、ルミッキにはありそうもなかった。このふたりもまた舞台装置にすぎないという可能性すらある。彼女らをこの手にとらえることはできない。彼女らに対してできることはなにもない。

それでもボリス・ソコロフを鉄格子の向こうへ送り込むことはできるだろう。暗室の血染めの金に端を発した物語は、これで輪が閉じることになる。それで十分だ。

いまこそルミッキは家に帰りたいと思った。

27

「この場でいちばん美しいのはきみだよ、鏡に聞かなくてもわかる」

男の荒い息がルミッキの耳に熱く吹きかけられ、彼女の腰は男の両手にがっちりとはさみ込まれた。

ルミッキはひとり悪態をついた。いままさに立ち去ろうとしていたのに、しつこい男に再び見つかってしまい、驚くほど強い力でつかまえられてしまった。ブランデーをかなり飲んだらしいことが、息のにおいでわかる。

男の手の力を感じたルミッキは、逃れようと身をよじっても意味がないと判断した。かえって人目を引いてしまうだろう。

「きみが消えてしまったかと思って、心配しはじめていたところだよ。そういうのはよくないね。まだ、話の途中もいいところだったじゃないか」

男はそうささやきながら、肩幅の広い大きな図体をルミッキの背中に押しつけてきた。少なくとも九十キロはありそうだ。いまみたいに機嫌が悪いときは、意外なほどの力を出すかもしれない。ここは別の戦略を取るべきだ。

「それでも、まだ熱が冷めてしまったわけではないだろう？」

冷たくなっていなくて幸いだ、とルミッキは思った。

ルミッキは体の向きを変えて男と向かい合った。相手の目は血走っている。タキシードの上着はどこかへ脱いできたらしい。淡いブルーのシャツは脇の下に大きなしみが広がって、そこだけ濃紺に見えている。蝶ネクタイがわずかに緩んでいた。ルミッキは自信たっぷりの態度を装って蝶ネクタイに手を伸ばし、男の耳元に口を寄せてささやいた。

「上へ行って、このおとぎ話がめでたしめでたしで終わるかどうか、たしかめましょうよ」

それから、吐き気をぐっと飲み下して、男の耳たぶに歯を立てた。こういう役柄だって、演じられるはずだ。

男の顔に満足げな赤みが広がり、彼は舌なめずりした。

「だったら、ここでもたもたしていることはない」男はいった。

階段をのぼるあいだずっと、ルミッキは背中に男の視線を感じていた。逃げようとしても無駄だろう。足が少し震えていたが、腰を振って誘うような足取りになるよう努めた。

この階段を、一緒に上の階へ行きたいと心から望んでいる相手の先に立ってのぼるのは、どんな気分だろう。ふたりの背後でドアを閉め、ほかの世界は部屋の外に閉めだしたいと、本気で願う相手だったら。

日光に温められた肌とサンオイルの香り。コテージの桟橋にある木の階段を、笑いながら駆け上がったあのとき。後を追ってくる力強い足音、ひりつくほどの期待を胸に抱きながら聞いていた足音。

こんなことを思いだしても意味がない。あれは去年の夏のこと。あれから永遠の時間が流れた。

いまはいまだし、目の前のことをやらねばならない。

ルミッキは空いていた部屋に男を導いた。部屋の中央に、細工を施した鉄製フレームの大きなベッドがしつらえられている。ルミッキは男を突き飛ばしてベッドに横たわらせた。できるだけ自信に満ちた、大胆な女を演じることが肝心だ。

「きみが獰猛な猫だってことはわかっていたぞ！　しかし、かまわんさ。私が調教してやるからな。とはいえ、まずは子猫ちゃんが遊ぶといい」

男はベッドに寝そべったままズボンを脱ぎはじめた。

ルミッキは部屋のドアを閉めた。さらにロックをかける。それから男に歩み寄った。相手は汗ばんだ手で体をまさぐろうとしてくる。

「ちっ、ちっ、まずは子猫が遊んでいいんでしょ」

そういいながらルミッキは男の体をベッドに押しもどした。

3月4日 金曜日

男の酔った目が輝いて、ルミッキは安堵した。少なくともしばらくのあいだ、この男の運命は彼女の意のままだ。ルミッキは脚を開いて男に馬乗りになった。男はさっそく彼女の太ももをむさぼるようになでまわしてくる。

「これはなんだ……?」

ふいに男が声を上げ、その額にいぶかしむようなしわが寄った。

ルミッキはすかさず男の両手をしっかりつかむと、ばんざいの姿勢を取らせて、その手をベッドの鉄製フレームのそばへ持っていった。

「さあ、いい子にしてちょうだい」

ささやきながら、左手で男の両手を押さえ、右手でバッグを探って、ふわふわしたピンク色の物体を取りだす。

「ほう、緊縛プレイが好きなのかね?」男がご満悦といった様子でたずねてくる。

ルミッキは男の両手首に手錠をかけてベッドのフレームにつないだ。

「べつに」そう答えて、ベッドから立ち上がる。「でも、あんたは好きだといいんだけど」

ルミッキはもうベッドにもどってくるつもりがないと男が悟るまでに、少し間があった。それを悟って、ブランデーで朦朧《もうろう》としていた男の頭がはっきりし、その口から罵声《ばせい》が飛びだすころには、もはや手遅れだった。そのときすでにルミッキは、部屋の外からドアに鍵をかけているところだったのだ。

ルミッキは廊下の突き当たりにある窓へ歩み寄った。窓を開け、部屋の鍵と手錠の鍵を裏庭に投げ落とすと、鍵は積もった雪に埋もれて見えなくなった。これでもう、あの男に邪魔されずに帰り支度ができるだろう。

テルホ・ヴァイサネンは、大きな窓から冬の暗闇をじっと見つめていた。

彼はあきらめの境地に達していた。

〈白熊《ヤーカルフ》〉と交渉して、相応の額の手切れ金を支払うことを彼女に承諾させるのは、どうやっても不可能だ。いや、彼女でなく、彼女たち、というべきなのか。いったいあのふたりのことをどう呼べばいいんだ。

テルホは彼女らのボディガードのひとりに声をかけ、面会させてほしいと頼み込んだのだった。しかし拒否されてしまった。〈白熊〉に会うための特別な招待を受けていると説明すると、そのことに意味はないと冷たく返された。〈白熊〉が彼のようなその他大勢に興味を持つなど、期待するだけ無駄だという。

ほかの招待客たちを見ているうちに、それは真実なのだとテルホにもわかった。〈白熊〉にとっては、自分など一匹のハエに過ぎない。ボリス・ソコロフにしても、ただのハエか、せいぜいアブだ。巨大な構図の中では、ふたりとも笑えるほどちっぽけな存在でしかないのだ。

尻尾を巻いてこの場を立ち去る以外、テルホにできることはなかった。

3月4日 金曜日

家に帰って娘を抱きしめ、妻にはきみが恋しいとメールを書こう。最大の収入源を失うことになるが、この先どうやって生きていくかはよく考えよう。絶望的な状況というわけではない。たしかに借金はあるが、仕事だってある。妻も働いている。日々の支出は切り詰める余地があるだろう。もちろんギャンブルはやめなくてはならないが、それは以前から考えていたことだ。

ナタリアがいなくなってしまったいま、彼女に便宜を図ってやるための資金も必要なくなった。ナタリアのことを考えるだけで手が震えだし、吐き気に襲われた。考えないようにしなくては。いまは悲嘆に暮れている場合ではない。理性と現実的な考えを保たなくては。日々の生活のことを考えなくては。

なにもうちの娘が、最高に高価な品ばかり手に入れる必要はない。一家そろって少し落ち着いたシンプルな暮らしをして、一緒に過ごす時間を増やせば、家族のためにもなる。普通の人間の日常を、自分たちも送ることにすればいい。

普通の人間の日常には、薬物取引に関わる犯罪者に警察の内部情報をリークするという行為は含まれない。警察の手入れが次にいつ入るか、垂れ込みした売人はだれか、国境で検問に引っかかるのはどのトラックか、薬物の密輸入を一掃するために警察はどんなキャンペーンを張るつもりなのか。

普通の人間の日常には、犯罪者から情報を流してもらうという行為も含まれない。ブツの隠し場所や、ソコロフの一味がなにかの理由で排除したがっているちんぴらについての密告を。

　長い年月、テルホはソコロフの協力を得て、恥じ入りたくなるほど多くの事件を解決してきた。この関係によって、ソコロフとは互いに多くの恩恵を受けていると思ってきた。ソコロフはタンペレにおける薬物取引の世界を牛耳《ぎゅうじ》りたいと望んでいたし、テルホの望みは、なによりもまず、特に危険な売人どもを鉄格子の向こうへ送り込むことだった。彼らは、純正の薬物でなく、混ぜ物が入った薬物やはっきり毒と呼べる物質を売っている。その結果、薬物を摂取して死亡する事例が大量に引き起こされているのだ。

　ソコロフの商売の相手は、薬物の使い方を自分で制御でき、過剰摂取で救急救命室に担ぎ込まれることもない、いわゆる遊びでクスリをやっている連中が主流だ。そう考えることで、テルホは良心をなだめてきた。だが、それは真実の一部に過ぎないと、彼にはずっと以前からわかっていた。飢えを満たすパンやミルクを買うはずの金で薬物の代金が支払われても、ソコロフは一向にかまわないのだ。それについては、テルホはただ、目をつぶっていたいと願うばかりでここまで来てしまった。

　いまもテルホは目をつぶってしまいたかった。突然、恐ろしいほどの疲労を覚えた。この場から立ち去りたかった。

　そのとき、先ほどもドレスに目を引かれた若い女性の姿が、再びテルホの注意をとらえた。今回は彼女が持っている白いバッグにも目がいった。テルホは基本的に、女性の持つバッグのたぐいはさっぱりわからないのだが、そのバッグなら知っていた。ほかでもないエルメスのバッグで、かなり値が張る品だ。そんなことを知っているのは、同じものをエリサの誕生日プレゼントとして買ったからだった。娘は長いこと、熱烈にあのバッグをほしがっていたのだ。

同じドレスなら、ただの偶然かもしれない。

同じバッグなら、ただの偶然かもしれない。

しかし、ひとりの女性がそのふたつを同時に身につけているとなると、偶然ではありえなかった。

テルホはその女性につかつかと歩み寄り、相手の腕を強くつかむと、どういうことなのか説明してほしいと詰め寄った。

テルホ・ヴァイサネンが若い女と言い争っているのに気づいて、ボリス・ソコロフの中で興味が頭をもたげた。ふたりに近づいたボリスは、テルホのしゃべるフィンランド語を聞いて、この男はどうやら女の身につけているドレスとバッグの代金を自分が払ったと主張しているらしい、という程度のことを理解した。どうも、靴もそうらしい。

ボリスはにやりと笑った。

この男、ナタリア以外の女にも金を使う習慣があったようだな。それもそろそろおしまいにする潮時だろう。

ボリスは立ち去りかけたが、そのとき、テルホの激しい言葉の中に〝娘〟という単語がまじっているのが聞き取れた。

ボリスはその場に凍りついた。脳がものすごい勢いで回転している。

もしもあの赤いドレスの女がテルホ・ヴァイサネンの娘だとしたら、彼女はまちがいなく知りすぎている。ピューニッキの誘拐未遂犯の顔を知っている。ナタリアのことも知っているかもしれない。金のことも。それにしても、なぜテルホの娘がこんな場所にいるのだ？

ともかく娘に話をつけて、父親と同じように口を閉じているべきだとわからせなくては。


ルミッキはエリサの父親の手を振りほどこうとしたが、さすがは警察官、抵抗する人間の扱いを心得ている。その手の力は鋼の強さだ。

「さあ、答えろ！　どうしてエリサのバッグを持っている？」

ルミッキの視界に、近づいてくるボリス・ソコロフの姿が入った。ぞっとするような目つきをしている。

テルホ・ヴァイサネンの体がぐいぐいせまってきて、ルミッキを圧迫した。彼は鼻をひくつかせ、わめいた。

「きみはエリサの香水までつけているじゃないか！」

ボリス・ソコロフはもう、わずか三歩ほどの距離まで近づいている。

逃げなくては。

ルミッキはバッグをエリサの父親の胸に力いっぱい押しつけた。

「どうぞ。残念ながら香水はお返しできないんだけど」

テルホは不意を突かれ、手の力がわずかに緩んだ。それで十分だった。ルミッキはさっと身をもぎ離すと、階段を目指して走りだした。ソコロフがロシア語でなにかどなりながら追いかけてくる。

階段の途中で、不思議の国のアリスに扮したウェイトレスが、ミルクベースのカクテルのグラスをいくつもトレイに載せて運んでいるのに出くわした。カクテルはおそらくホワイト・ルシアンだろう。ルミッキは心の中で詫《わ》びながら、トレイをウェイトレスの手から叩き落とした。カクテルとガラスの破片が階段中に飛び散る。ソコロフが足を滑らせて罵声を上げるのが聞こえた。

おかげでルミッキは数秒の余裕を稼ぐことができた。ハイヒールをつかんで足から外し、それを両手に握りしめたまま、人混みをかき分けてさらに走りつづける。外に通じるドアへ、ドアから屋外へ。かがり火の列に照らされた小道を、彼女は走った。

〈炎よ、われとともに歩め《ファイヤー・ウォーク・ウィズ・ミー》〉『ツイン・ピークス』に出てくるせりふだっけ、アメリカのサスペンスドラマの。実際、なにもかもがますます『ツイン・ピークス』じみてきた。足りないのは曲がり角から突然あらわれる謎の小さな男くらいだ。

ボリス・ソコロフが、門のところにいるふたりのガードマンに向かって英語でどなった。

「そいつを止めろ！」

ガードマンは振り返り、ルミッキの行く手をふさいだ。クローゼットのような巨体がふたつ、突破するのは不可能だ。

ルミッキはすばやく方向を変えた。ボリス・ソコロフも追ってくる。高い塀が建物をぐるりと取り囲んでいた。ルミッキはいちばん奥まった隅を目指した。あたりは暗い。薄いストッキングに包まれているだけの足の裏に、雪が痛かった。

塀をすばやく手探りしてみる。手足をかけられる部分はまったくない。これじゃ猿でもよじ登れない。それでも、ごく小さな穴が見つかった。ルミッキは片方の靴のヒールを穴にぐっと突き刺し、靴のかかとの部分を足場代わりにして、片足をかけた。靴に体重を乗せるといまにもバランスを崩しそうになる。ソコロフはもう塀のそばまでせまってきている。

ルミッキは、もう片方の靴のヒールをさらに高いところにある穴に突き刺し、宙に浮いていたもう一方の足をかけた。ソコロフの手がドレスの裾《すそ》をつかむ。

ドレスの裾が裂けた。

ヒールが折れた。

靴は雪面へと落ちていき、ヒールだけが塀に突き刺さったまま残った。ルミッキの足は支えを失って空中をさまよった。しかし指はすでに塀のてっぺんに届いていて、ソコロフの手が足に触れたとき、ルミッキはちょうど塀の上に体を引き上げたところだった。

そのまま塀の向こうへ飛び降りた。降り積もったやわらかな雪が受け止めてくれる。ソコロフは塀をよじ登ろうとはせず、おそらく門へ駆けもどってそこから飛びだしてくるつもりらしかった。ルミッキは雪の中を走りはじめた。太ももまで埋まるほど積もっている。ドレスの裾が裂けて、片足の太ももがすっかりあらわになっていた。ちょうどよかった。走りながら、ルミッキは思った。さもないと、身動きするのがさらに困難だったはずだから。

雪の中を走るのは骨が折れた。氷点下の厳しい冷え込みが鋭い歯を立ててくる。森は暗黒そのもののように暗かった。

それでもボリス・ソコロフとの距離はだんだん開いている。ルミッキはスピードを上げた。追いかけられて雪と寒さの中を逃げる羽目に陥ったのは、この四日間でもう三度めだ。三つの試練。おとぎ話の主人公は、いつも三つの試練を与えられる。最初の二回は失敗するが、三度めでうまくいくのだ。ということは、ルミッキも今度こそ完全に逃げおおせる、ということだろうか。それとも、追跡者のほうが今度こそ彼女をつかまえるということなのか。

三つの試練。三つの失敗。今回のはどちらだろう。うまくいく三度めの試練か、ゲームオーバーになる三度めの失敗か。

突然なにかがむきだしの太ももをかすり、ルミッキは痛みを覚えた。しかし無視した。ひたすら走り、雪をかき分け、全力で前に進む。ついには追ってくる物音も聞こえなくなった。

太ももに触れてみる。なにか温かいものが指を濡らした。血だ。ボリス・ソコロフに太ももを撃たれ、しかし幸運なことに銃弾は皮膚をかすめただけだったのだ。それでもおびただしい量の血が流れている。

ルミッキはそのことを考えたくなかった。

彼女はただ走った。森が彼女を、黒い水の中に包み込むように抱きすくめた。


かわいそうに、小さな白雪姫は、森の中に独りぼっちで取り残されてしまいました。こわくてたまらずに、ひらひら揺れる木々の葉を眺めるばかりで、どちらへ行けばいいかもわかりません。

白雪姫は走りだして、ごつごつした岩を越え、いばらの茂みをぬけ、すると森の獣たちがすぐそばまで跳ねてきましたが、獣たちはなにも悪いことはしませんでした。

白雪姫は、足が動かなくなるまで、夜のとばりが降りるまで、走りつづけました。

28

むかしむかし、足が動かなくなるまで走りつづけた少女がいました。

足を止めた後も、少女は心の中で、想像の中で走りつづけました。ほっそりとして力が強く、すばしこいその足は、降り積もった雪を越えて走り、真っ白な雪の上には足跡さえ残りませんでした。

少女は逃げていきました。自分が自由だと知っている逃亡者のように、けっしてつかまりはしないと知っている逃亡者のように。

ルミッキは夢と現実の狭間《はざま》を漂っていた。

もう寒くはなかった。暖かかった。意識のどこかで、これはまずいと感じていたが、深く考える気力がなかった。彼女は仰向けになって、雪の上に横たわっていた。

太ももの傷から雪面に流れ落ちる血のことを考えた。白い背景に赤い色がどれほど美しい曲線を描くだろう。描きだされた華やかな文様は、体を中心に一メートル、二メートルと大きくなっていき、やがて森全体に広がるだろう。

ルミッキは、十メートルの高さから見下ろしているような感覚で、自分の姿を見ていた。雪面の上の黒髪が光輪のようだ。赤いイブニングドレスは、生地が裂けていてもなお、宝石の糸で織り上げたかのように輝いている。うねる線で描きだされた模様が、どこまでも、どこまでも、どこまでも広がっていく。

美しかった。醜くなんかなかった。

醜いんだよ。デブ。やせすぎ。変な歯。その声がむかつく。髪の毛がべとべと。靴が汚い。腕が毛むくじゃら。ばか。能なし。頭が空っぽ。気持ち悪い。この売春婦。

あんた、そんな服どこで手に入れたわけ？　ごみ箱から拾ったの？

あんたのパパとママは、あんたが一緒じゃどこへ行っても死ぬほど恥ずかしいって思ってるわよ。

あたしがあんたみたいな顔だったら、とても家から出られないけどな。

あんたはもらいっ子なのよ、そうに決まってる。

あんたにキスしたい人間なんて、絶対にひとりもいないから。

あんたみたいなのを好きになれっていうほうが無理。

なにをめそめそしてるわけ？　痛いんなら痛いっていえばいいでしょ。へえ、痛いんだ。黙りなさいよ、じゃないと大声で泣きわめかせてやるから。

あんたってあんまりひどい顔だから、殴ってあげたほうがまだ見栄えがよくなるわよ。

言葉、言葉、言葉、言葉、言葉、言葉、言葉、言葉、言葉。センテンス、フレーズ、質問、罵声。つねられ、引っかかれ、叩かれ、引き裂かれ、引きずられ、突き飛ばされ、蹴飛ばされ。

あの言葉は、ルミッキ、あなた自身じゃない。あの罵声も悪口も、あなたのことじゃない。味がしなくなったガムみたいに吐きかけられる悪意も、あなた自身じゃない。げんこつで殴られることも、殴られてできた青あざも、あなた自身じゃない。あなたの鼻から流れている血も、あなた自身じゃない。あなたという存在はあいつらに決めつけられたりしない。あなたはあいつらの持ち物じゃない。

あなたの中には常に、だれも手を触れることのできない部分がある。それこそがあなたなの。あなたはあなた自身のもの、あなたの中には無限の宇宙がある。あなたはなんにでもなれる。だれにでもなれる。

恐れないで。もう、恐れなくていいの。

「あたしはもう、恐れなくていいの」

ルミッキは静かにつぶやいた。

口から白い息が立ちのぼる。

あいつらの顔はいまも覚えていた。あいつらの女の子っぽい声と笑い声も。学校の廊下に、放課後になって校舎が静まりかえってもまだ、いつまでもいつまでもいつまでも響き渡っていた声。

においは特によく覚えていた。最初の数年間は、香りつき消しゴムの鼻につく人工的なにおい。それから、休み時間に先生の目を盗んで食べたお菓子のにおい、ラズベリー・キャンディとサルミアッキ・キャンディのまじったにおい。顔に吹きかけられる息は、甘みと塩気が同時に感じられた。トフィーやマンゴーやペパーミントは、リップグロスの香りだ。そして、ザ・ボディショップのバニラのフレグランス、世の中の母親が学校へつけていくことを許してくれる初めての香水。のちにはそれが本物の香水に変わり、日によって、気分や服装や流行によって、ちがう香りが使われた。たとえば、人気ブランドのエスカーダが出す、そのシーズンのトレンドの香り。

こういった香りをかぎ分ける技術を、ルミッキは瞬《また》く間に、しかもきっちりと身につけた。遠くにいるうちにあいつらのにおいをかぎつけ、いつ曲がり角の向こうからあらわれるか予測する。ときにはそれで助かることもあった。逃げたり、どこかに隠れたりして、あいつらに出くわすのをうまく避けることができた。

しかし、失敗することも多かった。その結果ルミッキは、香水の甘ったるさに汗くささがまじったとき、どれほど吐き気を催しそうなにおいになるかを知った。あるいは、香水のにおいに男子トイレの不潔な小便器のにおいがまじったとき。ルミッキはそこに顔を突っ込まれ、硬く冷たい陶器をなめろと命令された。

あいつらの名前も覚えていた。一生忘れないだろう。

アンナ＝ソフィアと、ヴァネッサ。

一年生のときから九年生の途中まで、それは続いた。年を追うごとにひどくなり、言葉はますます残酷に、暴力による苦痛はますます激しくなった。

あのふたりがなぜ自分を標的に選んだのか、ルミッキにはわからなかった。ルミッキの笑い方がまずかったとか、あるいはちゃんと笑わなかったとか、なにかそんなことかもしれない。ルミッキは、ふさわしくない場面で、ふさわしくない声音でしゃべってしまったのかもしれない。

なんであろうと同じだった。ルミッキはじきに気づいてしまったのだ。自分自身をどんなに変化させても、ふるまい方や、自分という存在そのものをどんなに変えても、アンナ＝ソフィアとヴァネッサに気に入られることもなければ、放っておいてもらえることもないのだと。

ルミッキは、一度も、だれにも話さなかった。そんな選択肢があると考えたことすらなかった。家の中では話さずにいることが普通だった。聞いてはいけない、話してはいけない。不吉なことを口に出さなければ、すべてうまくいく。青あざ、血のにじむすり傷、ねんざした手首、破れた服。全部ちゃんと説明をつけた。説明を求められればの話だが。

学校は戦場であり、だれが味方でだれが敵なのか、ルミッキには知りようがなかった。戦略は綿密に練らなくてはならなかった。失敗は最小限にとどめるよう努力しなくてはならなかった。先生に話したら状況が悪化する可能性があった。信じてもらえないかもしれない。アンナ＝ソフィアとヴァネッサは大人の前での演技がうまかった。ふたりの笑顔は無邪気で天使のようだった。

暴力をふるい、痛めつけ、服従させる。ルミッキは、自分の身に起きていることを〝学校でのいじめ〟という言葉で考えたくはなかった。この表現にはどこか、取るに足らない、一過性で軽いもののような響きがある。ちょっとしたからかいに過ぎないかのような。

ちょっと冗談をいっただけ。ちょっと小突いただけ。あの子、自分で転んだのよ。これって単に友達同士でふざけてるだけだから。

八年生になったとき、ルミッキはジョギングを始め、人知れずウェイトリフティングのトレーニングもするようになった。肉体のコンディションを可能なかぎりよい状態にしておこうと決意したのだ。逃げることができるように。おかげで、回を追うごとにうまく逃げられるようになっていったが、それでも悪夢を完全に終わらせることはできなかった。

そして、そのときが来た。

冬の夕方、もう遅い時刻で、太陽はすでに地平線の下に姿を消し、校庭には人影もなかった。ルミッキは、アンナ＝ソフィアとヴァネッサがまちがいなく立ち去ったと確信できるまで、生ごみを捨てるコンテナの陰に隠れていた。バナナの皮や豆スープの食べ残しの悪臭が、凍てつく空気を突きぬけて、分解の過程で発散される熱とともに鼻に届いたが、ルミッキは耐えた。あたりが静まり返るまで待った。校庭に青い夕闇が降りてくる。平安が。

やがてルミッキは隠れ場所を後にした。音を立てずに動く。青灰色や黒の影に溶け込む。踏み固められた雪の上で、その姿は風のそよぎと変わらなかった。

ルミッキは、何ブロックも離れた場所で車が走る音を聞き取ることができた。遠くの公園で吠える犬の声も。粉雪が校舎の屋根に舞い落ちる音も。

それなのに、アンナ＝ソフィアとヴァネッサの足音を聞き取ったのは遅すぎた。ダッと走りだしたのは遅すぎたのだ。その瞬間に生じた爆発的な逃げ足の速さも、十分ではなかった。ふたりはルミッキを、校舎の裏の、高い煉瓦の塀に囲まれた隅に追い詰めた。

ルミッキは塀に向かって走りながら、急いでミトンを外してポケットに突っ込んだ。塀の前まで来ると、でこぼこした煉瓦に指をかけてよじ登ろうとした。しかし、足をかける場所が見つからない。厳しい冷え込みの中で指が凍え、煉瓦をしっかりつかんでいられなくなった。

わなにかけられた。

ルミッキは振り返り、背中を煉瓦の塀に押しつけると、腹に飛んでくるこぶしを受け止めようと身構えた。

殴られることには慣れていた。どうやったらいちばんうまく身を守れるか、彼女はすでに学んでいた。息はどのタイミングで吸い、どのタイミングで吐きだせばいいか、筋肉はいつ緊張させて、いつ緩めればいいか、わかっていた。今日はあまり長い時間殴られつづけないといい、願うことはそれだけだった。寒かったし、トイレにも行きたかったのだ。早く家に帰りたいと思った。パパがつくってくれた、ちょっぴり焦げくさい魚のスティックフライを食べて、なにも考えずに宿題をすませたかった。

アンナ＝ソフィアとヴァネッサが近づいてきた。ふたりとも、なにもいわない。沈黙は侮辱や脅迫より始末が悪かった。沈黙は凝り固まって予感に変わり、吐き気となってルミッキの口にせり上がってくる。

ふたりは狼のようにしなやかな忍び足でせまってきた。飢えて気の立っている狼の群れのほうが、薄闇の中で髪を輝かせ、唇を赤く光らせているこのふたりよりまだましだと、ルミッキは思った。このふたりのほうが、はるかに危険な猛獣だ。体の中に、鼓動する温かい心臓でなく、すべてを凍らせる冷たさを備えたやつら。

ルミッキはゆっくりと十からカウントダウンしながら、物理的な一線を突破する最初の一撃が来るのを待ち構えていた。まず肩を軽く小突かれるのか、それとも腹を強く蹴られるのか、あるいはペパーミントのにおいのする生温かいつばを顔に吐きかけられるのか、それはわからない。

十、九、八、七……。
突然、体の中でなにか熱くて真っ赤なものが膨れ上がるのを、ルミッキは感じた。なじみのない感覚だった。自分の中からわき上がったものとは思えなかった。怒り。憤怒。恐怖にとらわれているのはいやだという、目がかすむほどの欲求。頭の中から数字が消え、思考も消え、時間も場所も消え去った。後になって考えても、いったいなにが起きたのか、ルミッキにはわからなかった。記憶からぬけ落ちているピースがあった。時間の経過を示す線に、ブラックホールができていた。

ルミッキは雪上に倒れたアンナ＝ソフィアの体に馬乗りになり、渾身の力を込めて相手の顔を殴っていた。握ったこぶしになにか温かくて黒っぽいものがついている。アンナ＝ソフィアの鼻から噴きだした血だと、ぼんやり理解した。ヴァネッサが飛びついてきてアンナ＝ソフィアから引きはがそうとするのを、ルミッキは感じたというより察知した。ルミッキのひじがヴァネッサの腹に鋭くめり込み、ヴァネッサは手を放した。

どれほどの時間殴りつづけていたのかわからない。ルミッキはどこか遠くから自分の姿を見ていた。

頬もあごも、とめどなく流れる涙と鼻水でぐしょぐしょにした少女。こぶしを振り上げては下ろし、そのたびに手の力が弱まっていく少女。

あれは本当に自分なのだろうか？　立場が完全に逆転しているのでは？

アンナ＝ソフィアはうめきながら顔をかばい、ヴァネッサは腹を押さえながら、やめて、と悲鳴を上げている。

ふいにルミッキは自分の体に駆けもどり、アンナ＝ソフィアのやわらかな体が自分の下に屈服しているのを感じ、その瞬間に憤怒は消えた。

ルミッキは立ち上がった。足が震えている。手は無気力にだらんと垂れ下がっている。厳しい寒さが指に突き刺さる。濡れた頬を手でぬぐった。

アンナ＝ソフィアが上体を起こして背を丸め、ヴァネッサがそばにうずくまる。ふたりともルミッキの目を見なかった。ルミッキもふたりの目を見なかった。だれも、なにもいわなかった。沈黙が、言葉よりはっきりとなにかを語っていた。

ルミッキは疲れきった震える足で家を目指した。ふたりが後をつけてきて復讐するかもしれないことは、恐れていなかった。なにも恐れていなかったし、なにも感じていなかったし、なにも考えていなかった。家までの道のりを半分ほど歩いたところで立ち止まり、道ばたに嘔吐した。豆スープは食べる前と同じ姿をしていて驚くほどだった。

家に着くと、両親に見られる前にバスルームに滑り込んだ。鏡の中から見つめ返してきたのは見知らぬ少女だった。頬に血の筋がついている。どうしたのかと思いながら、ルミッキは片手を上げて頬に触れた。鏡の中の少女も同じ動作をする。血が出ているわけではなかった。アンナ＝ソフィアの血が、手で顔をぬぐったときについたのだ。ルミッキは顔を洗った。一度、二度、三度、四度と、お湯を耐えられる限界まで熱くして洗い続けた。手に石鹸をつけて、ひりひり痛みはじめるまでこすり続けた。

やがて夜になりベッドに入ると、ルミッキはすぐに寝つき、夢も見ずに朝まで眠った。携帯の電子音で目が覚めたとき、気分は過去最悪だった。前の日に殴られたり蹴られたりしたときよりも、もっといやな気分だった。

このままですむはずがないと思った。アンナ＝ソフィアとヴァネッサが、これで終わりにするわけはない。公式にせよ非公式にせよ、ルミッキはさまざまな方法で罰を受けるだろう。あいつらは報復せずにはおかないはずだ。

一日が過ぎ、二日めも三日めも過ぎ、やがて一週間が過ぎて、一か月が経過した。何事も起こらなかった。アンナ＝ソフィアとヴァネッサは、ただもうルミッキにかまわなくなったのだ。たしかにルミッキは相変わらずクラスの中で仲間外れだったし、進んで話しかけてくる子はだれもいなかったが、あれ以来、殴られることは一度もなかった。罵声を浴びせられることも、一度たりともなかった。殺してやるという脅し文句がショートメッセージで携帯に届くこともなかった。

すべてが唐突に終わった。

そう信じて大丈夫だと、ルミッキは少しずつ思えるようになっていった。息をするのが楽になった。

やがて春になり、初夏が訪れて、光の量が増えていき、学校で過ごすべき日は残り少なくなっていった。みんなが終業式の定番『夏の賛美歌』を歌っているのを聞きながら、ルミッキは重たく黒いものがついに自分を解放したのを感じていた。式がすむと、彼女は義務教育の最終学年である九年生を終えた修了証書を手に、あふれる光の中へ、夏と自由の中へ、足を踏みだしたのだった。

3月4日 金曜日

雪面が黄色に輝いていた。やがてそれが青に変わった。ほどなく緑になった。ルミッキは光を眺めながら、なにかがパーンと炸裂《さくれつ》する音を聞いていた。

空から金色の星が降ってくる。続いて巨大なバラが咲き、その花びらが開いて、溶けて、消えていった。ユニコーンが月を目指して疾走していく。惑星が互いのまわりを巡りながら踊っている。

打ち上げ花火。

〈白熊《ヤーカルフ》〉の栄光を称えて。

時刻は夜中の零時半に近いはずだ。

ルミッキは、太もものガーターベルトに装着した小さな位置情報発信機のことを考えていた。万一、自分がパーティーからもどらなかったり、そうでなくても真夜中になるまで音沙汰がなかったりしたらどうすべきか、エリサに指示してある内容を思った。

夜中の十二時になる前に、パーティーからもどらなくてはなりません。

だけど、それは別のおとぎ話じゃなかった？　シンデレラ？

炸裂音が続いている。ルミッキは色とりどりの波に揺られていた。いい気分だった。眠たかった。

毎晩、ランプの明かりが消えて、ほんとの夜が訪れるとき……。


青い夢。あれはそんな題名の童謡だった。

青、青、きらめく青。

ルミッキはしばらくのあいだ、花火がまだ続いているのだと思っていた。そのうちに、聞こえているのは花火の炸裂する音ではないことに気づいた。それはサイレンのうなる音だった。


白い壁。消毒のにおい。まぶしい照明。

吐き気を催させる痛みがどこか遠くで脈打っている。ルミッキにはそのことを考える気力がなかった。口の中は抗生物質の味がする。

ぽた、ぽた、ぽた。なにかが体の中に流れ込んでくる。なにかに体がつながれている。身のまわりの物事にはすべて名前があるはずだと、ぼんやり思い出す。しかし考える気力はない。

光の前を動く人影。

なつかしい顔。

ママ。パパ。

声が遠くから聞こえる、ガラスの向こうから、水面の下から、壁の向こうから。

「回復《エルスクリング》に向かいはじめたと、先生もおっしゃっていたじゃないか。もう泣くのはおよし。ねえ、おまえ。この子はきっとよくなる。この子は、闘士なんだから」

「どうしても考えずにいられないの……もしもこの子まで失ってしまったら、わたし、とても耐えられない」

「そんなことにはならないとも。さあ。落ち着いて」

この子まで？　ママとパパは、ほかのだれを失ったというの？

ルミッキは問いかけたかったが、言葉を口にする力がなかった。口を開くにはとてつもない努力がいりそうだ。いまはただ眠りたかった。あとで忘れずに聞かなくては。いつか、またあとで。まずは百年、眠ってから。

だけど、それは別のおとぎ話じゃなかった？　いばら姫？

ルミッキは、自分がベッドの中に、そのやわらかさの中に沈んでいくのを感じた。空の上で雲の層を突きぬけるように、体がベッドをすりぬけ、飛んでいくのを感じた。

エピローグ

数か月後。

それはモノクロ写真のポストカードで、写真の中では筋肉ムキムキの裸の男が、特定の部分を隠す絶妙なポジションに子猫を抱いていた。差出人がだれなのか、カードを裏返すまでもなくルミッキにはわかった。

ハイ！

こっちは特に問題なしってとこ。ママはもう前みたいにぴりぴりしてる感じじゃないし、あたしも近ごろは夜中に目を覚まさないでちゃんと眠れるし、外を歩くときもしょっちゅう後ろを振り返ったりしなくなったの。しばらくなにもしないで過ごしたのは、あたしにとってはよかったみたい。

こっちでヘアスタイリストの学校に願書をだしたのよ。うまくいけば、秋から通うことになるの。自分の進むべき道を見つけたって、あたし、信じてる。

イェンナ

追伸　新しい名前にはもう慣れちゃった。道を歩いてるときに、だれかが前の名前を呼ぶのが聞こえても、反応なんかしないんだから。
追伸2　パパには会いにいってないの。いつか、そのうちに。いまはまだ無理。わかってくれるよね。パパのことをちゃんと書こうとするとすぐに涙が出てきちゃって、書くことすらできなくて。
追伸3　手袋、五本指で指先がオープンのタイプなんだけど、編み上がったから、あとで送るね。ちょっと時間がかかっちゃって、ごめん。いまの季節じゃもう必要ないだろうけど、今度の秋に使ってね。

ルミッキは思わず微笑んだ。窓の外に目をやる。エリサの――新しい名前で呼ぶならイェンナの、いうとおりだ。すでに夏が近づいていて、しかも今年の初夏はくらくらするほどの暑さだった。すべてが花開き、香り立ち、輝いている。
エリサが元気だと知って、ルミッキはうれしかった。エリサの父親はすでに刑務所送りになっており、ボリス・ソコロフもまた同じだった。事件はまれに見るスピードで処理されたのだ。警察としては、速やかに不祥事を清算し、イメージの回復を図りたかったのだろう。エリサの父もソコロフも長期の服役という判決を言い渡された。ソコロフの手下のエストニア人、リナルト・カスクもやはり刑務所に送られた。

エリサは母親と別の町へ引っ越し、名前も変えた。状況を考えればそれがいちばん賢い選択だっただろう。エリサは児童保護局に対し、薬物はすでに自分の中で過去のものになっていることを、きっぱりと誓った。ルミッキもそう信じている。エリサと母親は、日々を暮らしていくために、家族としてやっていくために、まったく新しい道を探らねばならないだろう。けれど、それは必ずしも悪いことではなかった。

ルミッキの左手が首筋に伸び、短い髪をくしゃくしゃにした。開放的な軽さを感じてはいるものの、こんなショートヘアにはいまだに慣れない。

黒く染めたボブカットの髪が伸びて、根元だけ明るい色が目立つようになり、はげが進行しはじめたかのような見た目になったとき、彼女は心を決めたのだった。カラーリングを果てしなく繰り返すのは気が進まなかったし、そうでなくても、髪の毛と白雪姫《ルミッキ》という名前がいかにもといった結びつきを持つことに、特別な関心は持てなかった。ベリーショートにして、本来の自然な髪の色にもどす。扱いが楽なのも魅力だった。

それに、鏡に映る少女が、〈白熊《ヤーカルフ》〉のパーティーに出席したのとはまったくの別人であるほうが、安全にも思えたのだ。

もちろん、パーティーの現場にいた人間のうち、路上で自分に気づく者がひとりでもいるとは、そもそも思っていない。視覚で得られる情報が本来の文脈から切り離されていると、人間の目というのは驚くほどなにも見えなくなるのだ。くたびれたアーミーブーツを履き、ミリタリーグリーンのフードつきコートを着てうろついている化粧っ気のない少女が、ゴージャスなパーティーに出ることがあるなどとだれも想像できない以上、導きだされる結論は明らかだ――彼女はあの場にいなかった。人間の頭の働きは、それほど単純なのだ。それほど愚かであり、ルミッキの立場でいえばそれが幸いでもあった。

この二か月ほどのあいだに、エリサからはほかにも封筒に収められたカードが幾度か届いていた。ルミッキのもとの部屋に置いてあるチェストは、いちばん上の引きだしが二重底になっていて、彼女はそこに届いたカードをしまっていた。

そう、ルミッキは家にもどっている。家といっても、リーヒマキの、子ども時代を過ごした家だ。

冬に起きた一連の出来事の後、彼女はまず警察から、続いて両親から事情を聞かれた。どちらに対しても必要最小限の情報しか話さなかったが。両親からは、〝少なくともしばらくのあいだ〟家にもどってくるよう言い渡された。かつて自分の部屋だった子ども部屋には過去がぎっしり詰まっていて、狭くも感じられたが、ルミッキは我慢することにした。タンペレの学校へは電車で通っている。非人道的といえるほどの早起きを余儀なくされているが。

しばらくのあいだだけ。

夏が過ぎるうちにあらためて両親を説得し、タンペレでのひとり暮らしは安全だとわかってもらうことができるだろうと、ルミッキは思っていた。

学校では変な目で見られることもなかった。事情を知る者がだれもいなかったからだ。カスペルとトゥーッカは、パーティーでの薬物使用と学校への不法侵入が明るみに出て、退学処分になった。とはいえ処分は可能なかぎり目立たない形でおこなわれた。もちろん学内にはさまざまなうわさが飛び交ったが、それらをルミッキに結びつけて考えようとする人はいなかった。うわさはいずれもずいぶん派手な内容だったものの、事実の荒唐無稽《こうとうむけい》さには遠く及ばなかった。

テルホ・ヴァイサネンは刑務所にいる。ボリス・ソコロフも刑務所にいる。〈白熊《ヤーカルフ》〉はちがう。

ルミッキは事情聴取で、〈白熊〉については注意深く沈黙を守った。しゃべったりしたら自分が損をするだけだとわかっていたからだ。あの双生児がなんらかの事件に関与していたという証拠を、ルミッキは持っていない。そもそもあの女性たちについて、なにも知らないのだ。

警察からもそれについての質問はなかった。パーティー会場の建物はボリス・ソコロフの名義になっていた。ほかのものもすべて、ソコロフを通じて管理されていた。公式には、〈白熊〉など存在しないのだ。その人物を見た者も、その人物について聞いた者も、だれもいない。

ルミッキはカードのふちを指でなぞった。メールより郵便でカードを送るほうが好きだなんて、エリサは変わっている。これもまた、彼女の中にあるひとつのほころび、ひとつの意外な面であり、そういう面があるからこそ、びっくりするほど彼女を好きになったのだと、ルミッキは気づいていた。『少女たちの友情』と題した油絵の下の隅に小さなピンクのバラを描きながら、ルミッキはエリサのことを思っていた。見る人がよほど目を凝らさなければ、バラには気づかないだろう。

今回届いたカードを、ルミッキはしまってあるカードの束に加えた。引きだしの二重底には、退院してほどなく受けとった封筒も一通、隠してある。封筒の中身は五百ユーロ札が二枚。全部で千ユーロだ。三万ユーロという金額からすればごく一部だし、探しまわる人はいないだろう。エリサとトゥーッカとカスペルもいくらかくすねたのか、ルミッキは知らなかった。知りたいとも思わない。

千ユーロは、秘密としては十分な金額だった。

ルミッキは秘密を持つことに慣れている。大きなもの、小さなもの、彼女にはいつでも秘密があった。引きだしを閉じながら、ルミッキは考えていた。こうやって、具体的な証拠がなにもないたくさんの秘密も、閉じ込めておくのだと。

〈白熊〉のこと、彼女らに会ったこと。

アンナ＝ソフィアとヴァネッサのこと、ふたりが一年生から九年生までずっとルミッキにしてきたこと。

ママとパパが失ったという大切なだれかのこと、退院後も口にだして聞けずにいるだれかのこと。沈黙という調度品で整えられた家は、内装を新しくしたところでこれまでとちがう家にはならないのだ。

そして、ルミッキの手が触れた写真の中の人のことも。写真はその人がたしかに存在したという具体的な証拠だったが、ルミッキがその人を愛したことを証明するものはなにもない。その人がルミッキを愛した証拠も。愛していたとしたら、だが。愛してくれたと、ルミッキは信じたかった。

親指でそっと写真をなでる。明るい茶色の髪、小麦色からはしばみ色へと場所によって色合いが変化している短い髪をなでる。頬を、肩を、腕をなでる。

ルミッキの指は今日もまた、その人の目に吸い寄せられて動けなくなった。ハスキー犬を思わせるライトブルーの目。人によっては、きつい目つき、不遜《ふそん》なまなざしというだろう。ルミッキはその目をさらに深くのぞきこんだ。ぬくもりと、不安と、喜びと、光が見えた。

恋しさが、戸惑うほどの強さで胃を締めつけた。こんな気持ちはもう薄れたと思っていたのに。ルミッキはまちがっていたのだ。これ以上ないほどに。

その人の名前が、もう口元までのぼってきていて、ルミッキの唇をくすぐった。かつてささやき、叫んだ名前。しかしそれを口から外には出さなかった。そんな心構えはできていない。いまはまだ、たぶんいつまでも。

ルミッキは引きだしに鍵をかけたが、本当はそこまで念を入れる必要はなかった。小さな黒ずんだ鍵を手に握る。鈍い光しか放っていない。どうということのない、目立たない鍵。

エピローグ

むかしむかし、どんな錠にも合う鍵がありました。

おとぎ話はこんなふうには始まらない。こんなふうに始まるのは、もっと別の、もっと光に満ちた物語だ。

サラ・シムッカ　Salla Simukka
1981年生まれ。作家、翻訳家。"Jäljellä"と続編"Toisaalla"（未邦訳）で2013年トペリウス賞を受賞し、注目を集める。おもにヤングアダルト向けの作品を執筆し、スウェーデン語で書かれた小説や児童書、戯曲を精力的にフィンランド語に翻訳している。また、書評の執筆や文芸誌の編集にも携わるなど、多彩な経歴を持つ。本作のおもな舞台であるフィンランドのタンペレ市に在住。

古市　真由美　（ふるいち・まゆみ）
フィンランド語翻訳者。茨城大学人文学部卒業。主な訳書に、レヘトライネン『雪の女』（東京創元社）、ロンカ『殺人者の顔をした男』（集英社）、ディークマン『暗やみの中のきらめき　点字をつくったルイ・ブライユ』（汐文社）など。

ルミッキ１　血のように赤く
2015年7月15日　初版第1刷発行

著　者＊サラ・シムッカ

訳　者＊古市真由美

発行者＊西村正徳

発行所＊西村書店 東京出版編集部
〒102-0071 東京都千代田区富士見2-4-6
TEL 03-3239-7671　FAX 03-3239-7622
www.nishimurashoten.co.jp

印刷・製本＊中央精版印刷株式会社

ISBN978-4-89013-961-3　C0097　NDC993